滄狼行

卷10

東瀛忍者

指雲笑天道

目錄

CONTENTS

第一章 東瀛忍者 5
第二章 移魂大法 33
第三章 十大罪狀 59
第四章 抗倭名將 101
第五章 多情種子 133
第六章 青衣謀士 165
第七章 二虎相爭 189
第八章 面具之謎 223
第九章 戚繼光 245
第十章 心腹大患 283

第一章

東瀛忍者

天狼看到這些蒙面人一個個身形矯健，動作輕盈，
手中兵器也是很奇怪的輕劍或者是帶著鐵鍊的鎖鉤，
想起柳生雄霸曾經提到過，
東洋武林中，除了像他那樣的正規劍士外，
還有以暗殺、潛伏見長的武人，名叫「忍者」。

二人正說話間，河邊突然起了一陣騷動，有不少人爭先恐後地湧到岸邊，更有些好事者大聲嚷嚷著：「土姑娘來啦！」

天狼和屈彩鳳不約而同地向河面望去，只見下游的河面遠遠地飄來一艘渡船，與前面那些畫舫成群結隊而行，上面各色佳麗爭芳鬥豔不同，這艘船孤零零的，也沒有華麗的裝飾，不似前面的船那樣大紅燈籠高高掛，只在畫舫的四角掛了四盞宮燈，上面繪著梅蘭竹菊四色植物，幽暗的光線配合著船上香爐裡嫋嫋騰起的檀香，顯得古樸而高雅。

河岸上眾人都停住了說話，屏息凝視，彷彿在等待著仙子的出現，上泉信之三人的眼裡也放出異樣的光芒，齊刷刷地看向湖面。

屈彩鳳見天狼目不轉睛地盯著畫舫，再一看滿河岸的男人都一副流口水的樣子，心中惱恨，把頭扭過一邊，狠狠地踩了天狼一腳。

天狼專注著畫舫，被踩得幾乎要叫出來，就見屈彩鳳氣乎乎地背過了臉，知道她是使小性子了，趕忙道：「別鬧，正主來了。」

屈彩鳳嘀咕道：「男人都這德性，看到美女就走不動路了，哼。」

天狼無奈地聳了聳肩，做出百口莫辯的表情。

就聽一陣銀鈴聲響起，畫舫的珠簾微動，一位天仙也似的美女捧著琵琶，蓮步款款地走了出來。

一塊淺黃色的面紗遮住了她的面容，但眼睛的弧線和青色的翡翠耳墜，白皙的皮膚，若隱若現，依稀可辨，那明亮如水的眸子，長長的睫毛，在眾人的驚呼聲中，她取下了那層面紗，一張無懈可擊的臉在燈光下顯露出來，如同瓜子般的臉龐，小巧玲瓏的嘴，唇間點著兩抹朱砂，鮮豔欲滴，鼻尖小而挺直，大大的眼睛顧盼生輝，掃視著岸上一張張的臉。

她的秀髮如烏雲一般，高高地挽了一個髻，手上的琵琶正好遮住她的半個臉，露出的臉上，一道彎彎的眉毛整齊地向鬢角延展，美麗之中現出一份柔和，那種柔和，可以讓任何激動蕩漾的心平靜下來。

可是在這美麗與柔和之外，天狼卻有一種難以言說的感覺，與那些嬌豔美麗的佳人們不同，**那是從骨子裡透出的氣質——高貴**，天狼終於找到了一個能形容這種氣質的詞彙。

與這位女子一比，前面那些看起來很美的花朵彷彿都成了路邊的野花雜草，這一位卻**如同空谷幽蘭一般，宛如天上的仙子，不食人間煙火，又如仙界的精靈，偶然來到這塵世間。**

這姑娘身著一絲白紗，一塵不染，如同她那雙清澈得能映出人倒影的眸子一般，散發出一種遺世而獨立的飄逸出來，可是不知為何，天狼從她的眉眼中，分明能讀出一絲哀傷，彷彿有什麼事讓這位仙子一般的美女悵然若失似的。

這女子半抱著琵琶，向岸上眾人盈盈一個萬福，坐了下來，春蔥般的玉指用象牙撥子輕輕地撥了一下琵琶的弦，一聲悠長的天籟之音在這夜晚的秦淮河上迴蕩著，天狼不通音律，但也能聽出這是上上之品的樂曲。

河岸和其他的無樹歌臺中有不少貴公子模樣的文人，都是樂中行家，一聽這聲音，立即紛紛喝起彩來，只聽那女子的撥弦忽快忽慢，音律也是抑揚頓挫，樂聲如泣如訴，有著說不盡的心事，似乎是在訴說一段淒美纏綿的愛情故事，天狼聽著聽著，眼前彷彿出現了沐蘭湘的影子，不由想起自己和小師妹的愛恨糾纏，情不自禁間，兩眼漸漸地濕潤了。

天狼感覺到這樂曲能攝人心神，更能勾起人內心深處最美好的回憶，正沉醉時，看到屈彩鳳也是眼中熱淚盈眶，不覺地低聲說道：「林宗！」

天狼意識到有些不對勁，對面上泉信之和毛海峰只顧著喝酒，似乎並沒有被琴音打動，只是欣賞著那女子的美色，徐海卻停住了酒杯，癡癡地看著那女子，眼中竟然也有淚光閃動，天狼終於明白，**這樂曲是在勾起人心中對於不完美愛情的回憶，為情所傷的人都會感同身受，不覺地深陷其中**，像上泉信之和毛海峰之類的悍匪，不識人間真情，自然不會受這樂曲的影響了。

天狼輕輕按住屈彩鳳的肩頭，用腹語道：「屈姑娘，收神，這樂聲有異，抱元守一，靈臺清明。」

天狼的話如醍醐灌頂一般，一語驚醒夢中人，屈彩鳳馬上驚惕起來，默念起清心咒，片刻之後，她長出一口氣，看了眼天狼，道：「多謝你及時提醒，不然我還真會陷進去，就是給人取了性命也不知。」

天狼嘆道：「這只怕不是什麼武功，而是這女子用心奏曲，感同身受，這應該是一個經歷過悲歡離合的女子，才會打動同樣有著痛入骨髓的感情經驗的人，如果從沒有過這樣的生死虐戀，也不會這樣沉迷其中。」

一曲奏罷，這名仙子也似的歌女停止了彈奏，站起身，做了一個萬福的動作，便輕移蓮步，向畫舫中走去，在進入畫舫時，不經意地回眸，正撞到徐海那淚光閃閃的眼睛，不知為何，竟然呆了一呆，然後又搖搖頭，輕輕嘆了口氣，低頭鑽入了那座畫舫。

徐海的魂就像是被那女子勾走了似的，一動不動，微張著嘴，似乎是想說什麼，上泉信之看到他這副恍神的樣子，上前想要叫醒他，徐海被上泉信之這一碰，本能地使出擒拿手法，反過來扣住上泉信之的脈門，周身騰起一陣白氣，氣場一下子顯現出來，連天狼和屈彩鳳隔了幾丈遠，頭髮都被這氣勁揚得一陣浮動。

上泉信之手臂上青筋直跳，臉上的刀疤也隨著他面部肌肉抽搐而不停地扭曲，顯然徐海用上了真力，氣勁從他的脈門源源不斷地進入他的體內，讓他如受冰凍火焚，他咬著牙，好不容易從嘴裡擠出幾個字：「徐兄，是我，羅龍文！」

毛海峰也站起身，一身黑氣漸漸騰起，看來像是準備出手相救，此時，徐海突然回過神來，連忙鬆開手，那陣白氣也消散地無影無蹤。

隨著徐海的手從上泉信之的脈門處鬆開，上泉信之長舒了一口氣，剛才漲得像豬肝一樣的臉色總算恢復了正常。

他看著徐海，疑惑地問道：「徐兄，你這是怎麼了？」

徐海抱歉地說：「對不起，羅兄，剛才我被這樂曲聲所吸引，想到了一些往事，得罪之處，還請見諒。」

上泉信之諒解地點點頭，轉而笑道：「徐兄，你看這女子如何？」

徐海意猶未盡地道：「真是人間極品，只是……」

上泉信之納悶地說：「有何不妥嗎？既然連徐兄也說是人間極品，那去獻給那位貴人，豈不是再合適不過？」

徐海看了眼遠處的天狼與屈彩鳳，欲言又止，上泉信之明白他的意思，和毛海峰湊了過來，三人在桌上用手指沾著酒寫起字來。

天狼心裡卻猜到了七八分，他也和屈彩鳳拉著手，用腹語交流：「屈姑娘，你覺得這女子如何？」

屈彩鳳勾了勾嘴角：「你們這些臭男人的表情不是說明了一切嗎？還用問我做什麼。」

天狼安撫道：「屈姑娘，現在不是使性子的時候，那三個傢伙應該是在商量要不要把這女子獻給嚴世蕃，你怎麼看？」

屈彩鳳皺了皺眉：「他們想送就送吧，反正嚴世蕃那廝也不缺女人，這個女人雖然是絕色，但我估計嚴世蕃玩上一陣子也就膩了，怎麼，你是擔心嚴世蕃會因為這女人和倭寇勾結上？我覺得不至於吧。」

天狼眼中光芒閃閃，暗道：「屈姑娘可曾聽說過**終極魔功**？」

屈彩鳳一愣：「**你說的是上古先秦大將白起的那種邪功？**這只在傳說中出現，兩千多年來沒聽說有誰練成，你怎麼突然提這個？」

天狼沉聲道：「那嚴世蕃學的就是這功夫，上次我受傷以後陸炳告訴我的，那武功邪惡凶殘，陰氣入體，讓我根本無法運功，若不是練了十三太保橫練，以藥酒的純陽之力驅除這股邪氣，否則根本無力對抗。」

屈彩鳳驚道：「這狗賊居然學的是這門功夫?!怪不得連你都打他不過。」

天狼又道：「這武功需要採集少女的天葵之血來練這門邪功，我擔心那女子如果被送給嚴世蕃，恐怕經不起摧殘。」

屈彩鳳笑道：「李滄行，你還真是不懂女人呢，天葵是少女初潮時的經血，或者指女子第一次破瓜時的血，這個女人既然是秦淮名妓，早非完璧了，給嚴世蕃用處也不大呀，除了床笫之歡外，對他練那終極魔功可是一點用也沒有呢。」

天狼靦腆說道：「我對這些還真是不太清楚，不過我看那女子生得楚楚可憐，心想她應該是純潔無邪，這樣的女子送給嚴世蕃那惡賊，可真是暴殄天物了。」

屈彩鳳亦有同感：「這倒是，連我看那女子亦是我見猶憐，甚至有些嫉妒呢，不能便宜了嚴世蕃那個惡賊！不過，你不是想藉由此事來查嚴世蕃跟這些倭寇的關係嗎？若是你劫下這女子，這幾個倭寇找不到絕色美女，你還怎麼查嚴世蕃呢？再說，你準備怎麼做？湊一大筆錢給她贖身？你有這麼多錢麼？」

天狼嘆了口氣：「你說得對，現在只能走一步看一步了，要不就先等這幾個人把這女子買下，然後再趁機下手好了。」

屈彩鳳點點頭：「這還差不多。」

兩人商議已定，抬頭看向那三個倭寇，卻看到他們還沒有商量完，從他們在桌上寫字的速度來看，三人越寫越快，甚至連臉色都有些變了，似乎是起了爭執，意見不能統一。

天狼有些奇怪，剛才他就發現那個徐海看那女子時的眼神有些不對勁，竟然像是動了真情的樣子，上泉信之與毛海峰倒是沒有任何感覺，現在很明顯也是，徐海不想把這女子送給嚴世蕃，三人激烈地爭論著。

天狼心中一動，高聲叫道：「媽媽，請過來一敘！」

中年美婦聽到叫喚，連忙跑了過來，「這位爺，有什麼吩咐呀？」

天狼指著遠去的那座畫舫，問道：「剛才那船上的姑娘，怎麼稱呼呀？」

中年美婦笑得兩隻眼睛都彎成了月牙：「大爺好眼力啊，這可是我們蘭貴坊裡最好的姑娘，不不不，整個秦淮河也是排頭牌的，就是我家女兒，姓王，名翠翹，今年十九歲，自幼就深諳音律，琴棋書畫無所不通，多少公子哥兒，秀才舉人，都是求之不得呢。」

天狼道：「我看那女子不像一般的風塵女子，舉止優雅大方，樂曲中更是聽起來雅音高致，你說她是自幼就給你養大的？我怎麼覺得不太像。」

中年美婦一晃手中的巾帕，笑道：「哎呀，大爺真是厲害，我也就不瞞您啦，這姑娘來我們這裡時才十四歲，她本是出身官家，因為父親犯了事，被免官下獄，她為了救父親出牢獄，不惜賣身入我們這裡，這才籌了一筆錢讓她父親出獄，可是個有孝心的姑娘啊。」

屈彩鳳聽了，問道：「後來呢，她父親出獄後，怎麼不贖回女兒，還讓她一直待在這裡？」

中年美婦嘆了口氣：「別提那個沒良心的人啦，他自己出了獄，靠著女兒賣身的錢走了些門路，加上以前的關係，又重新當起了官，可他嫌女兒墮入風塵，會影響他的名聲，所以就不認這個女兒了，跟她斷絕了父女關係，這些年可都是我把翠翹養大的啊。」

天狼心中默然，在錦衣衛這幾年，他見多了不少這種官家妻女在官員受罪後，與丈夫或是父親斷絕關係，以求自保，不被罰沒為官奴的例子，像王翠翹這樣主動賣身救父的，當真是聞所未聞，相形之下，更顯得她那個父親心如虎狼了。

屈彩鳳恨恨地「呸」了聲：「天底下竟然有如此冷血無情的傢伙，枉為人父，我若見了必殺之！媽媽，這王翠翹美若天仙，又多才多藝，怎麼就沒有個貴公子救她出苦海呢？」

中年美婦臉色微微一變：「這位公子啊，我們秦淮河有秦淮河的規矩，翠翹雖然身世可憐，但畢竟是我們蘭貴坊一手養大的，她出來賣藝接客，也是回報我們的養育之恩，以她現在頭牌花旦的身價，若是真有人想帶她走，也得出鉅資給她贖身才行。」

屈彩鳳哼了一聲：「說來說去，不就是一個錢字嘛，給這女人贖身要多少錢，你開個價吧。」

中年美婦伸出兩根手指頭。屈彩鳳見了，隨口道：「怎麼，要兩千兩銀子？」

中年美婦換上一副瞧不起的表情：「這位公子怕是第一次來秦淮河吧，兩千兩連給前面那些姑娘贖身都不夠，更別說我家翠翹了，是二十萬！」

屈彩鳳心中惱怒，正要開口罵這老鴇打劫時，卻聽對面的徐海高聲道：「這錢，我出了！」

那中年美婦連一句客氣的話也沒落下，轉身就奔向徐海，只見徐海從懷裡掏出一疊銀票，一邊的上泉信之和毛海峰則是一臉的怒容。

中年美婦伸手想拿銀票，徐海卻把手一縮，冷冷地道：「媽媽，稍等一下，二十萬就能替王姑娘贖身，這可是你說的，不要反悔啊。」

中年美婦還沒來得及開口，就聽上泉信之急道：「徐兄，你可千萬別意氣用事，誤了正事。」

徐海不悅地「哼」了聲，對上泉信之道：「這事我自有計較，別的女人無所謂，唯獨這個不可以讓給你，也不能給那個貴人。」然後看向毛海峰：「阿毛，我們是一起出來的，你代表老行首，現在你說說，是跟著羅兄還是跟著我吧。」

毛海峰咬了咬牙，道：「但這個女人確實很出色，如果你留下她，把比較差的給了貴人，若是被貴人知道，那可會誤了大事的。」

徐海冷笑道：「阿毛，你可別忘了，這次不是我們主動找那貴人，而是他需要我們，他不至於為了一個女人就跟咱們翻臉，至少，這個女人對我，遠比對他更重要。」

上泉信之嘆了口氣：「早知道這樣，今天就不該帶你一起來了，算啦，這事依你，我會嚴守秘密的，只是給貴人的美女怎麼辦？」

徐海微微一笑，笑容中透出一絲邪惡：「這點我自有計較，二位勿慮。」

說到這裡，徐海轉向老鴇，沉聲道：「二十萬兩銀票在此，這王姑娘我要了，現在就要把她帶走，沒問題吧？」

「這位公子，你可真是好心，我女兒這輩子能碰到你這麼一個癡心人，真是三生修來的福氣，只是我們這蘭貴坊，全靠翠翹在撐場面，你要是就這麼把她給帶走，我們這幾十個姑娘一下子便會斷了生計，就連老身我也只能上街要飯啦！」老鴇眼珠子一轉，哭起窮來。

天狼看在眼裡，心想這老鴇一定是看徐海要定了王翠翹，這才起意加價的。他原本有意跟徐海爭一下這個女人，不讓如此般的仙女落入嚴世蕃的魔掌，但一聽徐海並不是要把王翠翹送給嚴世蕃，倒有些出乎意料之外。

毛海峰聽聞老鴇還想加價，「啪」地一拳擊在面前的小案上，把一張名貴的紅木案几打得碎成幾段，怒聲道：「好個貪得無厭的老雞婆，給臉不要是不是，竟然敢黑大爺的錢，信不信老子把你這破雞窩全給拆了？」

徐海的眉頭也皺了起來，咬了咬牙，又從懷中掏出五張萬兩銀票，說道：「媽媽，多的也別囉嗦了，我再加五萬，一共二十五萬兩，王姑娘也並非官奴，需要刑部的贖身公文，上下打點的錢就省了，至於你這裡是不是能開得下去，與我無關，再說，有這二十五萬兩銀子，足以讓你一輩子衣食不憂，你若是再找藉口加價，那可別怪我的朋友不給面子了。」

老鴇一把接過徐海遞來的一遝銀票，破泣為笑：「哎呀，公子果然出手大方，我這就去安排一下，兩天後您過來領人就是。」

徐海臉色一沉，質問道：「媽媽，錢都收了，為什麼不讓我現在就去領人？」

老鴇解釋道：「公子，您這就不知道了，我們這一行有一個規矩，姑娘出閣的時候，要清點好自己的隨身錢物，這些年貴客們打賞姑娘的錢，我們這裡留一半，剩下一半是姑娘自己的，整理這些需要時間，而且跟其他的姐妹們總要道個別，您就放心吧，我收了您的錢，就不會反悔，後天您過來接人就行。」

老鴇的話合情合理，徐海無法反駁，便道：「既然如此，讓我見那王姑娘一面，總可以吧？」

老鴇遲疑道：「公子，按說是沒這個規矩的，姑娘被贖回之前見客人，反而可能會生出變數，不太吉利啊。」

徐海不耐地從懷裡又掏出一錠十兩重的金元寶扔給老鴇：「這個就算見面費用好了，我只要兩個時辰，說說話就行。」

老鴇兩眼放著光，抓過金元寶，喜不自勝地道：「沒問題，全包在我身上啦。您請稍待，我這就去安排。」

老鴇轉過身，臉變得比翻書還快，走向屈彩鳳和天狼，一臉鄙夷地叉著腰道：「二位，酒也喝飽了，花船也看過了，本坊要關門歇業了，還請二位把酒錢給結算一下。」

屈彩鳳惱恨這老鴇的勢利眼，也不起身，自斟自飲了一杯，淡淡地說道：「不是說這幾位貴客包場了嗎，怎麼還向我們要錢？」

老鴇眉毛倒豎著說：「吆呵，想喝霸王酒是不是，也不看看我們蘭貴坊是什麼地方，容你們這麼放肆，來人哪！」

老鴇話音剛落，裡間就衝出來二十幾個打手，個個拿著杯口粗的大棒，只等一聲令下，就要撲上來打人。

天狼拿起面前的酒杯，倒滿一杯酒，然後手腕一運力，把那酒杯以暗器手法擲了出去，只聽「篤」的一聲，天青瓷製的酒杯居然硬生生地嵌進水榭的柱子上，裡面的酒卻是半滴也沒灑出來，這份功力，看得連對面的三個倭寇都臉色微微一變。

那老鴇雖然勢利，平時也見過不少江湖人物，多少識點貨，一看天狼露的這一手，馬上又換上一副笑臉：「哎呀，二位爺，剛才是跟你們開玩笑的呢，今天大家這麼高興，老身只是助個興罷了，來人，還不快給這位大爺換個酒杯！」

屈彩鳳站起身，拍了拍衣服的下襟，冷冷回道：「不用了，我們走吧。」看也不看那老鴇，對徐海抱拳一笑，逕自向門外走去。

天狼緊隨其後，老鴇的聲音遠遠地從身後飄了過來：「公子下回再來玩啊。」

兩人拐進一條偏僻的小巷，屈彩鳳低聲道：「天狼，接下來怎麼辦？」

天狼道：「我們得抓緊時間換裝易容，那徐海好像有了別的目標，不過他應該會在兩個時辰後才有所行動，你先回去把夜行服拿來，一會兒換了衣服後就跟蹤這幫倭寇。」

屈彩鳳點點頭，身形在小巷中一閃而沒，很快，屋頂上一個快如閃電的身影，幾個起落就不見了蹤影，天狼轉過頭來繼續盯著蘭貴坊。

過了大約半個時辰，一個護衛模樣的人，邁著羅圈腿，一路狂奔而至，天狼臉色微微一變，這顯然是一個打扮成漢人的倭寇，來這裡不知道所為何事。

果然，這倭寇進門後，只片刻功夫，徐海、上泉信之和毛海峰三人魚貫而出，徐海的表情略有些不捨，想必是和那王翠翹還沒說完話，但有事在身，不得不暫時分開，只見他出來後，和上泉信之耳語了幾句，一行人一路小跑地向著城南方向而去。

天狼暗道糟糕，早知道就不把屈彩鳳叫開了，可現在沒有別的選擇，只能跟上去，他匆匆地在牆上留下一行字：我跟蹤徐海等人向城南而去。然後把外面穿的這身衣服脫下，從懷裡摸了一張備用的人皮面具戴上，又用塊黑巾蒙住面。

天狼做完這一切只用了幾分鐘的時間，遠處的倭寇還在視線之中，他施展出輕功身法，在後面緊跟著這幫倭寇，邊走邊盤算著雙方的戰鬥力。今天他沒帶斬龍刀，只帶了一把尋常的長劍。

一會兒功夫，倭寇從城樓處下了城，城門的防備和幾年前一樣鬆懈，守城的衛所兵居然睡起了覺，城牆完全無人防守，在這些武功高強的倭寇面前如履平地一般。

這個地方很熟悉，天狼依稀記得當年和錢廣來一起跟著沈鏈和譚綸抗倭的往事，只是一隔數年，已是物是人非。

他邊跟蹤著，邊在心裡盤算著：從剛才一系列舉動可以看出，上泉信之的地位要稍低於徐海，甚至可能還不如那蠻漢子毛海峰，從他們說話可以聽出，那徐海帶些杭州腔，毛海峰的話有點徽州口音，應該是道地的中國人。

天狼也曾問過陸炳有關倭寇的情況，所得的回答和當年與柳生雄霸、公孫豪等人交流的結果一般無二，由於嘉靖皇帝為了個人面子實行海禁令，沿海的漁民被迫離開他們生活的土地，更放棄祖輩們靠海吃飯的營生，由於朝廷只知遷民，不知撫恤，這些人多數生計無著，只有咬牙學著倭寇那樣，做起海盜的營生。

隨著這種中日合璧的倭寇不斷發展，更有野心，頭腦也更精明的中國海上巨盜們逐漸地把持了發言權。

現在在浙江福建兩省的倭寇中，**勢力最大的就數徽州商人汪直領導的海盜集團了，汪直號稱五峰先生**，原來就是一個精明的商人，最早是跑呂宋那一帶的海外貿易，靠著他精明的生意頭腦和狠辣的手段，很快就吞併了幾個合夥生意人，成為船主。

到了嘉靖十九年的時候，汪直又和日本的倭寇扯上了關係，與上泉信之等東洋黑道大概也是那時候建立的合作關係，開始建造巨大的戰艦，樣式和火炮均仿製在這個時代稱雄海上的佛朗機人（西班牙和葡萄牙在遠東的殖民者，此時以巨艦大炮見長），戰船可以建到六七層樓高，容納二千人，甚至在上面可以跑馬。

由於汪直這個海盜頭子也是中國人，因此投奔他的沿海漁民絡繹不絕，手下戰船千艘，走私海船更是數倍於此，海賊數萬，都是裝備精良，窮凶極惡之徒，如此實力，甚至連日本的領主也不敢招惹他，日本九州的薩摩藩號稱關西數一數二的強藩，碰到汪直也只能乖乖地允許他的龐大船隊在自己的領海裡通行，甚至專門畫出一個叫松浦津的小島供汪直作為基地。

於是汪直在寧波外海的雙嶼（今千島群島裡的一個大島）以及薩摩的松浦津

分別建立了基地，大肆地進行走私和貿易。

大明的海禁雖嚴，仍然敵不過有不怕死的商人暗中與汪直通商，賣給他大量的絲綢與瓷器，汪直用這些東西南下呂宋，和佛郎機人換得洋槍大炮或是西洋玩意，再拿到日本去賣，賺得大量白銀，也就十年功夫，汪直就兼併了幾乎所有的沿海倭寇，成為名副其實的海賊王。

只是陸炳說過，汪直的目的並非殺人放火，自從他接手倭寇以來，也開始約束手下，那種針對沿海村鎮無差別的劫掠與屠殺，比起以前已經少了許多，這也多少歸於汪直的約束之功，他的目標還是希望能打開海禁政策，可以合法的做海外貿易。

而汪直手下除了有裝備火槍大炮的數萬海盜以外，武藝高強的護衛也是層出不窮，凶悍的東洋武士、精於火槍與劍術的佛郎機劍客，以及不少被重金吸引，加入他的海賊集團的中原武林高手足有幾千，單純論門派實力也足以笑傲中原武林。

以前錦衣衛曾多次派高手死士刺殺汪直，都如石沉大海，全無音信，想來都被汪直發現並處死了，所以近年來無論是陸炳還是胡宗憲，對待汪直集團的態度從以前的堅決剿滅改為以撫為主，只是嘉靖還是一直不肯下令開海禁，雙方在東

南沿海一帶維持著一種微妙的平衡。

徐海等人出城後走了十餘里，進入一片小樹林，天狼依稀記得這裡就是上次追擊上泉信之時的那片林子，他看到前面這幫倭寇停下了腳步，上泉信之在林中打了個呼哨，很快，從四周的樹上和草叢中，二十多個全身漆黑，只留一雙眼睛在外的蒙面人鑽了出來，對徐海等人點頭行禮。

天狼看到這些蒙面人一個個身形矯健，動作異常的輕盈，手中的兵器也是很奇怪的輕劍或者是帶著鐵鍊的鎖鉤，想起柳生雄霸曾經提到過，**東洋武林中，除了像他那樣的正規劍士外，還有一些以暗殺、潛伏、刺探見長的武人，名叫「忍者」**。

這忍者的由來，還要上溯到日本一百多年前開始的戰國時代，在東洋，天皇和公卿家族自從武士的崛起後，就成了擺設，其中雖然有過幾任天皇不甘大權旁落，曾經利用武士領主間的矛盾試圖掌握君權，可是最後還是失敗了，國家的政權掌握在號稱幕府的武士首領，即將軍的手中。

將軍控制著日本的大權，分封自己打天下時的大將們作為各地的領主，日本國共有六十六個國，每個國的大小相當於中原的一個州郡，國主的正式官職叫作守護，又稱之為大名，主管一國之軍政財權，甚至連手下的官員也都是世襲的武士，類似於中國的唐朝中後期藩鎮割據，只是名義上對作為武士首領的將軍給予效忠，連稅都不用交。

將軍的權威也隨著這種分封各地的大名們勢力越來越強，而被逐漸地削弱，中原的王朝每次改朝換代都是皇帝被推翻，在東洋，**天皇和那些血統高貴的公卿貴族們則是永遠的吉祥物**，被推翻的不過是將軍而已，每次新的挑戰者在推翻將軍之後，為了封賞跟隨自己起兵的大名們，不得不把各國的領地封給這些有功之臣，並繼續給予他們免稅和半獨立的地位，從而造成了東洋特有的諸侯林立，中央疲軟的景象。

大概在一百多年前，大明剛剛建立的時候，東洋的足利將軍因為繼承權的問題，兩個兒子之間爆發內戰，互相拉攏各地的有力大名支持自己，而平時就矛盾重重，只是礙於將軍的禁戰令和調停而勉強維持和平的各地大名們，一下子有了合法征戰的理由，於是紛紛支持某個將軍公子，與支持另一個將軍公子的仇敵們作戰，因而**打開了日本的戰國時代**。

這一仗打了足有一百多年，將軍也徹底成為傀儡，無兵無權，只能眼睜睜地看著各地大名們征戰不休。

倭寇是因為日本的戰國而產生的，日木西邊的九州上打得也是熱火朝天，由於這裡在日本相當於邊遠地區，民風強悍，百餘年的征戰下來，大批中下層武士因為戰敗而失掉土地，淪為浪人，不得已下海當海盜討生活。

由於日本遠比中原貧窮，所以這些人的眼光就盯上了中國東南沿海的富庶城鎮，正好大明的禁海令讓沿海漁民和商人鋌而走險，兩下一拍即合，東洋武士戰力凶猛，中原內賊熟悉地形，就形成了持續多年的東南倭患。

至於這些忍者，則是日本戰國時候出現的，由於各地大名征戰不休，橫徵暴斂，因此不少村莊結村自保，並在村門口掛起「守護勿入」的木牌，以抗拒前來徵稅拉丁的大名部隊。

日本戰國時期，一個國也就中國的一個州縣大小，而每個國內差不多又有兩方甚至更多的勢力在征戰，因此每個守護手裡的部隊少則數百人，多則幾千人，去強攻這種幾百戶人家的大村子，往往得不償失，久而久之，這些村子都變成了半獨立的狀態，他們平時自給自足，戰時則會以合作的形式加入自己支持的一方諸侯，與別人作戰。

忍者就是在這種基礎上出現的，當年一個名叫細川的有力大名，一度曾經控制了日本的中央將軍府，他相當於日本版的曹操，志得意滿之際，想要收拾一下靠近京都一帶的大和國和紀伊國裡的這些懋村，於是帶了兩萬多大軍掃蕩這些不服王化的村落，結果這些村落裡的山民們利用地形，逃進山中，採用游擊戰術，神出鬼沒地打擊數量龐大但失之笨重的細川軍，最後居然奇蹟般地打退了細川大軍，從此聲名大噪。

這些神出鬼沒，在黑暗中行動的山民們被稱為忍者，而其首領也就此成立了幾個忍者里，相當於中國的武林門派，大規模地招收和訓練全國各地慕名而投的劍士們，這便是忍者的由來。

東洋的武士道由來已久，講究的是面對面的搏殺，對於忍者這種神出鬼沒，暗中傷人的戰法不屑一顧，而平時雇傭慣了武士浪人作為劍術指導的傳統領主們，一開始也並不喜歡這些靠暗殺吃飯的忍者。

但隨著戰亂無休止地進行，早期貴族式的戰法漸漸地被廢棄，為求取勝不擇手段的各種戰法都被用上，忍者們可以刺殺敵將，打聽軍情，成為各領主們必不可少的一種手段，從而被作為黑暗的手段加以利用，東洋最有力的一些領主們，手下都豢養著數百上千的忍者，甚至有專門的忍軍編制，在戰場上專門乘亂突擊敵軍大將，或是縱火燒營，往往可以收得奇效。

天狼在與柳生雄霸提到這忍者時，記得柳生雄霸對這忍者是又恨又服，雖然他不能接受這些偷雞摸狗的忍者，但也承認在東洋戰亂不休的環境裡，有其合理存在的空間。

柳生雄霸多次和忍者交手，發現**他們的武技戰法完全走的是陰邪暗殺一途**，動作俐落簡練，多用暗器和鎖鏈勾之類的武器，**輕功尤佳，極擅地形隱身之術**，又多用毒，與之交手時，一定不可大意。

天狼也聽說過，忍者和武士在東洋就有點像中原武林的魔教、白蓮教跟伏魔盟這些名門正派的區別一樣，有點正邪不兩立的意思，一般的劍客武士是斷然不會和忍者有來往的，上泉信之雖然為人陰險邪惡，但畢竟是武士名門，想不到居然會和忍者有來往，這也令天狼吃驚不小。

一個穿著紫色衣服，和周圍的黑衣忍者們明顯不一樣的傢伙站了出來，用東洋話對著上泉信之說道：「上泉君，那個女人快要到了，還是按計劃行事嗎？」

上泉信之問：「怎麼，男的沒有來嗎？」

紫衣忍者搖搖頭：「沒有，只有女的一個人過來，我的手下扮成日月教的人，已經把她引在路上了，再過片刻，她就會進這片林子，有你們三位在，足以將她擒下。」

上泉信之臉上閃過一絲失望的神情：「可惜了，本來想把那人也一起拿下的，小閣老吩咐過，只要把這對男女一起擒獲，就會跟我們合作。也罷，那女的也是小閣老要的人，拿下之後，照樣可以去談合作，伊賀君，放心，這次你們功勞很大，賞賜是少不了的。」

那名叫伊賀的紫衣忍者哈哈一笑：「上泉君，可不要忘了我們的約定，我們伊賀忍者看中的不是那點小錢，而是你們以後跟中原通商後的抽成，你答應給我們百分之五的抽成，千萬別忘了。」

徐海在一邊冷冷地用東洋話說道：「伊賀十兵衛，老船主大人答應了你們的事，就不會食言，你們伊賀里跟甲賀里是死仇，需要用大量的資金招人來壓倒他們，所以才會跟我們合作，現在事情沒辦成就想著要錢，是不是太急了點？」

伊賀濃眉一動，咬了咬牙道：「徐先生，一會兒我會讓你看到我們伊賀忍者是怎麼辦事的！」

他手一揮，一眾手下頓時消失在茫茫的夜色中。徐海等三人對視一眼，和十幾個手下一起，散藏在附近的草叢裡。

天狼心中飛快地思索著，聽他們的口氣，**對頭似乎是一男一女，又是嚴世蕃求之不得的人物，難道自己和屈彩鳳無意間暴露了行蹤嗎？屈彩鳳正好和自己分開，這不正說的是屈彩鳳嗎？**上次屈彩鳳在蒙古大營裡公然和嚴世蕃翻臉，又幾次查獲嚴黨成員的不法罪證，估計嚴世蕃已經猜到此事是自己和屈彩鳳所為，這才不惜收買倭寇來對付他們。

想到這裡，天狼腦中越發地清醒，開始研判起整個局勢，這些伊賀忍者加上上泉信之等人的護衛有三十多人，武功介乎一二流之間，並不足懼，真正難以對付的是徐海三人，還有那個帶頭的紫衣忍者伊賀十兵衛，看起來至少與上泉信之相當，自己和屈彩鳳雖然武功不低，但是被四大高手合擊，情況仍是有些嚴峻。

天狼又想，屈彩鳳應該是被賊人引來，自己人在暗處，要如何在她進入賊人的伏擊圈之前就向她發聲示警呢？

正思量間，只聽西北方向傳來一陣衣袂破空之聲，天狼心中一凜，暗道怎麼來得如此之快，自己都還沒想出一個萬全之策來呢。

天狼正要現身時，向林外看了一眼，這一看不打緊，驚得他呆立在原地，林外有一藍二黑三道身影，兩個黑衣忍者在前面全速狂奔，後面一個藍色的身影正緊追不捨，那藍色身影的身法明顯比兩個黑衣忍者要高出不少，幾個起落間，距離就從十五六丈縮小到十二三丈左右，眼看再跑個半里的樣子，就能追上對方了。

可是**讓天狼吃驚的不是這三人的追逐，而是這個藍色的倩影**，高高的雲髻道姑頭，柳眉倒豎，杏眼圓睜，細長的脖頸處露出白皙的皮膚，藍色的道姑裝把她雪白的肌膚襯托得格外顯目，手中一柄閃著寒光的長劍上，七顆劍星熠熠生輝，這哪裡是屈彩鳳，**分明是天狼朝思暮想的小師妹沐蘭湘**。

天狼如同被施了定身法一般，無法動彈，腦子裡一片空白。

那兩個黑衣忍者終於在沐蘭湘離他們還有四五丈的距離時鑽進了林裡，沐蘭湘遲疑了一下，逢林莫入是一般江湖的規矩，可是她很快做出決定，嬌叱道：「哪裡走！」便衝著林中追了過去。

天狼回過神來，意識到小師妹處於巨大的危險之中，再也顧不得許多，先去攔下小師妹再說，可是他剛一提氣，便聽到林中破空之聲不斷，他的心猛的一沉，機關埋伏已經發動，這時候出去有百害而無一利，非但不能救下小師妹，反而會讓她誤以為是敵人，分散她對付敵人的心。

天狼雖然心急如焚，仍是強行收住邁出去的腿，重新潛伏起來。

第二章

移魂大法

嚴世蕃念完咒語後，眼中邪光一收，轉向一旁的徐海：
「徐先生，雕蟲小技而已，讓你見笑了。」
徐海驚奇道：「想不到小閣老用的竟然是移魂大法，
徐某以前只是耳聞而已，
今天居然能親眼一見，真是開了眼啦。」

沐蘭湘甫一落地，聽破空之聲不斷，本能地使出兩儀劍法，七星寶劍在她身邊忽快忽慢地拉出一個個光圈，凜冽的劍氣瞬間把她藍色的身影罩得密不透風，高達一尺左右的藍色氣牆外，隨著劍刃相交的聲音，各種飛鏢袖箭落了一地，很快就在沐蘭湘身邊落得到處都是。

一陣暗器急襲過後，沐蘭湘橫劍於胸前，呼吸急促，高聳的胸口高低起伏著，汗水把她一身天藍色道袍緊緊地裹在身上，讓她曼妙的身材曲線畢露。

沐蘭湘沉下心神，抱元守一，聲音如珠落玉盤：「什麼人引我來此？鬼鬼祟祟地卻不敢現身一見！」

沐蘭湘自己也意識到是中了賊人的奸計，被引到這裡，左手拿著劍鞘，右手持劍，保持著標準的兩儀劍法出手招式，腳步卻是慢慢地向後退去。

天狼看得心急如焚，腦中突然靈光一現，**看這些賊人的意思，並不是想要小師妹的性命，只想把她擒下，獻給嚴世蕃，以作為合作的先決條件**，這樣的話，他們動起手來也不會動用殺招，如此一來，小師妹反而是安全的，如果自己貿然動手，反而會讓賊人轉而對小師妹滅口也很有可能。

想到這裡，天狼更是堅定了想法，無論如何先靜觀其變，小師妹若有生命危險再出手。

正思索間，天狼感覺到空氣在劇烈地波動，顯然是有高手出手了，他的眼光如鷹隼一般地盯向空氣波動的源頭，手也握緊著劍柄，伺機而動。

一道紫光劃破漆黑的夜空，紫色的氣勁詭異地向著沐蘭湘撲去，出手的不是別人，正是那伊賀忍者首領：伊賀十兵衛。

行家一出手，就知有沒有，天狼從這一下就看出他的**出手速度迅捷如閃電，那紫色的氣勁卻沒有摧毀一切的氣勢，顯然這是一位勝在速度和突襲，而非以精純內力取勝的高手。**

天狼的心放下了一大半，小師妹現在的功夫，兩儀劍法已至化境，除非是內力強過她許多的頂級高手，不然很難近她的身，更難傷她的性命。伊賀十兵衛雖然速度極快，但小師妹是有備而來，周身防範很嚴，兩儀劍法一旦發動，劍氣光環綿綿不絕，正好可以黏住這種以快見長的忍者劍。

果然，沐蘭湘一見有人突襲，馬上就手握七星劍，在胸前拉出三個光環，人也跟著退了三大步，光環帶著呼嘯的劍氣，攪得空氣都在扭曲和翻滾，伊賀十兵衛的快劍碰上了這三道天青色的劍環後，明顯為之一滯，身法也慢了下來。

一陣劍氣相交後，伊賀十兵衛的眉毛一揚，心知不好，立即借力打力，飛速後撤，一邊倒退，一邊從手裡打出七朵寒芒，分襲沐蘭湘的幾處要穴。

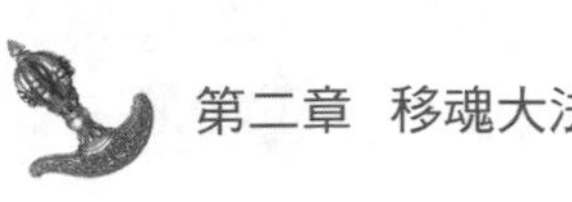

沐蘭湘嬌叱一聲，七星劍連連震出，為保萬一，沐蘭湘沒有直接用劍去撥打這些暗器，而是以內力貫注劍身，使出震字訣，隔著半尺就把這些暗器震開。

隨著幾聲暗器落地的聲音，伊賀十兵衛的身形重新沒入黑暗之中，樹林中只剩下嗖嗖的風聲，好像剛才什麼也沒有發生過，只有沐蘭湘依然處於明處。

天狼用他野獸一般的直覺，清楚地感受到每個伊賀忍者的位置，七個人藏身樹上，五個人處於潛地狀態，八個人散佈在四處的草叢中，這些人都閉住了呼吸，但是身上偶爾一現的殺氣讓天狼能感知到他們的位置。

為首的伊賀十兵衛，這會兒正如同幽靈一般，借著風吹草叢的掩護，在沐蘭湘的四周遊走著，就是天狼也幾乎捕捉不到他的氣息，可見此人輕身功夫的高明。

沐蘭湘如臨大敵，七星寶劍上一陣陣地泛著天青色的寒光，小心地向後退著，突然，草叢中暴起三個黑色的身影，三條漆黑的爪狀兵器，尾部套著長長的鐵製鎖鏈，急襲沐蘭湘的後心與左右雙臂，天狼看得真切，那三個爪子一樣的兵器類似中原的鷹爪勾，可以鎖拿刀劍一類的兵器，也可以打穴，是非常歹毒的兵器，應該就是**傳說中東瀛忍者的標準兵器「苦無」**了。

這三個黑衣忍者的武功不算太高，雖然分襲沐蘭湘的三處，可是速度上卻沒有那種快如流星閃電的氣勢，沐蘭湘腳跟一轉，身子像個陀螺一樣轉了個圈，就在這個轉圈的過程中，七星寶劍在她的周身已經拉出三個劍圈，只聽「叮叮」「噹噹」兩聲，分襲她左右兩臂的苦無被兩儀劍法拉出的光環圈住，瞬間就被攪得粉碎。

三個忍者的聯手突擊，意圖是左右兩個制住沐蘭湘的雙手，真正的殺著是襲向她後心的這人，這名忍者的武功明顯比兩個同伴要高一點，只是沐蘭湘的劍術之高，超過了他的想像，東洋劍派裡講究的多是霸氣一刀流的刀法，很少有像沐蘭湘兩儀劍法這種以柔克剛，蓄勢反擊的防守型武功，而且七星寶劍又是神兵利器，因而現在變成這名忍者單獨面對沐蘭湘的正面了。

這名伊賀忍者等級乃是中忍，在忍者之中，也分為上中下的級別，論武功相當於中原的二流高手，比起沐蘭湘自然是差了許多，這一下他人在空中，根本無法閃避，只能咬著牙，苦無幻出五個爪影，急襲沐蘭湘前胸的五處要穴，指望能逼得沐蘭湘稍退半步，自己好借機脫離。

沐蘭湘大喝一聲「來得好」！向前迎上一大步，七星劍連攻五劍，這回她沒有用兩儀劍法，而是用了速度極快的奪命連環劍，與那中忍的苦無凌空相擊，每一下都讓那柄精鋼打製的苦無飛出去小半截，五劍只是眨眼間，苦無的五隻鷹爪就被削得光禿禿的，從一隻爪子變成了一個手掌，再也沒有那種可拉可點的壓力。

中忍忍者心中大駭，再想要退，哪還來得及，沐蘭湘秀目殺機一現，七星劍暴出萬千青芒，劍身上的七顆星在一陣青藍之氣中閃閃發光，瞬間就把那名中忍罩在了雲裡霧中。

慘叫聲隨著血光一起出現，天狼的鼻子抽了抽，多年未見小師妹出手了，想不到現在的小師妹出手如此果斷狠辣，不留餘地，乍一看還以為是鳳舞呢，而她這一招兩儀化生，直接就把那名中忍化成了一堆血肉骨泥，光環閃閃，血光連連，斷肢殘臂不停地從那團青氣中飛出，暴射的血漿把這團青藍色的劍氣染得一片通紅，即使隔了幾十丈遠，天狼依然能嗅到那濃重的血腥氣。

劍光一收，沐蘭湘的倩影從血霧裡再次出現，那名倒楣的伊賀中忍已經被殺得四分五裂，死無全屍，腦袋像個西瓜似地在地上亂滾，蒙面的黑布落下，現出一張猙獰的臉來，緩緩地滾入路邊的草叢中，一雙眼睛還睜得大大的，半是驚懼，半是不甘。

沐蘭湘身上連一滴血珠子也沒有沾上，剛才的兩儀化生攻守合一，在拉出一個個高速劍光圈絞殺來敵的同時，把自己守得滴水不漏，那張清秀美麗的容顏上，看不到絲毫的喜悅或是憐憫，顯然經過多年的江湖歷練，那個當年還會因為初次殺人而嚇得嘔吐，在天狼懷中哭暈過去的嬌俏小師妹，已經成了一個殺人不眨眼的女戰士了，見慣了死生，也變得麻木。

沐蘭湘擊斃敵人後，慢慢地向外走著，空氣中瀰漫的鹹腥血氣讓她有些不舒服。

就在她一皺眉的時候，地上突然現出兩道土浪，朝沐蘭湘的腳下急速滑去，天狼雙眼一亮，看到潛行地中的兩個忍者急速地向小師妹接近，而那個一直潛伏在陰影中的伊賀十兵衛，則借著這兩道土浪的掩護，悄無聲息地閃到了沐蘭湘的右側，一雙殘忍而凶狠的眼睛裡殺氣四溢，只待沐蘭湘的右側稍稍露出空檔，便會趁機突襲。

如果是以前，天狼一定會忍不住衝出來救小師妹，可是他剛才見識到了沐蘭湘的出手，心知小師妹對付這些伊賀忍者是沒有任何問題的。

果然，周圍忍者們在攻擊的同時也暴露了自己的殺氣，她大喝一聲，右手長劍一動，七星再次閃閃發光，一道天青色的劍氣劈波轉浪，讓空氣都扭曲變形，急襲地上的那兩道土浪。

兩聲慘叫聲響起，伴隨著兩隻持劍的手直接飛上了半空，剛才還狂浪而突的兩道土浪戛然而止，緊接著是一聲沉悶的內力炸響，兩個血肉模糊的身影從土裡被炸飛出四五丈遠，在地上掙扎了兩下後，雙腿一蹬，就此氣絕而亡。

沐蘭湘孤身處於險境當中，生死懸於一線之間，她平生恨透了在東南胡作非為的倭寇，這下出手毫不容情，上來就是殺招，轉眼間連破對方的幾道埋伏，其他想要趁勢一擁而上的忍者被她高絕的武功和沖天的殺氣所震懾，剛冒一個頭便縮了回去。

沐蘭湘一擊得手，膽氣更壯，沉聲喝道：「東洋倭寇，你們就這點本事嗎？藏頭露尾，偷偷摸摸，只會欺凌弱小，不敢現身一戰嗎？」

話音未落，空中突然降下一張大網，原來是樹上的幾名忍者，趁著沐蘭湘說話分神之時，四個人分持網的一角，同時從空中落下，企圖把沐蘭湘罩在網中，再以暗器襲擊。

這本來是要和剛才的地行攻擊配合而行的，希望地底的殺手能逼得沐蘭湘起跳到半空，他們再跳下網人，只是由於沐蘭湘功力高絕，讓空中網人的連環招數無從實施，可是這四名忍者已經把網張開，箭在弦上，不得不發，只能趁著沐蘭湘說話的功夫跳下偷襲。

四名黑衣忍者如同四個黑暗中的精靈，舉著一張足有丈餘見方的漁網凌空飛降，四把明晃晃的忍者刀已經持在手中，只等沐蘭湘身陷網中，他們就會上前將其制住。

這張漁網不是尋常的麻繩所製，看起來裡面混合了一些韌性很強的金絲，即使在這暗夜中也閃閃發光，在天狼看來，這網雖然並非凡物，但在足以斬金斷玉的七星寶劍面前，不過是浮雲而已。

果然，沐蘭湘不閃不避，她剛才就感到頭頂有人，之所以出聲相激，不過是想讓敵人提前發動而已，這一下四個忍者果然從天而降，她直接舉劍過頭，素手連揮，七星寶劍在頭頂畫出四五個光圈。

此時空中的忍者正落下一半的距離，沐蘭湘右手的寶劍拉出五個光環後，左手使出武當雲掌的功夫，畫出小半個圓弧後，向上猛的一推，五道光環如流星趕月一般照亮了整個夜空，向上方急速地奔去。更奇妙的是，隨著五個光環向上奔襲，光圈逐漸地散開，很快在沐蘭湘的頭頂處形成一道強烈的劍氣屏障。

這回輪到那四個黑衣忍者身處半空，退無可退了，那道漁網在空中被劍氣絞得四分五裂，一如這四個黑衣忍者的身體，同樣被劍氣光環捲入其中，天空中血肉橫飛，殘肢斷首如雨點般紛紛落下，一蓬血霧被青藍色的劍氣阻在沐蘭湘頭頂三尺處，竟然是一點也無法落下，只能從她身邊兩尺左右劍氣無法籠罩的地方紛紛墜落。

在這一片修羅殺場中，沐蘭湘傲然而立，七星寶劍直指著右側草叢中的伊賀十兵衛，冷冷地說道：「還要死多少手下你才肯出手？」

伊賀十兵衛沒有想到今天帶了這麼多手下來圍攻一個中原女子，才幾個回合就折了三分之一的部下，連對手的邊都沒摸到，他在東洋也是成名多年的高手，哪曾受過這種羞辱，再也忍不住，怪吼一聲「八格牙路」，從草叢中飛身撲出，人劍合一，衝著沐蘭湘直奔過來。

一時間，樹上的，草叢中的，以及地裡的忍者們都顧不得原來計畫好的那樣層層殺招，紛紛從隱身之所躍出，先是一陣子暗器風暴，然後縱身而上，眼睛裡像是要噴出火來，再也不想著生擒沐蘭湘，個個恨不得把眼前的這個女道姑亂刀分屍。

天狼訝異於**小師妹現在還懂得了激怒對方**，這些忍者長於潛伏暗殺，面對面的搏殺由於欠缺內力，並非所長，加上人數眾多，一湧而上，非但不能形成合力，反而會擋住同伴們攻擊的空間，效果反而還不如伊賀十兵衛一個人上前單打獨鬥呢。

沐蘭湘嘴角勾起一絲不易察覺的微笑，七星長劍一揮，斬出一道氣浪，直奔伊賀十兵衛而去，伊賀十兵衛見了兩次沐蘭湘這樣出手，知道厲害，不敢硬撞，身形在空中一個轉彎，白煙一閃，消失得無影無蹤。

說時遲，那時快，伊賀十兵衛消失的同時，十餘枚各種暗器帶著呼嘯的風聲，飆近沐蘭湘身邊三尺左右的距離，沐蘭湘早有準備，長劍剛才斬出氣波的同時，就拉起了大大小小的光環，把周身罩得水潑不進，青藍色的氣勁把一個修長的倩影包裹其中，只聞金鐵交鳴的聲音不斷，卻是沒有一個暗器能突入氣團中哪怕半寸。

黑衣忍者們都見識過這兩儀劍氣的厲害，一陣暗器出手沒有斬獲後，一個個都立在原地，不敢再上前半步，幾個黑衣忍者突然相視一笑，他們剛才除了忍鏢外，打出的還有三枚雷火彈，只要碰到就會爆炸，任這沐蘭湘武功再高，血肉之軀也難擋這火藥爆炸，這下總能為死去的兄弟們報仇了吧。

突然，劍氣團中那個靈動的身形停了下來，所有人看得真真切切，沐蘭湘臉上帶著嘲諷的表情，而她的七星劍尖上挑著三枚雷火彈，正滴溜溜地繞著劍尖旋轉呢。幾個黑衣忍者臉色一變，不約而同地怪叫道：「納尼！」

幾個忍者的驚呼聲還停在舌尖，沐蘭湘玉腕一抖，大喝一聲「還給你們！」三枚雷火彈勢如流星，直奔這幫忍者，速度之快，讓這些忍者們甚至來不及逃開，隨著雷火彈出手，沐蘭湘的身形卻向後暴射，眨眼間就逸出了三丈之外。

黑衣忍者們的身影向各個方向逃竄，有的一飛沖天，有的企圖鑽地，更多的是直接向左右的草叢裡跑，可是都逃不過雷火彈的爆炸，三聲轟天巨響，震得林中的大地都在搖晃，兩側樹上的葉子如雪片般紛紛落下，而那些忍者們的肢體殘塊，也伴隨著他們的淒慘叫聲，在瀰漫著硝煙和血腥味的空氣中迴蕩著。

天狼的目光透過帶著血霧的硝煙看得真切，二十餘個黑衣忍者幾乎沒有一個逃掉，三枚雷火彈的威力足以讓方圓兩丈內的所有活物灰飛煙滅，這些忍者不以內功見長，離身幾尺處爆炸的雷火彈根本無法阻擋，除了有四五個上天入地的忍者是被炸斷了四肢，只剩下半截殘軀在地上翻滾哀號外，其他全部被炸得渣都不剩，化為血霧，散得林中片片都是。

硝煙漸漸地散去，伊賀十兵衛的身形出現在雷火彈炸出的那個大坑附近，隔著面巾，也能感覺到他臉上的肌肉在跳動扭曲！

剛才這一下，他所有的手下都交代在這裡了，如何能不讓他怒極而狂，周身的紫氣已經暴漲，而他手中的那把黑白相間的忍者劍，也開始漸漸地發出吟唱之聲。

沐蘭湘畫出兩個劍花，左手劍鞘橫格於前，右手長劍斜指向上，擺出一個完美的防守姿勢，正是兩儀劍法中，守中反擊的妙招「**兩儀化三清**」，只要受到正面之敵的突擊，就可以先卸力再反擊，一如第一次應對伊賀十兵衛的突襲時那樣。

伊賀十兵衛咬牙切齒地用半生不熟的漢語說道：「好狠的女人！」

沐蘭湘秀眉一挑，杏眼散發著怒火道：「倭寇個個該死，你們在中原燒殺搶掠的時候，應該想到這結局，就剩你一個了，別囉嗦，拿命來！」

伊賀十兵衛怪吼一聲：「還我兄弟的命！」這回他身形一動，幻出三個影子分身，向沐蘭湘殺來。

天狼看得心中一動，這功夫跟前陣子在蒙古大營裡見到嚴世蕃使出的那終極魔功倒是很像，當時嚴世蕃也是把身形隱藏在氣勁之中，同時幻出分身進行攻擊，只是這伊賀十兵衛的功力未到，無論是速度還是幻影的功夫都比起嚴世蕃差了一大截，天狼能很清楚地看到，他的真身是右邊的那個，正攻向沐蘭湘的右肋。

沐蘭湘後退一步，七星長劍如挽千斤之力，極慢地畫出三個光圈，氣勁凜冽，光圈中內力激蕩，扭曲撕裂著空氣，阻止著一切想要穿過光圈接近沐蘭湘的物體。

伊賀十兵衛的真身被這光圈減緩了腳步，忍者劍一震，一道詭異的黑氣與這光圈絞成一團，那兩個影子分身則衝進另外兩個光圈中，瞬間被激蕩的內力絞成了一團泡影，灰飛煙滅，三個分身只存活伊賀十兵衛的那個真身。

沐蘭湘嘴角勾起一絲微笑，她的武功不如天狼，在黑夜中無法看清哪個才是真身，但靠著多年對敵的經驗，用這種方法來試探，立時收到奇效，她很清楚伊賀十兵衛面對面是打不過自己的，**所仗的無非是各種忍術和幻象，現在真身已出，正是自己用上兩儀劍法將他牢牢纏住，使之不得脫身的大好機會。**

沐蘭湘一聲清嘯，兩儀劍法一變，剛才的極慢劍勢變成極快，只一瞬間，就拉出七八個大小不等的光環，一圈一圈地向著伊賀十兵衛疾斬，她的腳下也踏出九宮八卦步，圍著伊賀十兵衛的周身，一劍快似一劍，很快地就和伊賀十兵衛的一身紫氣混在了一起。

天狼看著二人的打鬥，對這一戰的勝負已經沒有懸念，他現在唯一擔心的就是徐海等人，今天沐蘭湘大開殺戒，以一己之力大敗伊賀忍者，可是這些倭寇浪人卻是無動於衷，似乎這些忍者的死活完全與自己無關，這又是件非常奇怪的事情，想到這裡，天狼開始搜索起徐海等人的位置和氣息來。

林中的打鬥還在繼續，伊賀十兵衛的劍法勝在快捷詭異，但他手中的精鋼忍劍並非神兵，內力又不如沐蘭湘，幾次兵刃相交，生生地在劍身上砍出細微的缺口，更是有一次差一點直接把劍從中打斷，這讓他更不敢與沐蘭湘硬碰硬，極力避免與七星劍的接觸。

伊賀十兵衛的武功勝在遊走與幻影，但這回真身已現，被沐蘭湘以滔滔不絕的連環劍法纏上，儘管他一再地用出分身、瞬移、土遁等忍術，試圖擺脫沐蘭湘的追擊，再伺機反擊，但沐蘭湘的七星寶劍如同附骨之蛆，那寒冷血腥的劍氣始終不離他的要害一尺，兩百多招下來，伊賀十兵衛已經汗出如漿，粗喘如牛，劍法也開始漸漸地散亂，落敗只在五十招之內了。

沐蘭湘越戰越勇，大吼一聲：「撒手！」右手長劍帶起兩個光圈，纏上了伊賀十兵衛的右手劍，這一下她用的是綿力，先是圈住對手的劍，再向後一撤，伊賀十兵衛心中暗叫不好，手中之劍被一股巨大的力量向後帶去，身子也不自覺地向前，眼看整隻手都要給絞進那個劍圈了，趕緊丟了手中的劍，左手扔出三枚忍鏢，急襲沐蘭湘的前胸要害，整個人卻向後暴射，試圖撤離。

沐蘭湘等的就是這個機會，她和伊賀十兵衛交手數百招，已經漸漸地摸清楚對方的套路，右手長劍迅速地震出三朵小小的劍花，把激射而來的三朵寒芒擊落在地，而左手的劍鞘橫轉，運上內力，如袖箭一樣地擲出，這一下用上了奪命連環劍中的人劍合一招式，只是加以改進，人沒有出去，只是劍鞘以絕大的爆發力打出，直奔正在空中向後退的伊賀十兵衛。

伊賀十兵衛身處半空之中，根本無法再躲閃，手中的劍也已經失去，連格擋的餘地也沒有，他發出一聲淒厲的慘叫，那劍鞘在他的眼中開始無限地放大，眼看著就要穿透自已的軀體，把自己直接轟出一個巨大的血洞了。

就在這時，突然間一陣陰風掃過，一股無聲無息的邪氣一閃而沒，那支流星趕月般的劍鞘瞬間在空中靜止不動，如同被施了定身法一樣，緊接著，這支由上好雞翅木打造，足以容得卜七星寶劍這種神兵利器的劍鞘，居然在空中四分五裂，碎成片片木屑，再變成一把木粉，潸然而下。

沐蘭湘花容失色，這種功力實在令人匪夷所思，以她的實力，絕對做不到這一點，**更恐怖的是，剛才激烈的打鬥中，她居然沒發現一旁還有如此的高手存在，來人出手救下伊賀十兵衛，顯然是敵非友**。

她後撤半步，橫劍於胸，全神戒備，嘴上喝道：「何方高人，既然來了，為何不現身一見？」

天狼也猛的一驚，沐蘭湘出殺招時，他也感覺到那股陰冷的邪氣，這股氣息雖然他只見過一次，但印象卻是終生難忘，是的，**這一招定鞘於空，將之毀成木**

屑的神技不是別人所施，正是天下至惡的嚴嵩之子，小閣老嚴世蕃！

一陣陰笑聲響起，樹林中的道路上走來一個錦衣華服，鎦金披風，翡翠髮髻的獨眼胖子，最引人注意的，是他的那只瑪瑙眼罩，即使在黑夜中的樹林裡，那股發自靈魂的邪惡氣息仍然掩飾不住，從他那眉宇間的黑氣和臉上的陰笑，就可以看出此人絕非善類。

沐蘭湘上次在蒙古大營裡的暗夜中見過嚴世蕃一次，但因天色太黑，嚴世蕃又易了容，後來陸炳一來他就趁機逃走，因此對此人的印象不是太深，只隱約間總覺得在哪裡見過，當下沉聲道：「你是何人，為何要救此倭寇？」

嚴世蕃嘴角泛起一絲陰沉的笑意：「徐夫人，我們又見面了。」

沐蘭湘心頭一動：「你怎麼會知道我的身分？又為何會現身此處？」

嚴世蕃還沒有開口，草叢中卻響起了幾聲鼓掌，徐海那瘦長的身影從路邊的亂草叢中出現，那張英俊的臉上也掛著一絲冷笑：

「以前只聽說小閣老武功蓋世，卻不現身江湖，今天一見，果然佩服，閣下武功獨步天下，徐某今天開眼了。」

隨著徐海從藏身之處走出，樹上、土中紛紛鑽出倭寇浪人們，上泉信之和毛海峰也都一邊拍著身上的泥土，一邊哈哈大笑，上泉信之也不看沐蘭湘，上前向他行禮道：「小閣老，您怎麼現在就來了，本來我們還想擒下此女給您當見面禮呢。」

嚴世蕃的那隻獨眼色瞇瞇地在沐蘭湘的臉上和胸前來回移動，看得沐蘭湘怒火中燒，怒喝道：「你就是嚴嵩之子嚴世蕃？」

嚴世蕃笑著點了點頭：「正是在下，今天有緣一睹武當沐女俠的風采，實在是三生有幸啊，嘿嘿。」

沐蘭湘恨恨地向地上啐了一口：「嚴世蕃，你父親位居宰輔，世受國恩，你自己也是飽讀詩書，卻居然勾結倭寇，還要臉嗎？」

嚴世蕃搖搖頭：「這等軍國之事，你一個女流之輩自然不明白，在下久聞徐夫人的名聲，對夫人的人品武功都欽佩得緊，今天斗膽想請夫人到府上盤桓數日，也好多跟夫人聊聊這些軍國之事。」

沐蘭湘雖然氣極，但也不是沒有腦子，剛才嚴世蕃露的這一手功夫完全把她震住了，這個壞蛋的武功遠在自己之上，加上身邊又有這麼多倭寇高手，自己根本無法對付，就連脫身也不可能，她暗暗自責為什麼這麼容易就被兩個倭寇引到這裡，以至於身陷絕境。

嚴世蕃話中的淫猥之意，讓沐蘭湘氣得柳眉倒豎：「呸，不要臉的登徒子，我就是死，也不會讓你稱心如願的。」

嚴世蕃笑了笑，轉向伊賀十兵衛：「伊賀君，今天辛苦你了，你的損失，我會設法彌補的。」

伊賀十兵衛眼中淚光閃閃，他今天一戰慘敗，手下盡死，自己也幾乎死於沐蘭湘的劍下，若非嚴世蕃出手相救，這會兒已經是個死人了，早沒討價還價的本錢，咬咬牙道：「小閣老，都怪我無能，連一個女人也對付不了，您的救命之恩，我伊賀十兵衛銘記永生，補償就算了，他日有機會，我一定要親手殺了這個女人，為我兄弟們報仇！」

說完，身形一閃，兩個起落就消失在陰暗的樹林中。

嚴世蕃轉而仔細地打量著徐海，顯然他是初見此人，換上一副笑臉：「徐先生，一路來南京，還習慣吧。」

徐海點點頭：「在下本就是漢人，這回不過是故地重遊罷了，這回我等本來設計想擒下此女，作為和您合作的見面禮，沒想到您會在此時出現，實在出乎我等的意料之外。」

嚴世蕃哈哈一笑：「我倒是忘了，徐先生在加入五峰先生的船隊前，可是在杭州虎跑寺裡當過幾年高僧呢，對我中原倒是不陌生，怎麼樣，幾年沒回中原，感覺和以前沒啥變化吧。」

「有小閣老治理整個大明，自然是繁華更勝往昔，尤其是這東南沿海一帶，這回我們一路行來，可真是富得流油，絲綢瓷器極多，放著如此多的好東西，不進行海外貿易，實在是暴殄天物啊。小閣老，若是能開放海禁，由我們負責把這些東西銷往東洋和南洋諸國，肯定可以大賺特賺的。」徐海大拍馬屁道。

嚴世蕃收起笑容道：「這個嘛，還得從長計議，我們父子這裡當然是沒什麼問題，就是皇上一直不肯鬆這個口，我們也不好多說，而且你們這些年一直在攻擊沿海的城鎮，總是有些清流派的御史為此上奏，現在就說開海禁，和你們做生意，只怕不太容易啊。」

徐海辯駁道：「小閣老，這幾年我們已經很少像以前那樣公然攻擊沿海城鎮了，只是你們大明官軍大規模進剿我們的時候，我們才會攻擊幾個沿海城鎮，顯示一下我們的實力，實力便是我們談合作的基礎，我們老船主雖然沒辦法打到北京城，但若是調集大軍，來南京城轉轉還是可以做到的。」

嚴世蕃話中透出一絲陰冷：「徐先生，你們的能力我很清楚，只是現在胡宗憲坐鎮東南，你們再想像以前那樣長驅直入，也沒那麼容易！若是打海戰，隔斷遠洋貿易，你們是沒什麼問題，可是要說幾萬人登陸就能打到南京，哼哼，真當我大明的百萬雄師是紙糊的不成麼？」

上泉信之看兩人越說越僵，有翻臉的態勢，連忙插話道：「小閣老，徐先生在海上待慣了，性子比較直，您千萬擔待個一二，他的意思是大家合作一起賺錢，而非對閣老和小閣老有什麼不敬。」

嚴世蕃面無表情地道：「羅先生，這些道理我心知肚明，不用別人來提醒，如果不是有利可圖，我也不會走這一趟，前陣子蒙古入侵，皇上已經對我父子有所成見，最近還有人趁火打劫，到處搜集我們舉薦的人貪贓枉法的罪證，雖然還沒呈給皇上，可那不過是遲早的事，在這風尖浪口之際提什麼開海禁、做生意的事，只是給自己招惹麻煩。」

徐海並不知道朝中之事，聽到這裡，臉色微微一變：「小閣老，這次可是你主動邀請我們來談判互市之事的，現在我們人來了，你卻跟我們說這些，是要我們玩嗎？」

天狼聽到這裡，心中雪亮，原來嚴世蕃早就和這些倭寇有聯繫，八成是上次上泉信之落網後，嚴世蕃秘密通過此人和大海賊汪直建立了關係，這徐海看起來也是個有力的海盜首領，加上那個毛海峰是汪直的養子，徐海在這次談判中居主導地位，至少是汪直集團的二把手，**現在嚴世蕃大倒苦水，並不是不想開海禁，**

只不過是提高要價的一種手段罷了。

嚴世蕃笑了笑，看了沐蘭湘一眼，道：「徐先生，今天沐女俠在這裡，我們不好深談，這樣好了，改天再詳談吧。」

徐海眼中殺機顯現，對嚴世蕃道：「小閣老，這個女人的武功很高，今天聽到我們這麼多事，千萬不能讓她洩露出去。」

嚴世蕃突然仰天大笑起來，聲音淒厲刺耳，驚得林中的鳥兒一陣亂飛。笑畢，聲音中透出一股霸氣與狂妄：「徐先生，你是信不過我的本事，連徐夫人都請不動嗎？」

徐海沒有說話，抱臂而立，一邊的毛海峰嚷道：「小閣老，我們知道你的武功高，就是怕你憐香惜玉，讓這女人鑽了空子逃掉。」

嚴世蕃問向沐蘭湘：「徐夫人，你會走嗎？」

沐蘭湘本來聽著他們骯髒的交易，把自己視為無物，早已氣得七竅生煙，只是敵強我弱，只能靜待佳機，一雙眼睛早已在四下觀望，尋找脫身之策，一聽嚴世蕃在叫自己，本能地準備反脣相譏時，一對眼，卻發現**嚴世蕃眼中透出一股異樣的光芒，眼神居然離不開他的這隻眼睛。**

漸漸地，只覺得無法控制自己的意志，嘴裡不由說道：「我，我不會走。」

嚴世蕃的聲音變得更加輕柔，伴隨著夜風輕拂，如同催眠一般：「徐夫人，你說我是誰？」

沐蘭湘眼光變得呆滯，朱唇輕啟，喃喃地說道：「大師兄，大師兄，你來了。」

嚴世蕃似乎有些意外，但眼中那道光芒不減：「沒錯，我就是你的大師兄，跟我回南京城，走吧。」說著，嘴裡開始念起一些奇怪的咒語。

沐蘭湘整個人狀如行屍走肉一般，沒了靈魂與生氣，也跟著念起這些咒語來，整個樹林裡透出一股詭異的氣氛。

天狼在遠處看得後背發涼，這嚴世蕃看起來像是用什麼異術控制了小師妹，他的終極魔功是上古邪術，也許同時還修習了什麼攝心控魂之法，剛才他本來打定了主意，如果嚴世蕃真的向小師妹出手，自己就是拼了這條命也要現身相救，可現在嚴世蕃用邪術控制了小師妹，當下他只有想辦法先制住嚴世蕃，再逼他解開此術了。

嚴世蕃念完咒語後，眼中那道邪光一收，恢復常態，轉向一旁的徐海：「徐先生，雕蟲小技而已，讓你見笑了。」

徐海大感驚奇地道：「想不到小閣老用的竟然是終極魔功裡的**移魂大法**，徐某以前只是耳聞而已，今天居然能親眼一見，真是開了眼啦。」

嚴世蕃笑道：「徐兄果然好見識，連這個都知道，**這移魂大法只有對精神不集中，心中又有憾事之人使出才有奇效**，方才我見此女東張西望找退路，有點分神，這才臨時起意，沒想到一下子就成了，不過我奇怪的是，這女子乃是武當掌門徐林宗的老婆，剛才卻一迭聲地說什麼大師兄，難不成另有姦情不成？」

幾個倭寇首領聽了，不禁大笑起來。

遠處的天狼心如刀絞，恨不得立時就出去殺了群魔，卻只能潛伏不動。

等眾人笑完，徐海衝嚴世蕃一抱拳：「今天就依小閣老，我們改日再談，這陣子我們都在南京城中，下榻的住所你知道的，想和我們談，隨時透過羅兄就可以。」

嚴世蕃點點頭：「那件事，我也得見過胡宗憲後才好和你們商量，這幾天，各位就放心在這南京城中遊玩，順便也看看市面上有什麼貨物是緊缺的，開了海禁之後可以做這些生意。」

上泉信之突然開口道：「這次伊賀十兵衛損失慘重，他畢竟是我們從東洋招來的，小閣老準備如何和他繼續相處呢？」

嚴世蕃嘴角勾了勾：「伊賀里跟我們合作也太沒誠意了，就派這些二三流的貨色來中原送死，我知道他們的當家伊賀天長武功了得，如果他自己親自前來的話，是不會輸成這樣的，這樣好了，我拿出黃金五百兩當這次行動的補償，至於合作的事，等下次他們拿出能和我們合作的實力再談不遲。」

上泉信之長出一口氣：「如此甚好，只是這個女人殺了伊賀里這麼多人，小閣老若是能把她交給伊賀派，我想伊賀天長一定會感激不盡的，就是親自率領派中高手來中原相助，也是很有可能的事。」

嚴世蕃一口回絕道：「這個女人是武當掌門的老婆，我還有別的用處，請你們轉告伊賀里，他們自己伏擊不成，損兵折將，總不能還要我來給他們善後吧。」

上泉信之嘆了口氣，不再言語。

徐海看了眼已經下沉的月亮，說道：「小閣老，那就一切依你了，我們走！」手一揮，與身後十餘名刀客轉眼間就走了個乾乾淨淨。

第三章

十大罪狀

陸炳道：「沈鍊一向痛恨嚴嵩父子誤國，
所以借著蒙古人向中原派出間諜奸細，
聯絡白蓮教等反賊作文章，直指嚴黨集團，
在此之前，更轟動的一件事就；
是楊繼盛上疏彈劾嚴嵩父子十樁大罪。」

當這夥倭寇們的身形消失在遠方的夜色中後，嚴世蕃那隻獨眼閃動著冷厲的寒芒，在沐蘭湘身上掃來掃去，似乎想要看出什麼。

天狼的手按在劍柄上，只待嚴世蕃有任何不軌的舉動，就立即發動攻擊。

嚴世蕃突然嘆了口氣，道：「天狼，來這麼久了，不出來聊聊嗎？」

天狼心中一驚，不知道自己是什麼時候露出了形跡，見無可隱瞞了，咬咬牙，長身而起，走到嚴世蕃面前三丈左右的距離，全身上下蓄勢而發，道：「小閣老，**請問你是怎麼發現我的？又是如何知道是我？**」

嚴世蕃轉過身子，眼裡光芒閃動：「剛才徐夫人和東洋人動手的時候，你的心跳得很厲害，連你的天狼戰氣也不自覺地開始發動，**他們兩人動手與你何干？這點我也很好奇，不知道你能不能給我個答案呢？**」

天狼心中暗罵自己還是定力不夠，一時不慎被嚴世蕃看破了行蹤，定了定神，道：「我看到一個中原女劍客在和倭寇忍者生死相搏，心中激動，不可以嗎？嚴世蕃，不要因為你賣國，就以為別人都和你一樣，對於外敵如此無動於衷。」

嚴世蕃搖搖頭：「天狼，不要跟我說這麼多大道理，你跟陸炳混了這麼久，還是這麼容易衝動嗎？難道你的陸總指揮是那麼純潔善良的忠臣？大家都是為國辦事，用不著這麼互相擠兌吧。」

天狼不怒反笑：「為國辦事？嚴世蕃，你勾結蒙古，裡通倭寇，這也是為國辦事？見過不要臉的，卻沒見過像你這麼不要臉的！」

嚴世蕃也不生氣，平靜地道：「你還是太嫩了，一直在江湖上混，不知軍國大事，這也難怪，陸炳就是希望把你這樣的人訓練成殺人機器，利用你們的熱血和衝動來為他辦事，其實我挺替你不值的。」

「嚴世蕃，想挑撥我和陸炳的關係，我勸你還是別費這勁了，我其實也談不上喜歡陸炳，更不會對他死心塌地、無原則地服從，但是如果他下令要我跟你們這對禍國殃民的奸賊父子作對，我一定二話不說馬上說好的。」天狼不為所動地說。

嚴世蕃道：「天狼，其實剛才徐海他們也應該發現你的行蹤了，若不是我提前把他們支開，只怕他們就會對你群起而攻之，這次是我救了你一命，你對恩人應該多少有點感激吧？」

天狼眼中射出一股殺意：「你剛才應該跟他們一起上前對付我，你錯過了這個機會，就別怪我要取你性命了。」說著，一把青光閃閃的長劍變戲法似地出現在手中，周身的紅氣也漸漸流轉起來。

嚴世蕃嘆道：「**你為什麼非要取我性命不可呢**？天狼，其實我挺欣賞你的，即使你和屈彩鳳一起在湖廣那裡跟我作對，我反而起了愛才之心，不那麼想殺你了。」

天狼周身的戰氣暫時停住，眼睛也恢復了平時的黑白二色，厲聲道：「這件事你又是如何得知的？」

嚴世蕃負手背後，在天狼面前踱起步來：「我一直在留意你的動向，上次在蒙古大營裡一別之後，我知道一定是陸炳把你藏起來了，沒準還會教你那個什麼十三太保橫練，所以才會大半年聽不到你的消息，因為在這個世上，能讓我找不到你的地方只有一個，就是他的錦衣衛總壇秘密基地。」

天狼沒有說話，但心中卻不得不佩服起嚴世蕃來，**邪惡的天才，這個評價對他再合適不過。**

嚴世蕃看了眼天狼的手和脖頸處的顏色，微微一笑：「只可惜你十三太保橫練的功夫沒有大成，現在還做不到收發自如，打起來，我仍然可以勝過你。」

天狼絲毫不懼地道：「那打起來就知道了，我不怕死，必要時可以和你這奸賊同歸於盡，你就算功夫高過我一點，氣勢上被我壓制住，一樣不見得能活。」

嚴世蕃眉毛動了動，哈哈笑了起來：「你說得不錯，我嚴世蕃享盡人間榮華富貴，要是跟你這個無名小卒子同歸於盡了，那可是大大地划不來，衝著這個，我也不想和你動手，不然我剛才有的是機會可以拉上徐海他們一起圍攻你。」

天狼知道他所言非虛，這也是他想弄明白的，沉聲道：「你究竟想做什麼，直說吧，我不想跟你在這裡猜來猜去的浪費時間。」

嚴世蕃點點頭，正色道：「天狼，我從湖廣那裡一路追蹤你，我知道你很聰明，一定不會傻乎乎地直接回京師，而會從南京這裡拐一個大圈，所以我早早地就到了這裡。哦，對了，你託南京錦衣衛轉交到京師的證據，也已經被我截獲了。」說著，他從懷中掏出了一個包裹，在天狼面前晃了晃。

天狼的心猛的一沉，那上面的畫押清清楚楚，看來確實是劉東林的那本帳冊。

天狼冷哼一聲：「嚴世蕃，你防得了一時，防不了一世，天底下那麼多嚴黨，那麼多不法的罪證，你查得過來麼？今天你除非把我給殺了，不然下次我自己帶這些罪證回京，我看你還如何截獲！」

嚴世蕃哈哈一笑：「罪證？你以為就這點貪汙腐敗的罪證，皇上會看入眼裡嗎？你以為我們父子和我們提拔的人這些年在各地大撈特撈的事，皇上會不知道嗎？可笑你給陸炳當槍使，還蒙在鼓裡不自知。」

天狼大聲說道：「多行不義必自斃，皇上一時半會不動你，不代表他一輩子可以容忍你們，尤其是在勾結外寇這件事上，遲早會滅你們滿門，這些罪證，到時候就是斬你們這對賊父子的鬼頭刀。」

嚴世蕃臉上黑氣一現，轉而又恢復了常態，冷冷說道：「以後的事以後再說，**現在他是離不開我們父子的**，再說了，**你為什麼認定我們是在禍國？**就因為我上次到蒙古大營裡跟俺答汗求和？」

天狼罵道：「無恥奸賊，你們執掌國家，不思報國，反而去和蒙古人做這種骯髒交易，你也配說自己是在為國效力？嚴世蕃，你真是豬油蒙了心，書都讀到狗肚子裡去了！」

嚴世蕃輕蔑地道：「草根就是草根，永遠不知道國家大事，天狼，你也只有一個殺手的命，不可能在我們這種位置上看問題，要知道我們父子心中放的是九州萬方，可不是區區的幾萬百姓。你知道要是全面和蒙古開戰，要動員多少人，要死多少人？蒙古人也好，倭寇也罷，不過是些草寇而已，對我大明也只是疥癬之患，無足輕重，讓他們隨便搶點，自然就會退了，沒什麼大不了的。」

天狼恨得牙癢，但他意識到嚴世蕃可能就是要激怒自己，沒準會像上次那樣趁自己分神時突襲，於是他一邊保持著戒備，一邊說道：「哪天讓你的家人也被蒙古人和倭寇這樣燒殺搶掠，我看你還會不會說這種屁話。」

嚴世蕃哈哈一笑，搖搖頭：「勞心者治人，勞力者治於人，百姓本就是螻蟻蛆蟲一般，死了一波又能長出一波，管他們死活做什麼，這輩子活得這麼苦，早死早超生，下輩子投生個官宦人家，不也比現在好嗎？」

天狼氣得說道：「信不信我現在就送你去超生？」

嚴世蕃「嘿嘿」一笑：「天狼，你是個殺手，不是個莽夫，比起一般的錦衣衛來說，你還算有點腦子，如果你真的想要我的命，也不會聽我說到現在，因為你也沒有勝我的把握，最多只是有個和我同歸於盡的機會，對不對？」

天狼沒有說話，算是默認。

嚴世蕃定定神，說道：「好了，跟你沒必要做這些口舌之爭，什麼時候你坐到陸炳的那個位置，就會明白我今天說的話啦。下面才是我今天想真正找你的事，**麻煩你帶個話給陸炳，我想恢復和他的合作。**」

天狼質疑道：「嚴世蕃，你位高權重，如果想找陸總指揮，自己上門就可以，何必透過我帶話？再說了，你的那些屁話，我聽了左耳朵進右耳朵出，一個字也不會重複的。」

嚴世蕃臉色一沉，顯然在壓抑心中的怒火：「天狼，這對你們錦衣衛和我們都有好處，**你以為你們的算盤我不知道嗎？你以為讓仇鸞頂在前面舉報我們，就能扳倒我們父子了？你們如果真這麼想，只能說明你們太蠢了！**」

天狼心中一驚，嚴世蕃居然能料到這一層，但他不能判斷這是不是嚴世蕃在套自己的話，臉上毫無表情地道：「你們之間狗咬狗，我是樂見其成，至於罪證，我想給誰就給誰，你還怕沒有御史去彈劾你們嗎？」

嚴世蕃狂笑起來：「御史？**不要說普通的御史，就是那些清流大臣們的門生們，又有哪個敢直接彈劾我嚴家父子的？你養傷這段時間，徐階指使他的學生楊繼盛上本參劾我們父子，還列了十大罪狀，結果又如何？**皇上根本沒動我們，反而派陸炳將楊繼盛下獄，難道這件事，你的陸總指揮沒和你說嗎？」

天狼對此事一無所知，這半年多他除了練功養傷，就是到山西走了一趟，完全沒有理會朝堂之事，今天乍一聽聞，不禁心中一動，但馬上又想到這可能是嚴世蕃的挑撥之語，絕不會有什麼好意，於是回道：「這些我懶得去管，楊御史手上沒有證據才會反被你暗算，而我的任務就是去找這些證據，天日昭昭，嚴世蕃，總有一天你會被清算的。」

嚴世蕃嘆了口氣：「天狼，我真不知道鳳舞看上你哪點，就是你這點可憐的正義感嗎？**身處朝堂，有誰是乾淨的？**我們嚴家父子也就是貪點錢罷了，可這大明的江山，我們可是撐了十幾年，換成那些清流大臣們上臺，說不定大明早就完了。」

天狼不想跟他廢話，直入正題：「帶話的事情，我是不會做的，你想跟陸總指揮言和，那就請你自己去找他，你也說過，我只不過是個殺手，是台機器，不參與這種軍國之事。現在你把這個女人交給我，咱們就大路朝天，各走一邊，你私會倭寇的事，我也只當沒看見。」

嚴世蕃回頭看了眼沐蘭湘，此時正好一抹月色透過樹梢的間隙，皎白的月色灑在她美麗清秀的臉龐上，一雙大眼睛卻是沒有半分的神采，呆若木雞，讓天狼看了一陣心痛。

嚴世蕃突然不懷好意地笑了起來：「怎麼，天狼，難道你對這女人有興趣？看來你的胃口也挺好啊，有了鳳舞還需要別的女人，只是鳳舞那丫頭的性子我最清楚，要是她知道你移情別戀了，一定會取你性命的，你可別怪我沒提醒你啊。」

天狼道：「嚴世蕃，你不用在這裡套我話了，這個女人是武當派的掌門夫人，你想要控制她以牽制武當派，進而影響伏魔盟，我可不會給你這個機會，今天你要帶走她也可以，我會把你通倭的事情上報，徐海他們還在南京城裡

呢，你別以為自己可以一手遮天，只要我上報這件事，別說南京的錦衣衛，就是你的老部下胡宗憲也不敢包庇的，到時候我把這幾個倭寇交給皇上，我看你還有何話可說。」

嚴世蕃獨眼中凶光一閃：「天狼，你別太高估了自己，這些倭寇可沒這麼容易讓你找到的。」

天狼想到了徐海看那王翠翹時的眼神，突然心中有了底，笑道：「嚴世蕃，要不然我們打個賭好了，看看我有沒有本事把他們找出來！今天我既然能一路跟蹤他們到這裡，自然有的是辦法再找到他們，這些東洋人實在是太顯眼了，就是混在人堆裡，我一樣能一眼認出。」

嚴世蕃臉上一陣青一陣白，天狼這下擊中了他的死穴，他瞥了一眼沐蘭湘，陰惻惻地說道：「不瞞你，**這個女人上次差點取了我的命，我咽不下這口氣，所以非要她不可**，你們錦衣衛一向跟武當有過節，你為了保下這個女人，不惜和我為敵，值得嗎？」

天狼冷冷道：「嚴世蕃，不管這個女人你肯不肯交給我，我個人跟你都是死敵，上次你在蒙古大營裡不也是想取我性命嗎？我這個人的原則就是，誰殺我就殺誰，誰不讓我好過，我就不讓他好過，今天我就是不讓你把這女人帶走，至於我想如何對她，那不關你的事。」

嚴世蕃那隻獨眼滴溜溜地直轉，似乎是在盤算下一步的行動，最後，咬咬牙道：「好，天狼，我信你這回，不過我提醒你一句，我跟那些倭寇談的是國事，如果談得順利，東南以後就可以風平浪靜了，你如果不想沿海的百姓再經歷戰火，最好不要來壞我的事。」

天狼心中鬆了一口氣，臉上不動聲色地說：「我天狼一向言出如山，你把沐蘭湘交給我，我自然也沒心思管你和倭寇的事，不過，你若是想要賣國，讓我知道了，我還會繼續阻止你的，不管陸炳是否同意，我都不會放過一個賣國奸賊。還有，沐姑娘中的移魂大法，麻煩你先解除掉。」

嚴世蕃丟下一句：「不用解，過一會兒就會恢復了。」便大踏步地向著林外走去，也沒見他怎麼用提縱之類的輕功身法，眨眼間，身形就閃在十餘丈外，很快就湮沒在茫茫夜色之中。

一直到嚴世蕃那邪惡陰冷的氣息消失在黑色夜空中很久，天狼才長出一口氣，渾身緊繃的肌肉才算放下，他深知嚴世蕃的武功絕世，不是徹底地沒了氣息，是無法放鬆戒備的。

天狼轉頭看著眼前的小師妹，心中百感交集，看著小師妹那清秀依然的面容，微微上翹的嘴角，卻隱隱有著一絲難以言說的淡淡憂傷。

天狼忍不住想要伸出手去輕撫小師妹的臉，就在他的手要觸到小師妹臉上的一瞬間，他突然想到現在的小師妹已經不是自己的愛侶了，而是武當掌門夫人，自己這樣的行徑與淫賊無異，此念一起，他的手就這樣停在半空中，進不能進，退又不甘。

沐蘭湘那無神的大眼睛突然恢復了神彩，視線所及之處，只看到一隻大手正伸向自己的臉，她本能地使出武當的擒拿手法，左手一格，右手探出，迅如閃電般地摑向天狼的臉。

這一下事發突然，天狼正處於失神的狀態，完全沒有防備，右手被一下子格開，空門大露，還沒回過神來，臉上就挨了沐蘭湘的一巴掌，又響又脆，連蒙面的黑巾也被打落在地，人皮面具上留下了五道鮮豔的指甲印，還好臉上這層面皮黏得夠結實，沐蘭湘剛剛清醒過來，也沒用上大力，才不至於把面皮打落。

即使這樣，天狼仍然感到臉上火辣辣的疼，他回過神，疾退兩步，忙道：「沐女俠，在下沒有惡意。」

沐蘭湘這也沒料到對方不閃不避，硬生生地挨了自己這一巴掌，再一細看，這人其貌不揚，身形高大健碩，臉上卻隱然有一股正氣，和嚴世蕃透出骨子裡的邪惡感完全不一樣。

她依稀記得嚴世蕃的眼神中似乎透出一股魔力，讓自己不覺地失去意識，再看看四周，倭寇還有嚴世蕃都消失不見，她手掌運起內力一吸，地上的七星劍回到右手中，擺出一招隨時可以反擊的「兩儀迎客」，喝問道：「你是何人，為何會在這裡？」

天狼深吸了一口氣，強忍著心中的悲傷，儘量平靜地說道：「沐女俠，在下錦衣衛天狼，我們在蒙古大營裡見過。」

沐蘭湘打量了一下眼前這個黑臉漢子，冥冥中，她感覺對眼前這個人有一種莫名的熟悉和親切感，卻想不起來哪裡見過。

她仔細回想著當時蒙古大營中的情況，搖搖頭：「不對，在蒙古大營裡，我只見到陸炳，什麼天狼不天狼的，我根本沒見過，你是不是嚴世蕃的手下？休要騙我！」一邊說著便提氣戒備，手中的七星劍青光一陣閃耀。

天狼意識到自從自己練了十三太保橫練後，身形和氣味都改變不少，以致小師妹完全沒有認出自己，也罷，物是人非，這樣相見不如不見，有情卻似無情，也許才是最好的結局。

天狼道：「沐姑娘，當時你和徐大俠在蒙古大營裡，曾經救下被嚴世蕃暗算的我，後來我暈了過去，陸總指揮把我帶走，這件事難道你記不得了嗎？」

沐蘭湘眼波流轉，再次仔細地上下瞧了天狼一番，還是搖搖頭：「不對，你跟那天的錦衣衛完全不一樣，身形相貌都不對，一定是在騙我。」

天狼解釋道：「沐姑娘，你誤會了，我當時用的是易容術，戴著面具，我們錦衣衛執行任務的時候，往往不能以真面目示人，那天沐姑娘救我一命，天狼感激不盡。」

沐蘭湘以前也見識過李滄行神奇的易容術，想到這裡，她瑤鼻微動，仔細地嗅了嗅，臉上不經意地閃過一絲失望，但是收起了渾身上下的劍氣，說道：「原來如此，你就是這兩年來在江湖上大名鼎鼎的錦衣衛天狼嗎？我聽華山派的司馬師兄和展師弟提起過你。」

天狼正色道：「不錯，我就是天狼，沐女俠，今天我追蹤倭寇到這裡，沒想到撞見你被倭寇引到這裡，本來我想出手相助，後來看你能應付那些倭寇，考慮到我們錦衣衛和貴派的關係不是那麼和諧，為了避免誤會，我就沒有出手，直到嚴世蕃出現。」

沐蘭湘想到嚴世蕃那副色迷迷的樣子，心中就一陣噁心，秀眉一蹙，道：

「我好像中了嚴世蕃的邪術，突然失去了意識，你既然在場，能告訴我後來發生了什麼事嗎？」

天狼道：「嚴世蕃與倭寇在此接頭商量賣國的事，後來談到要緊的細節時，大概是不想讓沐女俠聽見，所以嚴世蕃施展了邪術，讓沐女俠失去了意識，後來的事情，因為內容涉及國家機密，天狼不能向沐女俠透露，只能告訴沐女俠，倭寇們都走了，嚴世蕃本來心生歹念，想要把姑娘帶走，我趕緊現身，逼得嚴世蕃只好留下姑娘，自行離開。」

沐蘭湘心下稍寬，她剛才暗中檢查了一下自己的衣衫與身體，沒有發現有何異樣之處，最緊要的，保住了女兒家的清白，這讓她心中一塊大石落了地。

待她冷靜下來，仔細一想，仍然覺得有些不對勁，不禁問道：「天狼，你只不過是一個錦衣衛殺手，又有何本事能讓身居高位的嚴世蕃就這麼離開呢？」

天狼道：「不妨向沐姑娘透露一點內情，我們的陸總指揮對於嚴氏父子勾結外敵，影響國事已經有所不滿，有意聯絡朝中清流派大臣對嚴氏一黨予以壓制，這點想必徐閣老也跟你們武當派打過招呼吧。」

沐蘭湘恨恨地說道：「陸炳跟我們武當派的仇，沒這麼容易算了，而且紫光師伯死得不明不白，這事想必也和他脫不了干係，現在他跟嚴嵩翻臉，就想著拉攏我們武當，我們不是他的錦衣衛，可以這麼容易給他當槍使。」

天狼能預料到沐蘭湘的反應，於公於私，陸炳也不會跟武當真正一條心的，充其量只是在現在魔教勢大，嚴黨猖獗的情況下，暫時和這些名門正派合作而已，加上這些年來錦衣衛一直幫著巫山派看守總舵，和伏魔盟交手也是互有死傷，仇怨已結，要想化解非一日之功，於是天狼搖搖頭道：

「沐姑娘，我知道你對我們錦衣衛，對陸總指揮有許多成見，他確實做過許多對不起武當，對不起伏魔盟的事，這一點我向你真誠地道歉，但是現在的情況不一樣了，嚴黨已經威脅到國家的安全，我們錦衣衛的最大宗旨是保國護民，不可能認同他們的做法，所以**陸總指揮希望我們錦衣衛能和伏魔盟的各派，尤其是你們武當派摒棄前嫌，共同對付嚴黨在江湖上的勢力代表，也就是魔教。**」

沐蘭湘的眉頭依然深鎖，看著天狼的眼光中充滿了敵意：「只有魔教嗎？那巫山派呢？是不是巫山派給了你們錦衣衛什麼好處，就不用對付了？」

天狼突然醒悟過來，小師妹畢竟是個女人，眼光見識有限，而且器量不可能有男人這麼寬廣，她對巫山派的恨意也許還超過魔教，一來，她認定了紫光是被屈彩鳳所殺，二來也深恨徐林宗與屈彩鳳的過去，所以對巫山派，不，應該說是對屈彩鳳個人是不共戴天，有食肉寢皮之仇。

想到這裡，天狼道：「沐女俠，根據錦衣衛的調查和判斷，紫光掌門並非屈彩鳳所殺，其中只怕另有隱情，而且上次在蒙古大營裡，你也看到屈彩鳳冒著生命危險與蒙古韃子作戰，巫山派和鐵了心給嚴嵩父子賣命的魔教不一樣，是有改邪歸正的可能，請你不要把他們和魔教混為一談。」

沐蘭湘冷哼道：「你是不是還想說什麼巫山派其實宅心仁厚，還保護了很多老弱婦孺，所以我們不應該消滅他們的話？天狼，我不管你是什麼目的，我只知道紫光師伯是屈彩鳳所殺，我徐師兄多年被巫山派害得有家難回，甚至我的大師兄李滄行也在我們與巫山派一場大戰之後神秘失蹤，就此與我天人永隔，任你舌燦蓮花，我都不可能和巫山派化敵為友，再說，這些年我們伏魔盟和巫山派的血仇無數，就是我們武當肯停手，其他各派，尤其是峨嵋的華山，都不可能答應的，你還是死了這條心吧！」

天狼聽沐蘭湘的意思，似乎把當年自己與她在渝州城外的樹林裡負氣離開的仇，也算到屈彩鳳的身上，這讓他心中又是一陣痛楚，卻又有一絲喜悅，看來在她的心裡，自己還占有一席之地，只是造化弄人，有情人不能成眷屬，時也，命也！

天狼平復一下自己的情緒，道：「沐女俠，有關紫光掌門身死的事情，我想

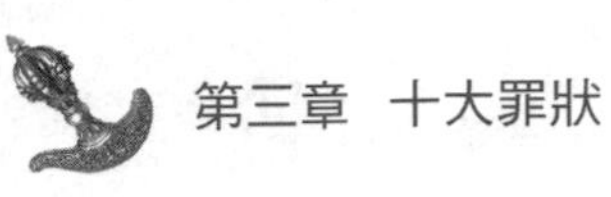

和你們武當派的內鬼有關係，我可以用性命向你擔保，這個內鬼絕不是我們陸總指揮派的，你想想看，以屈彩鳳的武功，她怎麼可能殺得了紫光掌門呢，其中必有隱情，一定是不想看到錦衣衛與伏魔盟握手言和的勢力才這麼做的。」

沐蘭湘仍是堅持道：「天狼，我並不是武當掌門，這些話我也不會轉給徐師兄，上次徐大人跟我們武當透露過，讓我們暫且與錦衣衛罷手休戰，出於大局考慮，武當勉強同意，只要你們不繼續插手我們和魔教還有巫山派的戰爭，那我們可以井水不犯河水，但要是你們繼續得寸進尺，企圖讓我們放下和魔教還有巫山派的恩怨，那我們是做不到的，你們如果想幫著巫山派和我們作戰，那就放馬過來吧，反正也打了這麼多年了，也不怕繼續打下去！」

天狼的眼中冷芒一閃：「**這是沐女俠你個人的意思，還是徐掌門的意思？**」

沐蘭湘道：「這是我們武當派長老們合議後的集體意見，外子在這件事上不好多發表意見，但也是點了頭的，這點你們陸總指揮也應該心知肚明，為何還要讓你再次提及？」

天狼心中暗罵陸炳坑了自己，他明知武當派不願意和巫山派休戰，卻因為怕刺激到自己而隱瞞不報，弄得自己反把她的火氣給撩起來了，甚至可能影響雙方未來的合作。

但事已至此，天狼只能說道：「沐女俠，我只是一個殺手，陸總指揮如何與你們武當商議，我無權得知，但我作為錦衣衛副總指揮，多次聽陸總指揮提及對你們伏魔盟各派，尤其是對武當派的應對策略，所以他的心思，我還是瞭解的，今天我跟你說的事，完全可以代表錦衣衛，代表陸總指揮，還請沐女俠一定把此意轉給徐掌門和少林的空見大師，以及華山派的司馬大俠與峨嵋派的林掌門。」

沐蘭湘沒有直接接這個話頭，她的秀目中眼波流轉，一直看著天狼，忽然問道：「我先問你一件事，請你如實回答。」

天狼微微一愣，**心中隱隱地感覺到小師妹是不是想查自己的來歷，屈彩鳳能從自己使的天狼刀法中一下子判斷出自己就是李滄行，小師妹是不是也有同樣的想法呢？**

天狼深吸一口氣，說道：「沐女俠但請直說無妨。」

沐蘭湘一動不動地盯著天狼的雙眼：「我聽說你會天狼刀法，而且造詣極高，甚至在那屈彩鳳之上，可有此事？」

天狼點點頭，緩緩說道：「不錯，在下機緣巧合得到異人傳授天狼刀法，出山後投入錦衣衛，至於屈寨主，在下學藝時並不相識，直到加入錦衣衛後才知道她使的也是天狼刀法。」

沐蘭湘眼中閃過一絲失望，秀眉微微一揚，繼續問道：「你是什麼時候加入錦衣衛的？以你的武功，為何以前從沒有在江湖上聽過閣下的大名？」

天狼道：「在下以前一直在深山秘谷中學藝，曾經向授我武藝的那位異人發誓，刀法不成，絕不出山，所以直到兩年前我刀法大成才出江湖，很快就碰到錦衣衛總指揮陸炳，被他憂國憂民的情懷和武功所折服，於是加入錦衣衛，就是想做一番事業，也不枉這一身的武功。」

沐蘭湘的身子微微一晃：「你當真是在深山中學藝二十年嗎？不知道尊師是哪位，可否見告？」

天狼知道她還是不死心，當年自己還是李滄行的時候，曾經用過一次天狼刀法，所以小師妹對此念念不忘，即使聽說有人會使天狼刀法，也想求證是不是自己，有那麼一瞬間，他幾乎想脫口大喊：小師妹，我是大師兄啊！可是理智又讓他到嘴邊的話收了回去。

天狼狠下心來，否認道：「沐女俠，在下說過，傳在下武功的那位異人曾經和在下有過約定，甚至讓在下立了毒誓，絕對不可以洩露他名字半個字，如違此誓，叫我天打雷劈不得好死，還請不要為難在下了。」

沐蘭湘嘆了口氣：「好吧，你不必說出你的師承，**但是你跟巫山派的屈彩鳳**

是何關係，你一再地維護她，**是不是因為你們師出同門？**這點很重要，也會決定我們以後應對錦衣衛的策略，還請你以實相告。」

天狼正色道：「沐女俠，在下可以指天發誓，在下學習天狼刀法時，與那屈彩鳳並無半點同門之誼，只不過陰差陽錯，跟她學到同樣的武功而已，剛才在下為巫山派求情，也是出於天下公心，希望伏魔盟能和巫山派聯手共同對抗魔教，還有站在他們背後的嚴黨，而並非是出於跟屈彩鳳有什麼別的交情。」

沐蘭湘眼中光芒閃爍不定，最後咬咬牙道：「這大半年來，巫山派漸漸減少與我們的正面衝突，如果他們可以放棄做惡，放棄和魔教的聯合，我們可以考慮跟他們罷兵休戰。其實外子也有同樣的想法，只是其他各派和巫山派的仇怨太深，加上他以前和屈彩鳳的瓜葛，不好開口而已，你們錦衣衛如果能和我們聯手對付魔教，這事自然有得商量。」

天狼的臉上終於露出了一絲笑容，向沐蘭湘抱拳道：「那就有勞沐女俠帶話回去了。在下還有要事在身，先走一步。」

他雖然心裡有一萬個不情願，與小師妹哪怕多待一秒鐘也好，但是他怕自己再下去會露出破綻，前功盡棄，所以還是狠狠心準備離開。

不想沐蘭湘突然說道：「等等，我還有事情沒有問完。」

天狼停下腳步，眉頭一皺：「沐女俠還有事指教嗎？」

「你剛才說，嚴世蕃和倭寇在這裡接頭，你本來撞破此事，完全可以把此事上報，為什麼放棄這個打擊嚴世蕃的好機會呢？」

天狼微微一笑：「第一，我雖然看到嚴世蕃和倭寇接頭，但所謂捉賊拿贓，捉姦拿雙，光憑我眼見耳聞，是沒法證實嚴世蕃通倭之事的。第二嘛，我也不能眼睜睜地看著嚴世蕃把沐女俠帶走，不管是不是他想對你不利，還是以此來要脅武當，乃至伏魔盟，都是我不能允許的。」

沐蘭湘心中不由生出一陣暖意，不知為何，**她總覺得眼前的這個人讓她天生有一種安全感，這種感覺，只有以前的大師兄給過她**，連徐林宗都沒有讓她有如此的感覺，所以剛才她才會一再出言試探。

聽到這裡，她猛的想到：「既然如此，嚴世蕃又為何不殺你滅口，而是把我留下呢？依你所說，你抓不到他通倭的罪證，這樣他為何不能與你放手一搏？」

天狼面不改色地道：「因為我跟他做了交易，以我的武功，他想殺我並非易事，而且此人武功雖高，但貪生怕死，我卻可以以性命與他相搏，思前想後，他還是不敢和我一決生死，便轉而和我交易，我和他說，如果他把沐女俠留下，我可以不去舉報他這回與倭寇私會之事。」

沐蘭湘秀目一眨：「不對，你無憑無據的，如何能舉報他？」

天狼哈哈一笑：「沐姑娘，我雖然抓不到他的現行，可是那些倭寇還在南京城中，只要我回城，調動全城錦衣衛封閉四門，大張旗鼓地搜索，自然能把這些倭寇給找出來，到時候在我們錦衣衛的手段下，有什麼口供得不到？」

沐蘭湘嘴邊梨窩一現，笑顏逐開道：「你可真有本事，對付這樣的惡人還是要你這種手段呢。那你現在打算怎麼辦，去城裡搜索倭寇嗎？」

天狼點點頭：「那是自然，守信只是對君子而言，對於嚴世蕃這樣的天下至惡，禍國殃民的奸賊，我才不跟他講什麼承諾呢，趁著現在倭寇還沒跑，我得趕快回城去找，遲了只怕他們聽到風聲就要閃人啦，沐女俠，告辭了。」

沐蘭湘點點頭，衝著天狼大方地一抱拳：「那就祝你馬到成功了，你的話我會轉達給外子以及伏魔盟的其他各位掌門，放心吧。」

天狼轉過身，一行清淚已經不知不覺地從眼角流下，與師妹重逢，卻是相見不能相認，還要處心積慮地掩藏自己的身分，實在讓他心痛難忍，下次再見，不知會是在何時！

他甩甩頭，雙足點地，身形幾個起落，便不見人影，留下沐蘭湘一人呆在原地，若有所思。

天狼並沒有馬上離開那片小樹林，他放心不下小師妹一個人，找了個角落潛伏起來，直到沐蘭湘回到南京城，和幾名武當弟子接上頭後，才放心地離開，等到回自己的客棧時，天色已經大亮了。

屈彩鳳正坐在他的房間裡，天狼一推門而入，她便激動地道：「天狼，你去哪兒了，也不留下標記，我在城裡找了你一夜都沒見人。」

天狼坐下，喝了一口茶：「昨天晚上的事，真是一言難盡，不僅南京城裡有倭寇，連嚴世蕃也到這裡了。」

屈彩鳳驚得叫道：「什麼，這惡賊怎麼也來了？」

天狼露出苦笑道：「看起來他比我們想像的更加精明，不僅猜到在湖廣抓貪官的是我們，還截住了我透過錦衣衛上傳的罪證，那劉東林的帳冊已經落到他的手中，看來這回，我們前功盡棄了。」

屈彩鳳氣憤地說：「這惡賊又是怎麼能算到的？」

天狼自責地道：「都怪我，太低估他了，陸炳曾經一再跟我說，嚴世蕃是天下奇才，而我只注意他的邪惡與無恥，卻忽略了他的才能，在我心裡，他只是一個貪婪好色的紈褲子弟，即使身擁終極魔功這樣的絕學，也只以為是他走了狗屎運學來的，看來今後，我還是得拋開對他的仇恨和鄙視，真正重視起這個邪惡的天才。」

屈彩鳳木然無語，半天才說道：「那後來呢，你見到嚴世蕃和倭寇接頭了嗎，不會被他們發現了吧。」

天狼搖搖頭：「不，嚴世蕃發現了我，但是倭寇卻好像沒有，而且這中間還出現意外的狀況，你道那些倭寇匆匆離開是為了什麼？」

屈彩鳳猜道：「是不是嚴世蕃剛來南京，就通知這些倭寇們和他接頭？」

天狼嘴角勾了勾：「不是的，倭寇們本來想要那個秦淮名妓，以作為進獻給嚴世蕃的禮物，但中途又有了新的目標，所以他們才急匆匆地離開那蘭貴坊，就是為了這新的目標。」

屈彩鳳的好奇心一下子被勾起來，眨著美麗的大眼睛問道：「那王翠翹已經算是人間絕色了，還有比她更好的目標嗎？」

天狼點點頭：「此人不是別人，而是我的小師妹沐蘭湘。」

屈彩鳳不信地道：「她怎麼會在南京城出現？」

「我也不知道，她只帶了幾個新進的武當弟子來這裡，限於身分，我也不好多問，但是她的行蹤被倭寇發現，大概上泉信之也知道伏魔盟和魔教之間的過節，於是想擒下我師妹，作為獻給嚴世蕃的見面禮。」

屈彩鳳眼中閃過一絲異樣的神色，調侃道：「那恭喜你和你的小師妹再次相遇了，一夜未歸，只怕是盡訴衷腸，破鏡重圓了吧。」

天狼聽出她話中的酸味，道：「屈姑娘，何必如此消遣我，我怎麼可能和小師妹相認，我現在唯一能做的，只是不讓她受傷害，倒是今天小師妹讓我大吃一驚，她的劍術已經極高，大敗東洋的伊賀忍者，若不是嚴世蕃出手，只怕就是徐海他們一起上，也未必能留得住她。」

「你的小師妹這些年來一直和日月教還有我們巫山派作戰，每次見她，確實劍術都進步許多，就是我想勝她，也要在千招以後，而且她的七星劍乃是神兵利器，若論現在江湖上的女子高手，她至少可以排到前五，只是跟那嚴世蕃相比，還是差了不少，難道你跟她又合使兩儀劍法，才把敵人打退的？」屈彩鳳狐疑地道。

天狼大搖其頭：「這怎麼可能，若是我用兩儀劍法，不就自曝身分了嗎。嚴世蕃先是用邪術移魂大法制住小師妹，然後又支走那些倭寇，再逼我現身的。」

屈彩鳳聽道：「他居然一個人面對你？天狼，有這樣好的機會，以你的性格，一定是和他大戰一場吧。」

說到這裡，她的眼光落到天狼身上，只見天狼一身衣服乾乾淨淨，與上次與楚天舒大戰時那種渾身是傷的樣子完全不一樣，顯然並沒有和嚴世蕃交手，於是道：「你沒和他動手？」

天狼點點頭：「是的，我怕傷到小師妹，而且在那裡動手勝負難測，所以我沒有出手，他似乎也掌握了我們的意圖，當時我殺不了他，就想聽聽他究竟想要做什麼。」

屈彩鳳不滿地說：「這個壞胚子還能做什麼，天狼，他雖然截獲了劉東林的帳冊，可是他也沒有殺你的本事，也知道你們錦衣衛和我們巫山派都在找那些貪官的罪證，現在朝中有仇鸞和清流派大臣和他做對，江湖上又有我們在找他麻煩，可謂四面楚歌，這次他來南京，我想不止是為了那個帳冊，跟倭寇的接頭肯定也是重要的一環。」

天狼笑道：「屈姑娘的分析果然鞭辟入理，現在嚴賊父子可謂是內交外困，焦頭爛額，所以他們肯定不想與我們徹底翻臉，這才想辦法和我們言和，另一方面，**他們與倭寇接觸，我估計是想要引為外援，至少能和倭寇談判開通貿易，這樣算是大功一件**，能保住自己在朝中的地位，若是皇帝真想向他們下手，他們就暗中通知倭寇，在東南一帶製造事端，到時候只能讓胡宗憲來收拾殘局，出於穩定東南的需要，皇帝根本無法徹查嚴黨。」

門外突然響起一陣鼓掌聲：「不錯，真不錯，天狼果然不愧是陸總指揮的得力幹將，這番分析，已經遠遠超過一個普通殺手的頭腦了。」

天狼臉色一變，剛才他和屈彩鳳聊得投機，一時間竟然忘記了對外面的觀察，這家客棧人來人往，他們住的二樓更是腳步聲不斷，但這陣子好像一下子變得非常安靜，想來此人早就在外面偷聽了。

天狼定了定心神，看著外面說道：「閣下既然早就來了，何不現身一見？」

就見兩扇木門被一隻有力的手推開，一個年約三十四五歲，中等個子的人，穿著一身上好的綢緞衣服，閒庭信步般地走進來，雙眉飛揚，眼睛炯炯有神，下巴上留著梳得整整齊齊的山羊鬍，可不正是多年前曾和天狼有過一面之緣的前禮部主事譚綸？

天狼一下子就認出了譚綸，多年前被他招募，在南京城外大戰倭寇的往事仍然歷歷在目，眼中射出精光，在譚綸的臉上停滯不動，嘴裡道：「這不是譚綸譚大人麼，你不在你的禮部為官，跑這客棧裡偷聽兩個江湖人的對話，不知是何用意？」

譚綸道：「天狼，現在本官的正式官職是台州知府，順便還兼了一個浙直總督胡宗憲胡部堂大軍中的中兵參軍之職，所以在南京城中緝查倭寇也是本官的職責所在，昨天在追蹤倭寇的時候，無意中也發現了屈寨主的行蹤，所以跟蹤到此，無意中聽到了兩位的對話，實非有意。不過二位可以放心，今天兩位所說的事，在下一定會保密的。」

天狼摸不清譚綸的意圖，沉聲道：「譚參軍，你既然是負責緝拿倭寇，現在就應該去抓徐海和上泉信之這些倭寇首領，正事不做，卻和我們說這些，不覺得本末倒置嗎？」

譚綸搖搖頭：「此事事關朝廷的大政方針，所以本官需要和你好好商議一番，據我所知，你這回並沒有得到錦衣衛陸總指揮的授權，所以有些事，本官需要跟你細談。」

天狼看了眼屈彩鳳，道：「屈姑娘，我和這位譚大人有些事需要商量，你在這裡等我回來。」

屈彩鳳撇了撇嘴：「你們官府的事，我才懶得聽呢，去吧，不過我提醒你們，可別耽誤了抓倭寇的正事。」

天狼跟著譚綸出了門，只見這間客棧裡突然冷清許多，二樓更是空蕩蕩的，樓道上一個人也沒有，顯然是譚綸早就有所佈置。

一路之上，譚綸也不多說話，在前面看似不緊不慢地走著。

他從客棧的後門出去，不走大路，淨挑那些偏僻的小巷，天狼在後面跟著，一言不發，一直這樣穿行了小半個南京城，才拐進一個小門，進了一座幽靜的別院，譚綸停下腳步，長長地嘆了口氣：「這次實在是太可惜了，天狼。」

天狼笑道：「陸總指揮，您要是早幾天來，也許就能拿到帳冊啦。」

那「譚綸」也不回頭，疑道：「你又是怎麼看出我的身分來的呢？」

「第一，以譚綸的武功不可能瞞過我和屈彩鳳，能一直隱藏自己的氣息，在門外不被我們察覺的，非絕頂高手不可。第二，譚綸不過是台州知府，他沒有權力在南京城的客棧清掉所有客人，這點只有錦衣衛辦得到，如果是一般的公差，早就會在外面鬧得雞飛狗跳了。第三，譚綸又怎麼可能跟蹤我們到客棧，還能一口叫破我的身分呢，能做到這三點的，除了錦衣衛總指揮陸大人，還能有誰？」

陸炳轉過身，那層面具已經被他取下，他嘆了口氣：「那你可知我為什麼要扮成譚綸，引你來這裡相見？」

天狼觀察了一下四周，從他一進這小巷子，就察覺到這裡的特別之處，整條後巷居然一個人也沒有，巷頭巷尾顯然有暗哨在戒備，就連巷口擺攤做生意的幾個人，也能時不時地從他們眼中偶爾一現的神光判斷出這些都是練家子。

天狼笑道：「這裡應該是錦衣衛在南京的一處秘密基地吧，陸總指揮，你引我來此，是想和我討論這次的行動，這些當然不能讓屈姑娘聽到。」

陸炳的面沉如水，搖頭道：「這只是一方面，現在情況不太好，更重要的是趕快要制訂接下來的應變之策。」

天狼覺得有些不對勁，忙問道：「怎麼，**難道聯合仇鸞對付嚴嵩父子的整個策略要改變嗎？**」

陸炳嘆了口氣：「**你知道為什麼嚴世蕃敢放心孤身離京？還有為什麼這麼多天我不能前來助你一臂之力的原因嗎？**」

天狼搖搖頭。

陸炳眼中閃過一絲無奈與落寞：「**朝中風雲突變，仇鸞已倒**，清流派的大臣們本欲趁勝追擊，打倒嚴嵩，可是卻攻擊不慎，反而惹得龍顏大怒，將上疏彈劾嚴嵩父子的錦衣衛經歷沈鍊，還有兵部員外郎楊繼盛都打下大獄，嚴嵩父子權勢已經不是我們可以正面對抗的了。**你這回就算是把帳冊拿到京城，也不可能讓嚴黨受到任何損失，反而有可能會給自己帶來殺身之禍！**」

天狼聽了大驚失色，良久，才喃喃地說道：「怎麼會這樣，到底是怎麼回事？」

陸炳嘆了口氣，說道：「自你離開京師之後，發生了不少事，仇鸞在得到我們支持他的承諾之後，越發地趾高氣揚，徐階等人也覺得有仇鸞出面跟嚴嵩鬥，是一個求之不得的好機會，大概是他們認為仇鸞是新貴，但是根基不穩，不趁著聖眷正隆的時候對嚴嵩一黨發動致命一擊，以後若是邊關戰事的詳情被嚴黨上奏，那仇鸞就會先於嚴嵩垮臺，於是清流派大臣們拿出了不少這些年秘密搜集的嚴黨罪證給仇鸞，讓他出面去彈劾嚴嵩。」

「只是仇鸞自己在看了那些罪證後，覺得那些都是嚴嵩提拔的官員們貪汙腐敗的證據，很少有直指嚴嵩本人的，於是沒有直接向皇上彈劾嚴嵩，只說嚴嵩提拔的官員橫行不法，嚴嵩有失察之責，嚴嵩和嚴世蕃父子聽到之後，一度在家告假，上表寫請罪的詔書，還傳出嚴嵩父子抱頭痛哭的消息。」

天狼眉頭一皺：「這一定是老賊父子的以退為進之策，一邊躲起來示弱，以博取同情，並且讓仇鸞這個蠢材失去警惕，另一面暗中指示自己從朝中到地方的各地黨羽消極怠工，讓國家機器處於半癱瘓狀態，以向皇帝示威，告訴皇上，朝廷離開他嚴嵩玩不轉，逼他在嚴黨和仇鸞間作一個選擇。可嘆這仇鸞，既貪又蠢，不知進退，還不知大禍臨頭。這麼一來，只怕連那些清流派的大臣，也會轉而落井下石，去攻擊仇鸞了。」

陸炳點點頭：「你的分析完全沒錯，仇鸞自以為得意，趁著嚴嵩暫避不出的時候，還每天去內閣裡晃蕩，閣中無論是嚴黨還是清流派大臣都對他笑臉相迎，背地裡卻把他插手內閣之事向皇上上報，惹得龍顏大怒，這時清流派的兵部員外郎楊繼盛，上奏彈劾仇鸞在邊關勾結俺答汗，諱敗為勝的大罪，皇上正好借機下旨徹查此事，還派御史前往仇鸞的大營中，去收回他那顆平虜大將軍的大印，仇鸞又驚又怕，嚇得背上的箭傷發作，居然沒有兩天就死了。」

天狼默然無語，半晌才道：「那箭傷還是上次跟蒙古軍作戰時，在逃跑的時候背上中了一箭，若不是我一直在他身邊護衛，只怕那一箭就要了他的命了，哼，身為大將軍，作戰無方，帶頭逃跑，背上還中了蒙古人的箭，當時沒要了他的命，可沒過半年還是死在這上面，這可真是**天道循環，報應不爽**啊。陸總指揮，仇鸞就這樣完蛋了，那嚴嵩一黨豈不又是隻手遮天了嗎？」

陸炳嘆道：「事情還沒結束，仇鸞雖倒，嚴嵩也不肯就此甘休，開始大肆地捕捉仇鸞的同黨和部下，在錦衣衛裡當同知和僉事的侯榮與時義，就成了第一搜捕的目標，皇上嚴令將這兩個拿下，他們聽到風聲後，想要從古北口中逃出大明，投奔蒙古，是我親自帶人在古北口把他們拿下的，審了兩天後，兩人交代了所有仇鸞勾結蒙古，殺良冒功，隱敗為勝的事情，甚至連與嚴嵩勾結陷害曾銑和夏言的事情，也都供認不諱。」

天狼搖了搖頭：「現在說那個有屁用，皇帝要面子，不可能承認自己是錯殺忠良的，最多只會把仇鸞裡通外國，守邊無能的事情給公開。」

陸炳點點頭：「是的，最後就以這個罪名治了仇鸞的罪，仇鸞被削爵，開棺戮屍，妻子兒女皆罰沒為官奴，至於時義和侯榮這些死黨，則被以謀反叛亂罪斬殺，不管怎麼說，也算是為冤死的曾銑和夏言報了一半的仇了。」

天狼問道：「清流派的大臣只怕也不想就此收手，想把嚴嵩也一鍋端了吧，他們是不是也繼續上奏摺彈劾嚴嵩父子呢？」

陸炳臉色大變：「你又是如何知道的？」

天狼道：「昨天我見到嚴世蕃的時候，他得意洋洋地說兵部員外郎楊繼盛跟他作對，已經下獄了，而剛才你還說就連沈鍊沈經歷也因為攻擊嚴黨被下了大獄，這與那嚴世蕃的說法一致，若非他已經自覺高枕不憂，又怎麼可能這樣大搖大擺地離京呢。」

陸炳沉重地嘆了口氣：「你說對了一半，徐階等清流派的大臣並不想這次與嚴嵩撕破臉，而楊繼盛去彈劾嚴嵩，完全是他個人的行為，沈鍊也是一樣。」

天狼的眉頭一皺：「此話怎講？」

陸炳從懷中掏出一卷文書，遞給天狼：

「沈鍊的情況你清楚，他一向痛恨嚴嵩父子誤國，所以借著蒙古人向中原派出間諜奸細，聯絡白蓮教等反賊作文章，直指嚴黨集團，在此之前，更轟動的一件事就，是楊繼盛上疏彈劾嚴嵩父子十椿大罪。

「其一，『壞祖宗之成法』，太祖罷除丞相，而嚴嵩作為內閣首輔，卻以丞相自居，凡是府部題覆，必須首先當面跟他講了以後才能起草上奏。

「其二，『竊君上之大權』，嚴嵩借皇帝的喜怒以作威作福，文武百官感謝嚴嵩甚於感謝皇帝，害怕嚴嵩甚於害怕皇帝。

「其三，『掩君上之治功』，皇帝有善政，嚴嵩必定令其子嚴世蕃告訴別人這是嚴嵩提議而促成的，他又刻《嘉靖疏議》一書行銷於世，想使天下盡知皇帝的好事歸之於嚴嵩。

「其四，『縱奸子之僭竊』，皇帝命令嚴嵩草擬的文件批答之辭，嚴嵩取回家令其子嚴世蕃代寫，嚴嵩以臣子而竊取君主之權，嚴世蕃又以兒子而盜用父親的權柄，小閣老之名天下盡人皆知。

「其五，『冒朝廷之軍功』，嚴嵩的孫子嚴效忠、嚴鵠乳臭未乾，未曾一次涉及行伍，卻冒充兩廣的功勞，授予錦衣所鎮撫之職和千戶，嚴嵩既借私黨用以讓其子孫做官，又通過其子孫提拔私黨。

「其六，『引背逆之奸臣』，仇鸞賄賂嚴世蕃三千金，被推薦為大將；仇鸞假冒搗毀白蓮教的功勞，嚴世蕃也得以增加官秩。當得知皇上懷疑仇鸞的心意後，嚴嵩父子又設法消除以前的痕跡，他們其實是狼狽為奸的。

「其七，『誤國家之軍機』，當俺答深入後惰歸時，這是一個攻擊的大好機會。兵部尚書丁汝夔曾問計嚴嵩，而嚴嵩告誡不要作戰。及至兵部丁汝夔被治罪時，嚴嵩又說丁汝夔欺騙他，丁汝夔臨行前人呼：『嚴嵩誤我！』

「其八，『專黜陟之大柄』，郎中徐學詩因彈劾嚴嵩被革任，他的哥哥中書舍人徐應豐也被排斥，給事中厲汝進因彈劾嚴嵩謫為典史，又被吏部以考查為名削掉官爵。內外大臣被嚴嵩中傷的難以計數，只要不依附嚴黨，隨時都有罷官免職的危險。

「其九，『失天下之人心』，文武官員遷移提升，嚴嵩都以他們賄賂的金錢多少而批給。將弁賄賂嚴嵩，不得不剝削士卒；官吏賄賂嚴嵩，不得不打罵、聚斂百姓。於是，士卒和百姓流離失所，官場腐敗流毒遍及海內各地，使得皇帝失去天下人心。

「其十，『敝天下之風俗』，嚴嵩專權用事，使社會風俗大為改變。賄賂的人推薦到了如盜蹠一樣的人，罷黜疏拙如伯夷、叔齊一樣的人。講節操正直的人被視為是違反常理的人，擅長鑽營的人反被看成是善於辦事的人，從古以來風俗的敗壞，沒有比現在更厲害的了。嚴嵩嗜好錢財，天下人都崇尚貪財，嚴嵩嗜好阿諛奉承，天下人都崇尚諂媚，本源不清，下流怎麼可能澄清呢？」

天狼一邊看著這嚴嵩十大罪狀的手抄本，一邊聽著陸炳的解說，點頭道。

他雖然不是文臣，只是粗通文墨，但是看到這一篇言辭華麗，字句如投槍長矛一般的奏章，仍然是禁不住地擊節叫好。

他反覆看了兩遍，奇怪地道：「陸總指揮，這文章我沒發現有什麼忌諱的地方啊，裡面說的全都是事實，即使皇上再偏袒嚴嵩，也不至於把楊繼盛下獄吧，他至少應該處罰幾個嚴黨的成員，以示警告才對。」

陸炳嘆了口氣，指著奏摺中的一句：「壞就壞在這一句。」

天狼隨指看去，只見上面寫道：「或召問裕、景二王，令其面陳嚴嵩之惡。」天狼剛才第一遍看時，還沒太留意這句，給陸炳一指出，心裡格登一下，立即看出問題所在了。嘉靖皇帝是個防範所有人的帝王，包括自己的兩個兒子，由於相信什麼「二龍相見，必有一傷」的鬼話，多年來不立太子，也不與自己的親生兒子見面。

裕王的幾個師傅都是清流大臣，高拱和張居正二人乃是徐階的門生，這也是清流派留下的一步後招，就算實在無法在嘉靖一朝扳倒嚴嵩，也可以把希望寄託在下一任君王的身上，楊繼盛提到讓他去問自己兩個兒子嚴嵩之罪，嘉靖一定會以為這是兩個兒子借機想要搶班奪權，加上楊繼盛是徐階的學生，太子講師張居正的同年進士兼好友，更讓他堅信自己的判斷。

天狼跺腳道：「千錯萬錯，就毀在這一句，根本就是直踩皇上的雷區嘛。」

陸炳接著道：「嚴嵩父子最聰明的一點，就是如奏摺上所說，**所有的事都是以皇上的名義下達的，把自己擺在執行者的地位，如果哪條政令有誤，那也是皇上的決策失誤**，所以要想扳倒嚴嵩，就等於得讓皇上自己認錯罪己，這是萬萬不可能的。這奏摺裡除了那句要命的話以外，也有幾處多少表達了這種意思，雖然楊繼盛說的是嚴嵩欺君罔上，但**作為皇上，對身邊有這麼一個大奸臣而多年不察，本身就是有眼無珠**，所以皇上看到這奏摺後，就是龍顏大怒，直接召我進宮，要我把楊繼盛拿下，嚴刑拷問，要他說出是受何人指使。」

天狼譏刺道：「陸總指揮這回又想借楊繼盛和沈鍊的腦袋來修復和嚴嵩父子的關係嗎？這可是個千載難逢的好機會啊。」

陸炳臉上青一陣白一陣，怒道：「天狼，你不要以為我只是個趨炎附勢的小人，我分得清楚忠奸善惡，絕對不會讓嚴嵩父子稱心如願的。不瞞你說，就在楊繼盛下獄的那一天，徐階和嚴嵩都同時來找過我。嚴嵩親自來我府上，跟我嘘寒問暖了半天，最後提到了楊繼盛和沈鍊的事情，他最後暗示沈鍊是我們錦衣衛的人，他給我個面子，意思一下，打幾板子，充個軍也就可以了，可楊繼盛是清流派攻擊他的棋子，這點絕不能忍，要嚴刑逼供，必要時假造證詞，把徐階和張居正一網打盡。」

天狼點點頭：「老賊確實心狠手辣，陸總指揮想必也左右為難吧。」

陸炳微微一笑：「我當時是滿口答應，還親自送嚴嵩到了門口。他前腳剛走，後腳徐階就來了，希望我能把此事儘量大事化小，小事化了，最好能高抬貴手，不要立成大案。當時我只能說此事已上達天聽，我也無能為力。徐階很失望，轉而提出第二點，就是希望能對楊繼盛多加保全。哼，**其實他真正想保的還是自己罷了。**」

天狼眉頭舒緩了開來：「聽陸大人的意思，是準備放楊繼盛一馬了？」

陸炳嘆了口氣：「此事我確實無能為力，唯一能做的，只是不讓嚴嵩的陰謀得逞，搞出什麼屈打成招的逼供信出來。沈鍊已經被打了六十杖廷杖，充軍宣大，算是暫時保住了一條命，可是楊繼盛卻一直被關在詔獄之中，皇上又追得緊，一定要查出他的背後主使，我也沒辦法，只能下令對他進行拷問。」

天狼去過詔獄，那裡就是一個人間地獄，有著各種慘無人道的刑具，基本上到了那裡，再強的硬漢，也沒有不開口的，只是時間問題，他的心一沉：

「楊繼盛乃一介文官，怎麼受得了詔獄裡的那些手段，只要他一天待在詔獄裡，就一天要受折磨，陸總指揮，你當真見死不救嗎？」

陸炳冷冷說道：「我能做的，只有兩件事，第一，不讓嚴嵩的人接近審案者，主審者都是絕對可靠的心腹，不會出現誘供和逼供。第二，盡力保全楊繼盛的性命，他的全家老小我已經派人安置了，不會讓他們落到嚴嵩的手中，以作為籌碼。天狼，**你知道接下來我要你做什麼了吧？**」

天狼眼中神光一閃：「陸總指揮，**你該不會是讓我去詔獄裡看守楊繼盛吧。**」

陸炳微微一笑：「我正有此意，你意下如何？」

天狼低頭想了想，陸炳這個任務是深合自己心意的，能盡自己所能地保護忠臣義士，實在是求之不得的事，只是現在南京城中倭寇現蹤，嚴嵩父子度過這次危機後，勢必會瘋狂地反撲，自己如果耗在詔獄裡，也不知道重出江湖時，武林中會變成什麼樣子，想到這裡，他又開始左右為難起來。

第四章

抗倭名將

陸炳道：「天狼，只怕這回你又判斷錯了，
至少有兩個人，我知道是堪稱不世出的將才，
有此二人，我敢說不出三年，
新軍訓練完成後，一定可以大破倭寇。」
天狼道：「有此良將？我怎麼沒有聽說過？」

陸炳對天狼的反應有些意外，他本以為天狼會爽快答應下來的，皺了皺眉道：「怎麼，你不願意嗎？」

天狼抬起頭，對陸炳正色道：「現在詔獄之中是誰人在看守楊繼盛，能讓陸總指揮放心地離開呢？你這回來南京，只怕也不止是來找我吧，事實上，我來南京城也不過是臨時起意。」

陸炳笑了笑：「不錯，詔獄那裡有鳳舞在守著，我很放心楊繼盛的安全，只是鳳舞沒有你這種忠義之心，我怕她一時頂不住皇上的壓力，你要知道，在詔獄中的人犯，每幾天就要拖出去廷杖的，鳳舞若是急著破案，沒準會把楊繼盛給活活打死的，這也是我要你去詔獄的主要原因。」

天狼反問道：「那你來南京城又是為了什麼？」

陸炳的臉色變得嚴肅起來：「我得到消息，倭寇首領徐海、上泉信之和毛海峰秘密登陸，潛入南京城，試圖與嚴世蕃接頭，在這之前，他們已經見過胡宗憲了，身為錦衣衛總指揮使，我不能對此事不聞不問，北邊才剛剛算是勉強安定，南方再亂的話，國家會出問題。對了，剛才你在客棧裡說，昨天晚上和嚴世蕃交過手，這是怎麼回事？」

天狼深吸一口氣，把昨天偶遇上泉信之和徐海等人，進入蘭貴坊，再到城外巧遇小師妹等事詳細敘述了一遍，甚至連自己與小師妹達成的協議也一字不差地向陸炳作了彙報。

陸炳聽完，長出一口氣：「你做得很好，天狼，你進步了，本來我以為你看到沐蘭湘被擒時，會不顧一切地去救她呢。」

天狼道：「我是會救她的，哪怕賠上我這條命也在所不惜，但當時嚴世蕃和倭寇們都在，並不是好時機，我本來是準備嚴世蕃帶小師妹離開的時候再出手相救的，沒想到他的武功太高，早早地就看出我的位置，若不是他有意與我們化敵為友，只怕我這會兒已經陷在那裡了。」

陸炳沉吟道：「天狼，**你分析一下嚴世蕃這樣做是何用意？只是想找你帶個話，要與我們錦衣衛恢復合作嗎？**」

天狼思索道：「**只怕他的真正用意還是在楊繼盛身上**，他跟我說話的時候只提了楊繼盛，對沈鍊隻字未提，顯然是已經知道陸總指揮不會如他們父子所願，去主動害楊大人，上次嚴嵩上門，這次則是由他向我再次帶話示好，如果總指揮拒絕的話，他們可能會對我們錦衣衛，對總指揮大人下手了。」

陸炳冷哼道：「他們動不了我，這點其實嚴嵩父子也心知肚明，皇上也不可能遂了他們的心意把我貶黜的，所以他們轉而尋求和我言歸於好，目的還是為了能拉攏我對付那些清流派的大臣罷了。」

天狼點點頭：「總指揮所言極是，您應該是不可能和嚴氏父子再次攜手的，可是這樣直接拒絕，就不怕嚴氏父子會借沈鍊的事對您使壞嗎？」

陸炳瞳孔收縮了一下，看來他對這事還是有點忌憚，嘆了口氣：「沈鍊不聽我勸，強行上奏摺彈劾嚴嵩父子，雖然這回嚴嵩給我面子，沒對沈鍊下重手，但最後判沈鍊流放的地方乃是山西的宣府。自從仇鸞進京後，宣大總督楊順乃是嚴嵩的死黨，如果他想要找沈鍊的麻煩，隨時可以，而且以沈鍊那種嫉惡如仇的個性，被謫貶邊關，想必更是心中怨憤之氣難平，肯定是整天痛罵嚴嵩父子，萬一給抓住把柄，只怕我也保不了他啦。」

天狼忿忿地道：「君昏臣奸，豺狼當道，這黑暗的世道何時是個頭！」

陸炳喝止道：「天狼，慎言，難道你也想學沈鍊嗎？」

天狼強壓下怒氣，道：「陸總指揮，你還是好好地勸勸沈兄吧，至少這兩年別給嚴黨抓到什麼把柄，經此一役，你階等清流派大臣只怕也不敢再在朝堂之上公然與嚴嵩父子作對了，我們能做的，也只有按你所說的那樣，暗中搜索嚴黨的罪證，這次你來南京，是準備調查浙直總督胡宗憲嗎？」

陸炳沒有回答，踱了幾步，才停下來問天狼：「你若是我，會怎麼做？」

天狼微微一笑：「其實我的心思你最清楚，**我來這裡，就是不放心這個東南重臣**，畢竟他上次私放上泉信之的事總讓我覺得不太對勁，儘管這幾年東南一帶還算穩定，但**我很怕這裡再出一個仇鸞**，表面上看能花錢買平安，但倭寇若是真的入侵，又是不堪一擊。」

陸炳搖搖頭：「上次的事，我是全程參與的，我可以確定，胡宗憲本人不像仇鸞，他不會賣國求榮的，他雖然是嚴嵩門生，但還是有讀書人潔身自好的正義感，大局上還是能穩得住，這些年在東南一帶，他也是時不時地派軍主動出擊，與倭寇作戰，並不像仇鸞那樣龜縮關內，無所作為，我覺得他還是有心剿滅倭寇，只不過力有未逮罷了。」

天狼不滿地說：「陸總指揮的說法我不能接受，倭寇再強，再有錢，也不過是數萬武裝海盜而已，跟蒙古那種人口數百萬，騎兵數十萬的強大國家是無法相提並論的，以我大明東南數省，幾百萬人口，每年數百萬兩白銀的抗倭經費支出，即使新編練的軍隊也有十萬之眾，更不用說為了平倭，還從廣西四川一帶調來了戰鬥力很強的狼土兵，甚至連南少林的僧兵也加入了戰鬥，坐擁東南數省，錢糧兵都不缺，卻說打不過幾萬倭寇，這說得過去嗎？」

陸炳嘆了口氣：「天狼，你太有點想當然了，倭寇也好，蒙古也罷，如果跟我們漢人一樣，固定一個據點等著我們去攻，那自然不用擔心，可是他們最讓我們頭疼的一點就是居無定所，蒙古人四季逐水草而居，沒有固定的城寨，精壯男子四處征戰，老弱婦孺們則遠在幾百里外看家，一旦打不過，就把蒙古包一捲，趕著牛羊逃得無影無蹤，是以我朝開國以來，對蒙古總是戰勝而不能消滅，等他們恢復過元氣，又會無休止地來騷擾我們。

「至於這倭寇，浙江的沿海有數千座大小島嶼，我們很難知道倭寇盤踞在哪裡，而且倭寇有戰船數千艘，如果他們不登陸，只是在海上的話，我軍的戰艦水師，還真的未必能打得過他們。這次你見到的那個徐海，就是倭寇中間最能打的一個首領，他本是浙江杭州虎跑寺的一個和尚，法號普靜，他的叔叔徐惟學乃是和汪直合夥做生意的海商，後來也一起當了倭寇。

「汪直的經營能力在幾個合夥人中脫穎而出，不出兩年，就遠遠地超過了徐惟學，徐惟學咽不下這口氣，知道自己這個侄子雖然身在佛門，但自幼逢異人點化，不僅武藝超群，更是有兵法之能，於是不惜冒著掉腦袋的危險潛回杭州，帶徐海去當倭寇。

「結果徐海最早是被徐惟學作為人質抵押給上泉信之等人的，後來徐惟學在一起交易的過程中被殺，徐海卻對上泉信之等倭寇說，他願意跟著倭寇們一起幹，由於徐惟學已死，多殺一個徐海也是無用，於是上泉信之就留下徐海，很快，徐海的文韜武略就展現了出來。

「一年前，總兵官宗禮率部調防浙江，由於宗禮是河朔人，所部均是精兵，以前他也是在曾銑總督手下跟蒙古人多次交手的猛將，就連胡宗憲也對他寄予厚望，結果徐海指揮數千倭寇，假意搶劫兩個縣城，擄掠了數千男女，宗禮聽說後，馬上率部下追擊，想要解救被俘的百姓，徐海先是故意示弱，在三里橋與宗禮部交戰，連著三次都戰敗了，引得宗禮所部乘勝追擊，直到進入了他的包圍圈。

「由於宗禮所部本就只有兩三千人，又分了不少兵去照顧那些被救回的百姓，因此追擊時部下已經不足千人，糧食更是不足兩天，最後被徐海率了數千悍匪包圍在桐鄉，血戰兩天兩夜，矢盡糧絕，最後九百將士連同宗禮一起戰死。**此役是我東南抗倭十餘年來，第一次有總兵級別的大將陣亡，一時間倭寇氣焰沖天，而徐海也因此一戰，成了僅次於汪直的倭寇二把手。**」

天狼氣得一腳踏碎了地上的一塊青石：「早知如此，昨天說什麼我也要取徐海的人頭，以祭奠宗將軍。總指揮，倭寇如此猖獗，這徐海竟然敢大搖大擺地進南京城，如果這都不抓，那我大明不成了倭寇任來任往的茅房了嗎？」

陸炳的面沉如水，無奈地道：「不過這次還真不能抓他們，我接到的線報是，這幾個倭寇是來與胡宗憲和嚴世蕃談判的，受到他們的保護，即使要動手，也不能在南京城裡，不然又會像上次那樣，捉了上泉信之，還是得放回去了。」

天狼睜大了眼睛：「什麼？**他們竟然敢這樣公然地通倭？難道皇帝對此也聽之任之嗎？**」

陸炳嘆了口氣：「我出來之前，皇上對我交過底，胡宗憲上過密奏，要與倭寇談判講和，去年的桐鄉之敗，宗禮總兵壯烈戰死，我東南將士為之氣奪，現在並無主動出擊的實力，而倭寇在那次大勝之後，也沒有趁火打劫，而是主動派使者與胡宗憲接洽，不僅放回了戰中俘虜的百姓和官兵，而且還傳了汪直的話，說是有意與我朝和談，只要能允許和他們做生意，以後就不會採取打劫沿海城鎮的方式。」

天狼聽得無話可說，他知道去年剛剛在北邊大敗於蒙古，這時候明朝的精兵猛將都在向北方集結，南方抗倭的錢糧兵馬被抽調了不少，這種情況下也只能和談，而且**胡宗憲深知嘉靖的脾氣，不公開和談之事，而是上密奏，這樣給足了嘉靖面子，也自然拿到了可以與倭寇和談的尚方寶劍。**

於是天狼只能悻悻地說道：「那現在只能和倭寇和談了是嗎？陸總指揮，既然如此，你還來南京城做什麼，給他們和談的時候當護衛嗎？」

陸炳搖搖頭：「天狼，其實我也不願意走這一趟，但是皇上對嚴世蕃，對胡宗憲還是有些不放心，他也怕這些嚴黨背著他跟倭寇還有什麼私下的協議，所以派我來南京暗中監視，一旦他們有通敵賣國的行為，就寧可開戰也不和談。」

天狼先是一喜，繼而又眉頭深鎖起來：「要說賣國，就得看倭寇的意圖了，他們如果只是想打開國門，取得通商的資格，那是皇上所允許的，即使不能公開貿易，但只要我朝允許他們在浙江和福建的海外盤踞一兩個無人大島作為基地，然後默許民間商人到那裡和他們進行貿易，那倭寇的目的也就基本上達成了，而皇帝也沒有失掉面子。對不對？」

陸炳點點頭：「正是如此，嚴嵩十分狡猾，自己不表態，卻讓胡宗憲和趙文華等人一再地上疏，說是對倭寇要剿撫並用，現在朝廷北邊壓力大，需要在東南這裡採取懷柔政策，不能激得倭寇大規模地攻擊沿海各地，而且新兵的編練和戰船的建造也需要時間。」

天狼氣憤地說道：「托詞，藉口！養兵千日，用兵的時候卻說這也不行，那也不足，真不知道平時做什麼去了，胡宗憲手握十餘萬精兵卻不敢戰，跟宗禮將軍比起來，真的是天差地遠！」

陸炳擺擺手：「天狼，這一點我覺得你倒是可能誤會胡宗憲了，我說過，他不是仇鸞，是真的想要和倭寇一決高下的，據我的情報，他確實在浙江和福建還有廣東募集士兵，交給大將們訓練，就是為了能在海上戰勝倭寇，而為了對付倭寇，他也從各地調來良將，並在浙江和福建讓這些良將募兵，以期將來和倭寇的決戰。」

天狼不屑地道：「一個不敢打的總督哪可能是什麼良將，我看這不過是胡宗憲的藉口罷了，十之八九是找些嚴嵩的黨羽，占著名額而已。」

陸炳替他緩頰道：「天狼，只怕這回你又判斷錯了，**至少有兩個人，我知道是堪稱不世出的將才**，有此二人，我敢說不出三年，新軍訓練完成後，一定可以大破倭寇。」

天狼奇道：「真有這樣的良將？我怎麼沒有聽說過？」

陸炳道：「你不知朝廷軍事也不奇怪，其中一個，乃是前崖州參將，新任寧（波）台（州）參將的**俞大猷**。俞大猷乃是福建泉州人，其祖俞敏跟隨太祖洪武皇帝打天下，後來以功臣定居福建泉州，家中世襲泉州衛百戶官，到他這代時，已經是第六代了。此人自幼家貧，靠其母賣頭髮供其讀書，加上親友的救濟，才得以上學習武，是個文武雙全的人才，被稱為**清源洞十才子之一**，少年時為了練膽量，曾經和同窗們登上離地丈餘的巨石，然後跳下，以磨練膽量。」

天狼聽了，心裡嘀咕道：這種事，我小時候和徐師弟和小師妹也做過，算不得什麼吧，但一想到俞大猷當時只是個書生，卻能做到自己習武之人做的事情，不由得又心生佩服，點了點頭。

陸炳繼續說道：「後來俞大猷得到異人傳授劍法，並得南少林的高僧指點，習成一身武功，**其劍術之強，當今之世只怕與那華山掌門司馬鴻不相上下。**」

天狼失聲叫了起來：「當真？」他不相信俞大猷這樣的軍官世家居然能出一個劍神級的高手，難不成那雲飛揚收了他當徒弟？

陸炳道：「我和那俞大猷比過武功，他的劍術確實強得不可思議，至於那劍法，我也不曾見過，天狼，你要知道，**天下的高手不止在武林之中，僧道尼姑就不說了，就是軍旅之中也是不乏好手的**，有機會你可以見見這俞大猷，他長你四五歲，可是武功卻不比你遜色呢。」

天狼聽了，不由得心馳神往：「自當如此，不過，他武功雖強，也不能說就是良將吧，不然我也可以帶兵打仗了呢。」

陸炳笑道：「你且別心急，聽我說完。俞大猷武將世家出身，家中自有兵書戰策，二十歲時，一直體弱多病，臥床不起的父親終於撒手人寰，俞大猷只能棄文習武，去考武舉人，從此走上了武將之路。

「他先是承襲了父親的百戶之職，然後又在福建省中了武舉，嘉靖十四年的時候，他上京參加全國武舉會試，不僅弓馬嫻熟，更在策論中寫了一篇〈安國全軍之道〉的文章，深得時任兵部尚書，也是那屆的主考官──毛伯溫賞識，圈點他為全國第五名的武進士，並升為千戶，駐守福建外海的金門衛。

「嘉靖二十一年，俞大猷跟隨毛伯溫出征安南，立有軍功，升為四品都指揮僉事，那一年俺答汗開始入侵宣大一線，朝廷下詔令全國武勇之士前往北方邊關抗敵，俞大猷被毛伯溫舉薦到宣府，被時任宣大總督的翟鵬所重用，最後又回到了汀漳任守備。

「之後幾年，俞大猷一直留在廣東一帶剿滅侗人僚人的叛亂，曾經有一次在廣東的侗人叛亂，叛賊首領蘇青石乃是魔教的長老出身，一身邪門功夫，力能格鬥猛虎，俞大猷與之相約單獨決鬥，最後劍斬蘇青石，平定了叛亂。

「天狼，這俞大猷身經百戰，武功高強，熟知兵法，乃是我大明不可多得的良將，奈何多年來一直不知道賄賂上官，尤其是沒有主動巴結嚴黨，曾有一次平叛時立下斬首數千的功勞，卻被嚴嵩盜其功分給自己的親信，只給他賞銀五十兩了事，所以多年來雖然戰功卓著，卻是名聲不顯，你說此人是不是良將？」

天狼感慨一聲：「朝中奸佞當道，忠臣良將卻受到排擠，若是有俞大猷、宗禮這樣的將軍出鎮一方，我朝何至於被蒙古和倭寇欺凌至此！不過胡宗憲能用此人，也算是不容易了。陸總指揮，你說的第二個良將又是何人？」

陸炳的雙眼炯炯有神：「這第二個良將麼，就是**前任登州衛指揮僉事，新任浙江參將的戚繼光**。」

天狼喃喃地唸了兩遍這個名字，突然雙眼一亮：「可是前年俺答犯京師時，臨時負責九門防守的那個武進士？」

陸炳微微一笑，點了點頭：「正是此人，此人的六世祖戚祥，祖籍安徽定遠，當年太祖洪武皇帝起兵反元的時候，戚祥慕名而投，因為其一身武藝，人又忠誠可靠，因此成了太祖皇帝的親兵，隨太祖一生南征北戰，立功無數，升任將軍，後來在我大明收復雲南的戰役中壯烈戰死，太祖皇帝念其功勞，讓其子世襲登州衛指揮僉事一職，比起俞大猷家的那個世襲百戶，要高了足足三級啦。

「和俞大猷一樣，戚繼光也是十七歲喪父，那是嘉靖二十三年的事，論年紀他比你還小了兩歲，戚繼光年紀輕輕地就襲了父職，當上了登州衛的四品指揮僉事，掌管著二十五個衛所的數萬軍戶，每年都要依律率領衛所中的士兵遠赴薊縣戍守，春去秋歸。

「一直到前年，他先是在老家中了武舉，然後又進京參加武進士的會試，由於正好碰上俺答犯京師，京中缺乏將領，便臨時讓此人負責九門的防守。他雖然不到三十歲，可是行軍調度頗有名將風範，那陣子的防範做得是滴水不漏，讓俺答汗也無機可乘，最後只好撤圍離去，事後他也極力上書主張追擊蒙古軍，可惜被嚴嵩所阻，未能遂了心願。」

天狼點點頭：「我雖然沒有見過戚繼光，但在京師時，也多次聽其他錦衣衛提起過他的事情，此人確實是良將，這回也給調來浙江了？」

陸炳道：「不錯，上次的事，胡宗憲也有所耳聞，這次他上密奏的同時，也跟皇上明言，將來遲早是要和倭寇決戰的，但在這之前，需要由良將坐鎮，訓練出足以匹敵倭寇的精兵來，由於衛所兵實在不堪大用，所以他點了三個人的名字，一個是已經戰死的宗禮，另外兩個就是俞大猷和戚繼光了，宗禮本來是帶了本部的精兵，想要以他那河套精銳為骨幹，在短期內訓練出數萬精銳出來，可惜宗禮中了倭寇的奸計，全軍覆沒，接下來只有指望俞戚二將，能在三五年內就地募兵訓練了。」

天狼也知道東南一帶的衛所兵實在已經爛透了，根本無法作戰，要跟倭寇決戰，只有依靠新招募的部隊，嘆道：「如此一說，胡宗憲還真的有掃清倭寇的決心，並非那種只知貪汙腐敗，得過且過的庸官呢。只是他畢竟是嚴黨成員，就算自己有些想法，也不可能違抗嚴世蕃的意思吧，我昨天聽嚴世蕃的話，他根本不想消滅倭寇，而是真的想和倭寇做生意，這貿易一開，他正好在中間可以大貪特貪。」

陸炳點點頭道：「這是一定的，其實**就算是嚴嵩，也和嚴世蕃不太一樣**，他雖然貪權戀權，但畢竟是進士出身，明禮知恥，打擊政敵時他是絕不手軟，也不至於荒廢國事，嚴世蕃則是毫無底線，哪怕大明亡了，只要他能賺錢便無所謂，所以對於他和胡宗憲還是要區別對待，我的判斷是：**胡宗憲是借著通商和談來為練兵爭取時間，最後還是要消滅倭寇，而嚴世蕃，則是鐵了心的想和倭寇做生意，自己則從中牟利。**」

天狼笑道：「既然陸總指揮已經這樣判斷了，為何還要多此一舉的來這裡一趟呢，你不會是專門來問我對胡宗憲，對嚴世蕃的看法吧。」

陸炳收起笑容，表情變得異常嚴肅：「現在我有兩件急需要做的事，都非你不可，所以我想讓你自己做出選擇，一件事，就是**回京師的錦衣衛詔獄，去負責看守楊繼盛，不能讓他死，也不能讓嚴黨對他下毒手**，更不能讓他亂說話去害了清流派大臣，實在萬不得已，最多只能讓他牽扯出張居正，絕對不能把髒水潑到徐階身上。這第二件事麼，**就是你現在就去杭州，那幾個南京城中的倭寇由我來監視，你去摸一摸胡宗憲的底。**」

天狼問：「去杭州摸胡宗憲的底？我以什麼身分去？普通的武林人士，還是錦衣衛的副總指揮？如果我就這麼以錦衣衛的身分去找他，他會不會以為我們錦衣衛在查他，又怎麼可能對我交心呢？」

陸炳道：「皇上自從蒙古入侵之後，對嚴黨也是多加防範，鬥倒了仇鸞以後，嚴黨在朝中更是權勢薰天，這絕非皇上想要看到的，所以一個多月前，皇上特地命令譚綸為台州知府，身兼胡宗憲平倭部隊的參軍一職，就是往嚴黨所把持的浙江和福建二省中，打入一顆清流派的棋子，讓嚴黨不得一手遮天。」

天狼不禁一聲冷笑，道：「又是制衡之術，只是這裡乃是抗倭前線，所謂用人不疑，疑人不用，**如果皇帝真的信不過胡宗憲，乾脆讓徐階自己來兼這浙直總督好了，派一個五六品的譚綸過來，又怎麼可能制衡得了正二品的胡宗憲？**何況譚綸要是和胡宗憲處處作對，多加掣肘，最後誤了抗倭大事，又由誰來負這責任？」

陸炳正色道：「所以皇上還降了一道密旨給我，**要我派人到胡宗憲那裡監控**

胡宗憲和譚綸，只要胡宗憲沒有背著皇上裡通倭寇的事實，就要設法維護他的權威，譚綸和胡宗憲的私交不錯，不至於為了黨爭而壞國事，軍國大事你不需要發表意見，只要多聽，多看，必要的時候私下勸勸雙方即可。

「還有一條，胡宗憲和嚴世蕃的理念不同，他是不會贊同嚴世蕃與倭寇合作的策略的，未來兩人必定會反目成仇，不排除嚴世蕃狗急跳牆，派殺手或者買通倭寇來除掉胡宗憲的可能，所以**你還要擔負起保護胡宗憲的任務**，如何？」

天狼的眉頭一皺，雖然陸炳解釋了這麼多，但打心底裡他還是不太信得過胡宗憲，作為武人，他對於身為嚴黨的文官胡宗憲有一種天生的警惕，這個想法一時半會兒轉變不過來，不禁說道：

「有俞大猷在，保護胡宗憲的事情恐怕輪不到我吧，再說，如果我給他當這貼身保鏢，那又怎麼能暗中查探他的事情呢？」

陸炳的臉色一沉：「所以我希望你來辦這事，天狼，你雖然身為錦衣衛副總指揮，但骨子裡你還是個江湖武人，不是久混官場的人物，如果我換了其他人，如達克林、慕容武來做這事，只怕他們第一個想到的是自己的前程，巴結位高權重的胡宗憲還來不及呢。」

天狼笑了笑：「那鳳舞呢，她應該不至於想著升官發財吧。」

陸炳勾了勾嘴角：「鳳舞乃一介女流，見識有限，又缺乏隨機應變之能，再說，能以何身分把她派到胡宗憲那裡？侍妾嗎？」

天狼嘆了口氣：「看來還真的是非我不可，也罷，那楊繼盛那裡還請你讓鳳舞多加關照，我就先試試這胡宗憲的成色吧，這次還是像以往那樣，你給我一塊金牌，我以錦衣衛特使的身分在胡宗憲的軍營裡行走嗎？」

陸炳點點頭：「不錯，正是如此，你精通易容之術，在大營中可以不斷地變換身分，明查暗訪，**記住，胡宗憲如果和倭寇談判，你必須要在場，所謂不能讓他私下和倭寇接觸，指的就是這個**，這點皇上給他的回旨中也說得很清楚，讓他必須在錦衣衛人員在場的情況下與倭寇談判。」

天狼沉聲道：「明白了，那我回去準備一下就去杭州，用的金牌還是你這次給我的那塊嗎？」

陸炳道：「正是。對了，這次你怎麼找上了屈彩鳳當幫手？你離開的時候可沒有和我說過此事。」

天狼心中暗暗叫苦，他找上屈彩鳳，也只是順勢而為，一開始是想遵守塞外之約，為屈彩鳳驅毒治療的，後來才臨時起意讓屈彩鳳助自己一臂之力，現在陸炳好像察覺到了什麼，總是盯著自己的屈彩鳳的關係不放，讓自己回答時很為難。

天狼抬起頭，神色鎮定地說：「陸總指揮，本來我沒想要找屈姑娘，但到了湖廣後，我想到上次在塞外對她曉以大義，她同意脫離嚴嵩的控制，但不知道她回到巫山派後會不會反悔，所以我先走了一趟巫山派，就是想摸摸屈彩鳳的動向。結果讓我放了心，後來我轉念一想，調查嚴黨貪官的行動勢必要和魔教正面衝突，只我一人恐怕孤掌難鳴，放著屈彩鳳這個現成的好幫手為何不用呢，再說，若是讓她和魔教正面起了衝突，也能斷了她以後回頭的路。」

陸炳一動不動地盯著天狼的雙眼，似乎想從他的眼神中判斷他是否說謊，好在這些年天狼隨著閱歷的增加，早已練就說謊時面不改色，眼皮也不眨一下的本領了，沒有讓陸炳看出什麼破綻出來。

陸炳終於將視線移開，道：「這件事你做得不錯，只是我還是有一點不明白，**屈彩鳳以前和你有深仇大恨，為什麼現在對你這麼死心塌地呢，甚至可以扔下巫山派，孤身來幫你，她是不是愛上你了？**除了這個原因外，我想不出別的什麼解釋。」

天狼正色道：「陸總指揮，你誤會了，我的心裡有別人，她的心裡也有別人，我們是不可能走到一起的，屈彩鳳是典型的女中豪傑，多年的綠林生涯讓她特別痛恨貪官奸黨，這次的塞外行讓她認清了嚴嵩的面目，現在她相信嚴嵩一黨就是天下民不聊生的根源所在，所以願意和我聯手打垮嚴黨，而她之所以孤身行動，就是不想在沒有外援的情況下與魔教撕破臉，所以易容改扮，以個人的身分與我一起行動，沒有別的原因。」

陸炳半天沒有說話，最後沉聲道：「好吧，這件事上就暫且相信你，不過，你馬上要去胡宗憲那裡，又要如何把屈彩鳳打發走？」

天狼道：「據實以告好了，我和屈姑娘肝膽相照，這些事也沒必要瞞她，仇鸞被嚴嵩鬥倒，我們前一陣的努力都付之東流，接下來她也應該回巫山派好好防備，以免嚴世蕃向她報復。陸總指揮，現在是非常時期，能不能請你派一些錦衣衛高手幫助巫山派防守呢？這時候如果洞庭幫或者是魔教全力襲擊他們，我怕屈姑娘無法應付。」

陸炳聽了說：「說到洞庭幫，這回你們到湖南的時候，也跟楚天舒有過接觸吧，可是你給我的彙報裡卻對此人輕描淡寫的帶過，只說楚天舒願意和我們合作，但要我保舉一個能保證他利益的人，以取代李名梁，這又是怎麼回事？，楚天舒到底是何來歷，你知道多少，都跟我詳細說說。」

天狼心中暗嘆陸炳實在是洞察敏銳，不過他也早料到陸炳不可能放棄楚天舒這麼重要的線索，這次自己能直接和楚天舒談上話，他不刨根問底才奇怪呢，因而這一路上他早想好了說詞，便鎮定地回道：「這次我見到楚天舒本人，甚至可以說栽在了他手上，若不是他不想與我們為敵，我是不可能全身而退的。」

於是天狼把那次在長沙城中如何夜探巡撫衙門，如何中了楚天舒的埋伏，最後又是如何與楚天舒大戰一場的過程說了一遍，只是省略了楚天舒就是岳千愁的秘密，以及天蠶劍法的來歷。

陸炳一聲不吭地聽完天狼的敘述，不禁問道：「楚天舒的武功當真有這麼強，連你都敵他不過？」

天狼道：「楚天舒武功之高，是我這一生所僅見，甚至要高過陸總指揮一點點，那詭異快速的劍法，連我都無法看清，加上他的身影一直隱身於那強烈的紫氣之中，讓我感覺像是在和一個幻影作戰，不知道他會從哪裡突然刺我一劍。」

陸炳追問：「那劍法和峨嵋派的幻影無形劍有相似之處嗎？」

天狼搖搖頭：「完全不一樣，他的劍招如滔滔大浪，綿綿不絕，快得不可思議，而且從各種匪夷所思的方向出劍。」說到這裡，天狼抽出隨身的長劍，比劃起那天楚天舒的招式，看得陸炳讚嘆連連。

陸炳來回踱著步，思索著道：「聽你所說，這劍法倒有點像是傳說中的天蠶劍法，華山派展慕白用的那套，只是展慕白的武功我見識過，雖也是頂尖的高手，但要論劍法武功，比起司馬鴻還是稍稍差了一點點，他的劍術也是這樣詭異迅速，但做不到一千多招都能持續地對敵人施展狂風暴雨般的攻擊，更做不到以頂尖內功把自己完全籠罩在內，讓敵人摸不到行蹤的地步。但從你的敘述來看，這應該是天蠶劍法無疑。天狼，你在進錦衣衛之前和司馬鴻和展慕白的關係不錯，可知道展慕白是如何練成他父親和祖父都無法練成的天蠶劍法的？」

天狼想到了這天蠶劍法的離奇往事，以及和華山派的恩恩怨怨，心中暗道，只怕展慕白到現在也隱瞞著自己傷根練劍的秘密呢，又怎麼可能把此事告訴我呢，但他臉上依然不動聲色，笑道：

「陸總指揮，我以前可沒有到華山派臥底過，跟這兩位的關係也只是泛泛之交而已，他們倒是幾次有邀請我去華山派，本來我還指望著離開丐幫之後就到華山去呢，哪裡會知道陰差陽錯的來了你這裡。所以展慕白練的是什麼劍法，其實我也不清楚，我看也未必是他家傳的天蠶劍法，如果這劍法真的這麼厲害，為什麼會被那青城派的于桑田滅了門呢。這恐怕是展慕白到了華山後，新學的厲害武功吧。」

陸炳立即否定道：「華山派沒這麼強的劍法，這點我很清楚，司馬鴻的霸天神劍來源於雲飛揚所傳，岳千愁的武功雖然接近頂尖，但還沒到今天的司馬鴻的水準，更不用說展慕白年紀輕輕，基礎又不行，若不是練成家傳的天蠶劍法，又怎麼可能在短短一兩年內一躍而成如此高手呢？我雖然沒有見過天蠶劍法，但曾聽錦衣衛的前輩描述過此劍法的路數，你剛才說的那幾招，正是當年展霸圖所使劍法中幾個有名的招式，必是天蠶劍法無疑。」

天狼突然想到了楚天舒一直懷疑的雲飛揚，心中一動，說道：「剛才陸總指揮提到那劍神雲飛揚，此人少年時即學得了霸天神劍，劍術號稱天下無敵，除了霸天神劍外，各門各派的劍法想必也都爛熟於心，當年他學成霸天神劍的時候，正好是展霸圖如日中天之時，沒準他和展霸圖私下交過手，學會那天蠶劍法也說不定，然後等到展慕白上華山後，機緣巧合地結識了雲飛揚，從他那裡學到天蠶劍法，也是很順理成章的事啊。」

陸炳聽得連連點頭：「不錯，這個分析很合理，當年落月峽之戰，聽說伏魔盟的建立就是這雲飛揚多方奔走的結果，可是大戰之時，他卻始終沒有現身。這也是多年來我一直在追查的一件事，到現在也沒有結果，可是你說他卻在戰後授予展慕白這套天蠶劍法，又是何用意呢？」

天狼哈哈一笑：「陸總指揮，想不到當年的滅魔之戰，居然是這雲飛揚一手策劃的，我以前在武當的時候聽前輩們說過，這雲飛揚為人亦正亦邪，甚至跟魔教的前任教主陰布雲和現任教主冷天雄都是交情非淺，當年華山派劍氣兩宗相爭，氣宗設局引開雲飛揚，結果還是魔教的人把此事透露給雲飛揚，從此雲飛揚就恨極了華山派，當即退出門派，不再過問派中之事，你說這樣一個人，又怎麼會突然熱心地奔走各派，策劃起滅魔大戰呢？」

陸炳對華山派當年的這些內情也並不清楚，聽了眉頭一皺，狐疑地問：「這種華山派的秘辛，你又是從何得知的？你在武當時，不過是個受人歧視的弟子罷了，紫光是不可能向你透露這種別派醜事的，澄光又是半路入派，這些事他都從來沒和我彙報過，更不可能告訴你了。」

天狼笑道：「我在武當的時候，確實沒人跟我提及此事，可是後來我向紫光師伯請示要去哪裡臥底的時候，本來我是想先去華山派的，因為我跟司馬鴻的私交最好，紫光師伯卻斷然反對，我追問原因，他才把這些陳年舊事告訴我，落月峽之戰後，他也開始懷疑雲飛揚，那一戰，我們正道聯軍的一舉一動，魔教都瞭若指掌，若非有內鬼報信，絕不可能。」

陸炳點點頭：「我從戰前你們兩邊的調動和準備情況，就猜到了正道聯軍必敗無疑，這才會上武當阻止，可惜你們還以為我是跟魔教站在同一邊，有意偏袒魔教，真是不識好人心啊。」

天狼繼續說道：「所以紫光道長開始懷疑起雲飛揚，一直暗查此人的下落，可是他卻像在人間蒸發了似的，再也不見蹤影，當時紫光掌門怕我貿然地入華山會有危險，所以讓我先到別的門派，那些雲飛揚的往事，也是他為了打消我的疑慮向我透露的，我一直沒有和你說過此事，就是想靠自己的力量來查找這位劍神，可是兩年下來，我發現我一個人的力量有限，而且分身乏術，現在我懷疑紫光師伯之死也可能與他有關，所以想請你幫忙探查此事。」

陸炳面沉如水，緩緩說道：「你這樣一說，我基本上就可以確定了，挑起正邪衝突的一定是這雲飛揚，**巫山派的前任幫主林鳳仙也是死於他手。**」

天狼失聲道：「怎麼會是他？林鳳仙不是被達克林所殺的嗎？」

陸炳冷笑道：「你也和達克林交過手，林鳳仙的武功比起今天的屈彩鳳只高不低，你覺得達克林即使是突襲，有可能殺得了林鳳仙嗎？如果屈彩鳳真的認定了達克林才是凶手，又怎麼可能這麼多年和我們合作？」

天狼這下驚得背上出了一身冷汗，定了定神，道：「此事非同小可，陸總指揮，你的意思是屈彩鳳也相信達克林不是凶手？可是當年引林鳳仙出去的，分明就是代號朱雀的王念慈，而跟她見面的，也是達克林無疑，這點不是在歐陽可的奔馬山莊裡被公告天下了麼？」

陸炳不屑地「哼」了聲：「朱雀的地位還不如畫眉呢，只不過是一個我用來傳信的道具罷了，她又能懂多少機密之事！不錯，當年我確實是讓朱雀傳信，讓林鳳仙出來，而且是我和達克林二人約她出來詳談，因為我們已經察覺了巫山派當時在調集大批人馬，擺明了就是想突襲你們正派聯軍的後方，我不希望看到正道聯軍慘敗，以致江湖正邪失衡，所以想勸林鳳仙放棄。

「可是林鳳仙卻堅持說自己要自保，她沒承認已經與魔教聯合的事，只說這是防備正道聯軍趁機滅她巫山派的舉動，並且質疑我的用心是衝著她的那個太祖錦囊而來，**本來我帶上克林，是想讓他用多年的舊情來勸說林鳳仙，可是效果卻適得其反**，這對當年的情侶早已反目成仇，不僅沒有重敘舊情，反而越說越僵，差點動手。後來我只能帶著克林離開，但我沒想到**竟然還會有神秘高手出現，用峨嵋派的絕學幻影無形劍法殺了林鳳仙**。

「驗傷的時候，從傷口看，確是幻影無形劍沒錯，因為在當時江湖上已知的劍法中，沒有比幻影無形劍更快的。但是今天聽你這樣一說，天蠶劍法的速度似乎還在幻影劍法之上，而且你說楚天舒手上有干將劍這樣的神兵，比起峨嵋的鎮派之寶倚天劍只強不弱。所以這楚天舒還有那雲飛揚，都有足夠的武功和動機去殺了林鳳仙，以挑起巫山派和正道聯軍的戰爭，促使巫山派下定最後的決心，在落月峽一戰中斷了正道聯軍的後路，導致伏魔盟的慘敗，到現在都無法恢復元氣。」

天狼聽得連連點頭，若不是楚天舒跟他交過底，確實這個神秘的楚天舒就是最大的嫌疑人，甚至很可能是雲飛揚所扮，聽著陸炳的分析，他知道陸炳八成是把楚天舒給當成雲飛揚了，他意識到不能讓陸炳順著這條線查下去，若是讓陸炳把矛頭對準他，或者是查出他就是岳千愁的秘密，那勢必會讓錦衣衛和洞庭幫起衝突，反而削弱了對付嚴黨和魔教的力量。

想到這裡，天狼連忙說道：「陸總指揮，楚天舒絕對不會是雲飛揚，我可以用性命擔保。」

陸炳眼中閃過一絲疑惑：「你只不過和這個楚天舒有過一面之緣，和雲飛揚更是從來沒有見過，又何來的自信敢肯定他不是雲飛揚呢？」

天狼說道：「那楚天舒使來使去，用的都不過是那天蠶劍法而已，而雲飛揚身為天下第一的劍道宗師，出道時以霸天神劍稱霸於世，不可能只用一套天蠶劍法，就算是他有意隱瞞，也不可能在生死之際還不使出自己最熟悉的霸天神劍來，他與我打了兩千多招，卻沒有一招司馬鴻使過的霸天神劍，可見此人絕對不會是雲飛揚。」

陸炳沉吟道：「你說得有道理，他的武功比你高得也很有限，你幾次三番地使出橫空出世的打法，打到後來更是反客為主，甚至都逼他使出了同歸於盡的招數，這種情況下也不用霸天神劍，顯然他並不會此劍法，**如果楚天舒真的不是雲飛揚，那他又會是誰？**」陸炳陷入了困惑之中。

天狼微微一笑：「天下之人，異能之士層出不窮，高手實在是太多了，那楚天舒既然會天蠶劍法，也許是展家的旁支庶流呢，何況當年展霸圖也是橫空出世，以一手天蠶劍法打遍天下，無人知道其師承來歷，沒準是展霸圖的那個神秘門派的後人也說不定。」

陸炳聽了道：「這倒是，天下之人，各大門派是明面上的力量，私底下不為人知的高手還不知凡幾呢，有些人獲得奇遇，得到前輩高人留下的神功秘笈，一出江湖天下驚的，也是為數不少！既然你說楚天舒不是雲飛揚，那此人壟斷洞庭的航運，還有意染指湖北，為的就是大規模地積累錢財，發展勢力，我覺得他有不臣之心，需要特別關注。」

天狼心中暗嘆，楚天舒不顧一切地發展壯大自己，最終還是引來了陸炳的注意，這次他可沒辦法再幫楚天舒辯解了，只能說道：

「在我看來，楚天舒的洞庭幫仍只不過是個江湖門派，在湖南這樣斂財，不過是為了能有更多的錢，去招納天下英雄豪傑罷了。他們並不像白蓮教那樣在地下秘密行事，敵人也很明確，就是魔教和巫山派，如果真的有意爭奪天下的話，至少對掌控著強大綠林勢力的巫山派不會這樣斬盡殺絕才是。」

陸炳眼中精光一閃：「這個我自會去查證，李名梁的事你不要多管，由我來和楚天舒打交道。林鳳仙的死，我覺得楚天舒的嫌疑更大一些，也許林鳳仙在建派時跟楚天舒有過什麼瓜葛也未可知。我會特別留意此事的。」

天狼眉毛一動：「**既然林鳳仙並不是你派達克林殺的，為何不向天下解釋呢？**現在所有人都認定此事是你所為，屈彩鳳也不會為你洗脫這個冤情。」

陸炳冷笑道：「解釋又有何用？挑起江湖正邪之爭，分化武林，使之不能形成合力，這本就是我們錦衣衛的任務。再說了，在江湖人眼裡，我們就是六扇門鷹爪孫，避之唯恐不及，解釋了也不會有人信的。既然如此，還不如默認此事，這樣也能讓江湖上，尤其是綠林黑道之人對我們心生敬畏。天狼，我再問你一件事，這次你見到了沐蘭湘，有什麼想跟我說的嗎？」

天狼長長地嘆了一口氣：「還能有什麼說的？我這一生，跟她也只能到此為止，現在她有了如意郎君，那天在武當山時就說得清清楚楚，互不相見就是最好的結局，我就是扯下面具，又能如何？」

陸炳滿意地點點頭，拍了拍天狼的肩膀：「天涯何處無芳草，你若是有意，我會幫你物色一個好姑娘的，以後你遲早要接我錦衣衛總指揮使的職務，到時候就是朝廷的高官重臣了，出於門當戶對，我也會給你安排一個名門之女的。」

天狼排斥地說道：「陸總指揮，這個就算了吧，我進錦衣衛只是想打倒嚴黨，一展澄清宇內之志，嚴黨倒臺後，甚至不一定會留在錦衣衛，更無意娶什麼名門之女，追求榮華富貴。」

說到這裡，他看著臉上現出失望之色的陸炳，突然心中一動，道：「不過天狼還有一事請教，希望總指揮可以如實相告。」

陸炳道：「你想問什麼就問吧。」

「陸總指揮，**鳳舞真的是你的親生女兒嗎？**」

陸炳的瞳孔猛的收縮了一下，道：「此事與你無關，天狼，不要問與你任務不相干的事。」

天狼看陸炳這種反應，冷笑道：「看來這是真的了，陸總指揮，你還真是鐵石心腸，居然讓自己的女兒入錦衣衛當殺手，從小那樣殘酷地訓練她，可我還是很奇怪，你既然把她嫁給了嚴世蕃，又為何要把她收回呢。」

陸炳半晌無語，許久後才嘆道：「這是鳳舞自己跟你說的嗎？」

天狼搖搖頭：「不，是嚴世蕃告訴我的，在蒙古大營裡，他說我搶了他老婆，所以要置我於死地，陸總指揮，此事我必須要弄清楚，這與我跟鳳舞之間的關係無關，而是我要知道你跟嚴世蕃、跟嚴嵩到底是何關係。」

第五章

多情種子

他把徐海的事說了一遍，聽得屈彩鳳唏噓不已，
直到天狼說完，她才幽幽地道：
「這徐海也算是個多情種子了，我想他最後自甘墮落，
淪為倭寇，也是想實現自己當年的承諾，
風光地回來迎娶王翠翹。」

陸炳苦笑道：「哎，這事早晚會讓你查到，也罷，既然如此，我再隱瞞也是無用，索性就說個清楚吧。不錯，鳳舞是我的親生女兒，不過是庶出的，她的母親是我的師妹，生她的時候難產而死。

「由於那時我還沒有出師，因此不能把她帶回家，否則陸家將會因此醜聞無顏見人，連我也會被逐出家門，無奈之下，我只能把她以殺手的身分寄養在錦衣衛裡，把她訓練成最優秀的殺手。她能撐下來，也頗出乎我的意料，這點上，她像極了她的母親，所以鳳舞是我最疼愛的女兒，我看著她，就像你看著你的小師妹，我這麼說你明白了嗎？」

天狼鄙夷道：「我永遠做不來這樣的事，如果是兩情相悅，那一切的禮法和阻礙都不成問題。陸炳，說到底，你還是放不下你的權勢，家族名譽只不過是藉口罷了，如果你真的愛你師妹，愛你女兒，就應該把她帶回家作為女兒養著，而不是當成殺手來訓練，讓她自生自滅，你以非人的手段訓練她，有徵求過鳳舞的意見嗎？」

陸炳聽得臉上一陣青一陣紅，顯然他也自覺有愧於心，唏噓地道：「你說得不錯，在這件事上，我是個懦夫！但天狼，你自幼就是孤兒，體會不到我肩上的壓力，那不是我一個人的面子，而是陸家幾百年的榮譽，我這一代是單傳，我不能讓陸家毀在我的身上，鳳舞為了這事一直恨我，我也無話可說，只能想辦法多補償她，給她幸福。」

天狼諷刺說：「**你給她的幸福就是把她嫁給嚴世蕃？你不知道把鳳舞送給這樣的魔鬼，是讓她跳進一個更大的火坑嗎？還有，既然你不認鳳舞是你的女兒，嚴世蕃又是怎麼知道的？**」

陸炳眼中竟然淚光閃動，鳳舞是他最脆弱的一環，他幽幽地說道：「這是我這輩子最後悔的一件事！當時我受辱於夏言，又怕他藉口我私養死士，執行青山綠水和孤星養成計畫，罷我官，奪我權，讓我多年心血毀於一旦，甚至禍及家族，所以不得不與嚴嵩聯手，扳倒夏言。那嚴世蕃不知道從哪裡打聽到鳳舞就是我女兒這件事，開出的合作條件就是要我把鳳舞嫁給他。」

天狼不能苟同地說：「你明知嚴世蕃是色中惡狼，習練邪功摧殘無數女子，還忍心把鳳舞嫁給他，虎毒尚且不食子，你這種做法何異於禽獸！」

陸炳崩潰地叫道：「不，那時候我不知道這嚴世蕃還學了終極魔功，雖然我知道嚴世蕃不是善類，但他畢竟位高權重，而且，我以為嚴嵩父子再怎麼也會給我一點面子，不會欺負鳳舞，那時我一心以為她嫁給嚴世蕃，是她最好的歸宿，哎，都怪我一時糊塗。」

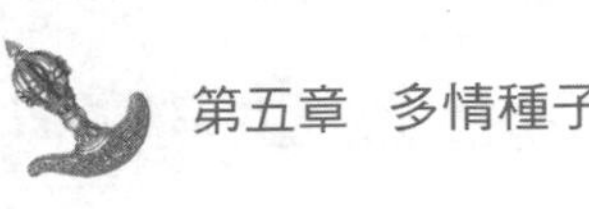

天狼想到嚴世蕃那邪惡歹毒的武功需要採集少女的天葵之血或是落紅來輔助自己練功，不由得毛骨悚然，失聲道：「這麼說，鳳舞的身子就這樣給嚴世蕃奪了去？」

陸炳默然半晌，搖搖頭：「這點我也不知道，鳳舞只說那嚴世蕃是世界上最邪惡的魔鬼，別的事一字不提，嫁入嚴府才三個月，她就奔回我這裡，哭著說寧可死也不願意再回去。由於嚴嵩父子需要與我合作，再是出於面子，也不想把此事公開，所以彼此心照不宣地一直到現在，嚴世蕃似乎也接受了鳳舞離開他的事實。」

天狼厲聲譴責道：「陸炳，說到底，你還是錦衣衛的總指揮使，而不是一個父親，**沒有哪個父親會像你這樣親手把女兒推入火炕，就算你不知道嚴世蕃練邪功的事，難道就以為嚴世蕃是個好人了？**讓自己的女兒嫁給奸邪淫徒，只為了保住自己這頂烏紗，實在是讓人不齒。」

陸炳怒道：「天狼，不要在這裡裝模作樣地教訓我，我再說一遍，我得為我們陸家的將來考慮，那時候我面臨的是滅門之禍，鳳舞也是陸家的女兒，必須要為家族作出犧牲，就像皇家的公主犧牲個人遠嫁匈奴，不也是一樣的道理嗎！」

天狼不想跟他在這個問題上繼續爭論下去，於是話鋒一轉：「行了，這件事上我不會跟你有共識的，事已至此，你說以後怎麼辦吧，鳳舞算是嚴世蕃的逃跑新娘，天下無人敢再娶她，你就想讓她這樣在錦衣衛一輩子當殺手嗎？陸炳，你若是還有點人性，至少該把她接回家，恢復她的名分，而不是這樣利用她。」

陸炳聞言道：「難道你以為我不想嗎，是她自己不願意回陸家，她說當年陸家不許她娘進家門，所以她不認這個家，寧可以鳳舞的身分度過此生，她也習慣了作為殺手的生活，換了別的身分可能還不習慣。」

說到這裡，陸炳的表情變得異常嚴肅：「你也看得出來，這丫頭喜歡你，天狼，鳳舞看似精明要強，實際上受過巨大的傷害，你能幫我照顧她一生一世嗎？」

天狼心知陸炳會提出這個要求，抱歉地道：「陸總指揮，我的心早已經隨著小師妹嫁人而死，此生此世，再也不可能對別人動情，鳳舞是個好姑娘，不該跟著我受折磨，對她來說不公平。我絕沒有嫌棄鳳舞的意思，但我們真的不合適，對不起。」

陸炳勸道：「天狼，你太執著了，沐蘭湘早已經背叛了你，背叛了你們當年的山盟海誓，嫁為人婦，你還癡戀這樣的女人，甚至不接受其他的好姑娘，你不覺得你這是在自虐嗎？如果說時間能慢慢地讓你淡忘這種傷痕，這也過去兩年多

了，你還沒忘掉嗎？」

天狼想起自己與沐蘭湘兩世的愛恨情仇，實在是不足為外人道也，那種刻骨銘心的愛，早已經融進了他的靈魂和血液之中，讓自己再難忘卻，可是這種前世的糾葛，又如何能向陸炳開口呢？他嘆了口氣：「這也許就是緣分吧，我也試過無數次把小師妹從我的心中給移出去，可是我做不到，真的做不到。陸炳，你沒有經歷過這樣的愛，永遠也無法體會到我的心思。」

陸炳無語，只能說道：「我想，也許是因為你和沐蘭湘從小一起長大，所以你的潛意識中，沐蘭湘早已經是你的家人，無法割捨罷了，其實我和我師妹當年也像你這樣，師妹走的時候，我也是痛徹心肺，可是後來在錦衣衛裡待得久了，也就漸漸地忘卻了。天狼，我們都是男人，心胸要開闊些，不能太兒女情長，**你總是陷在和沐蘭湘的感情裡，總有一天會誤了正事**，也許你和鳳舞在一起的時間長了，會慢慢地改變心意和想法的。」

天狼搖頭道：「不可能的，我忘不了小師妹，也不會因為她而誤了正事，現在這個樣子挺好，我可以遠遠地看著她，祝福她，自己也可以做自己想要做的事，我已經傷過一次小師妹了，**不能再用一個錯誤來彌補另一個，去傷害別的姑娘，對鳳舞如此，對屈彩鳳也是一樣。**」

陸炳無奈地道：「也罷，畢竟你只和沐蘭湘分開兩年，也許還沒到淡忘她的時候，我看得出你這一年來總是和那屈彩鳳形影不離，也許那是讓自己忘了你小師妹的一種嘗試吧。不過我提醒你，你可別假戲真做，日久生情，跟屈彩鳳又弄出什麼名堂，如果是那樣的話，我可饒不了你！」

天狼擺擺手道：「我說過，我跟屈姑娘不過是志趣相投，共圖大事而已，並非男女之情，這點你可以放心。我既然不會接受鳳舞，自然也不會移情到別的女子身上，再說，嚴黨不除，我哪有心思沉迷於兒女私情呢。」

陸炳聽了道：「這次你就獨自行動吧，以後如果有必要的話，我會讓鳳舞多跟你聯手行動，感情需要時間培養，你若是到時候還是放不下沐蘭湘，那也是她的命，但至少請你試著去愛她一次，行嗎？」

天狼本想直接拒絕，可是一看到陸炳眼神中充滿期待，甚至哀求的眼神，又想到鳳舞看自己時的那種滿眼哀怨之色，不忍心把話說得太死，便把到嘴邊的話收了回來：「以後的事情以後再說吧，現在我還是先做正事，一會兒我去跟屈姑娘道個別，然後就動身去杭州見胡宗憲，不過，我還是提醒一下陸總指揮，既然那個徐海深通兵法，最好還是能把他拿下，他也不是汪直的手下，只是他的盟友，也許我們消滅了徐海，汪直還樂見其成呢。」

陸炳搖搖頭：「這個想法我也曾有過，並且在來南京前去過杭州找胡宗憲商量過，可是胡宗憲身邊的謀士徐文長卻說，汪直如果一家獨大，那就更加財大氣粗，徐海是新生的勢力，接管的是他叔叔徐惟學的舊部，他之所以部下的戰鬥力強悍，主要是因為他帶的多是九州薩摩藩的倭寇精兵。

「以前徐惟學跟汪直合夥做生意，結果汪直成了倭寇之王，徐惟學自己卻破產而死，徐海的心裡肯定對汪直是不服氣的，他的兩個合夥人陳東和麻葉也都是倭寇九州上領主的漢人僕役。當年徐海不過是上泉信之的一個人質，後來又轉賣給九州薩摩藩的島津家，島津家看中了他對中國內情的熟悉，所以每次派出大批家中的武士隨其入寇，並不受那汪直的節制，所以如果徐海在，遲早會和汪直有一番火拼，現在就殺掉汪直，不僅會讓九州的倭寇領主大怒，還會壯大汪直的實力，並不是上策。」

天狼當年跟柳生雄霸在山谷之中，曾經論及日本的各地局勢，知道九州上的幾個藩，是日本的邊遠之地，民風強悍凶殘，尤以薩摩藩的島津氏為最，這些地方窮鄉僻壤，物產不足，所以就像北邊的蒙古人一樣，以搶掠和戰爭為生，九州以南的琉球王國，就飽受其苦，幾百年來無數次被這些薩摩強盜搶劫財富和人口，就連王室貴族也多次淪為他們的奴隸。

可是多年的征戰讓薩摩藩的軍力極其強大，即使在武士橫行的日本，也算得上數一數二的精兵了，即使柳生雄霸談到島津家的武士和浪人時，也是以一種非常嚴肅的神情來談論，今天聽陸炳說到徐海勾結的居然是薩摩藩的島津氏，天狼頓時明白了徐海所部戰鬥力強悍的原因所在。

天狼道：「依我看汪直的手下人數雖多，但多是沿海的叛民，十個人裡有兩個真倭就不錯了，而且也多是些倭寇中的浪人，徐海的手下卻是那些精銳的島津家正規軍，戰力遠非汪直可比，真要消滅的話，還是先消滅徐海比較好。」

陸炳擺擺手：「這是後話，也是抗倭的軍情大事，我們只是錦衣衛，不能越過胡憲憲來決定這種事，你如果有自己的看法，可以和胡宗憲，還有那個謀士徐文長提。哦，對了，你的老朋友譚綸也在徐宗憲那裡，你不方便直接和胡宗憲說的話，也可以和他私下裡交流。」

天狼微微一笑：「當年我還是李滄行的時候，也只不過和譚綸有過一面之緣，甚至沒說上幾句話，談不上是老朋友，而且他現在升了官，更不會記得我這個無名小卒了。」

陸炳道：「這點你可以放心，我跟譚綸的關係不錯，因為沈鍊的關係，他也沒把我當成特務頭子，這次我從胡宗憲那裡過來前，曾和他聊過一整夜，此人雖然身為清流派的後起之秀，但是對胡宗憲卻是頗為佩服，二人可以說是忘年之交，這也是派他來浙江的清流派徐階等人始料未及的。」

天狼有些意外：「他和胡宗憲關係好到這種程度？不至於吧。」

陸炳點點頭：「胡宗憲在東南幾年也算得上是殫精竭智，幾年前猖獗一時，直接能攻到南京城下的倭寇的那種海盜式的突擊，在這幾年再也不見，他們無法再攻入沿海百里內的城鎮了，這都是胡宗憲之功。上次的上泉信之是被薩摩藩的島津氏重金收買，想要探查我們大明內地的虛實，島津家的野心很大，有入侵中原的狂妄，若不是你們出手將這股倭寇全殲，讓他們知道我中原有人，很可能島津家這兩年就會派大軍入侵了。」

天狼卻持不同看法道：「我不這麼認為，南京城下，我大明衛所軍的不堪一擊讓倭寇都看在眼裡，我若是島津氏的領主，一定會以為只有幾十個倭寇都能打到南京城下，若是有千軍萬馬，至少可以席捲東南，割據稱王了，到現在我也不明白為什麼會把上泉信之給放回去！」

陸炳正色道：「你只知其一，不知其二，倭寇上次能鑽到南京城下，正是因為他們人少，小股的流竄倭寇，用大軍捕捉不易，倭寇一向自詡武藝高強，可是他們東瀛的第一劍客柳生雄霸在你這裡也沒有討到便宜，即使是我們在南京城臨時募集的一幫江湖人士，也能全殲這夥倭寇。所以如果真的島津氏大軍入侵，我自有萬千男兒可以從軍報國，打他個落花流水，我中原地方千里，遠非倭國的彈丸之地，上泉信之等人一路就像沒頭蒼蠅一樣亂跑，不辨方位，只靠他們，是根本無法在中原立足的。」

天狼問：「所以他們就轉而扶持徐海這樣的內奸，讓熟悉內地情況的徐海來帶路，對不對？」

陸炳笑道：「正是如此，**徐海對這些倭寇最大的幫助，不是他的兵法權謀，而是對內地的熟悉**，徐海當年在虎跑寺的時候曾經遊歷四方，熟知東南一帶的兵力佈防，山川關隘，他每次出來搶劫用的都是島津家的精兵，事先和島津氏領主約定帶多少人，搶哪個地方，分他多少錢。

「可以說他是個像趙全那樣的帶路漢奸罷了，徐海自己手下的人並不多，一般也只是在搶劫前化妝潛入內地，以探軍情而已，所以徐海、陳東、麻葉這幾個漢奸，手上是沒有自己的實兵的，完全是仗了倭人的勢力，狐假虎威罷了。

「可是這樣的人是層出不窮，殺不勝殺的，今天殺了一個徐海，還會有別的漢奸走這條路，就是汪直手下的奸商，多數也具備帶路的能力，所以我們除掉一個徐海沒有用，**依徐文長和胡宗憲的意思，最好能挑起倭寇內部的火拼，讓汪直**

和徐海大戰一場，讓汪直能轉而攻擊薩摩藩島津家，將禍水引向東洋，我們大明便可以不憂了。」

天狼道：「汪直為什麼要去攻擊島津家，這樣一來，哪還有倭人供他驅使？」

陸炳正色道：「日本此時正處於戰國時期，即使是東洋內部也是戰亂不休，在九州一地，島津家和北邊大隅國的伊東家是死對頭，汪直只不過是給這些倭人大名販賣軍火，運來軍糧罷了，不像徐海這樣死心塌地地依附於島津一家，所以認清了這點，才能將計就計，逼著汪直把矛頭對準日本，而不是我大明。」

天狼這下完全明白了胡宗憲的心思，嘆道：「看來胡宗憲對日本還真的是做足了功課，那個謀士徐文長又是何許人也，難道他也去過東洋嗎？怎麼對那邊的形勢如此熟悉？」

陸炳笑了笑：「這徐文長，本名徐渭，字文長，乃是沈鍊的同鄉，浙江紹興人，其父徐鏓，曾官至四川夔州府的同知，原配生下兩個兒子，早死，後續弦苗氏，苗氏不能生育，徐文長的生母乃是這苗氏的隨嫁婢女，後來當了侍妾，生下徐文長，苗氏對徐文長極為喜愛，視同己出，奪到自己名下撫養，卻將徐文長的生母趕出家門。

「徐文長出生百日後，生父就死了，由於兩個長兄早早地出去自立門戶，苗氏成了一家之主，趕走徐文長生母的同時，也對徐文長無比地疼愛，供其讀書上學，徐文長幼年時就是整個浙江聞名的神童了，興趣廣泛，除了四書五經外，繪畫書法，兵法算卜，無一不精，無一不通。

「後來苗氏也去世了，徐文長由於是庶出，家產盡被兩個嫡出長兄分得，衣食無著，不得已跟隨長兄生活了一段時間，後來更是入贅潘家，這才解決生計問題，他二十歲中了秀才，可是連年中舉不第，雖有才名，卻是無法通過科舉仕官，只能徒嘆奈何。」

聽到這裡，天狼有些不信：「此人既然如此大才，又怎麼會連個舉人都考不上呢？我看就連劉東林這種貪官，不也是輕鬆地考中了進士麼。」

陸炳搖搖頭：「天狼，你沒有參加過八股，不知道其中的玄機，所謂八股應試，需要以固定的形式，固定的文章來寫，並不是單純地考你的典故文才。徐文長才高八斗，繪畫書法均是意之所致，一氣呵成，如同天馬行空一般地不拘一格，他這種人，天生就不適合那種需要固定思維、拘泥格式的八股文，徐文長這輩子最多只能中個舉人，是萬萬不可能上京會試的。」

天狼嘆了口氣：「怪不得說文無第一，武無第二呢，我們武人可就簡單直接多了，誰的武功高，打起來一看便知，哪像這些文人一樣，寫篇文章還要看格式，實在是鬱悶得緊。不過也可惜了這徐文長，如此大才，卻不能出人頭地。」

陸炳笑道：「天無絕人之路，徐文長雖然屢試不第，但難得的是作為文人也有一腔報國之志，倭寇入侵的時候，他也曾脫下長衫，身著短衣，一個人隨著志願抗倭的鄉人們到前線去觀察敵情，親眼目睹戰事，也和不少出過洋，甚至被倭寇擄掠後歸來的百姓交談，以瞭解日本的情形。前年胡宗憲聽說了他的事，又有沈鍊的舉薦，於是把這徐文長招入自己的軍府之中，引為謀士。

「胡宗憲那裡有大量有關倭寇的情報，錯綜複雜，來源極多，其中不乏倭人別有用心的誤導和假情報，徐文長到了胡宗憲那裡不到三個月，就從浩翰如海的資料中篩選出可靠的情報，並編成書冊，呈給胡宗憲，我看過這本冊子，其中講到的那些情形，與你從柳生雄霸那裡聽到的幾乎完全一致，甚至更加詳細。」

天狼不禁道：「難得這徐文長一個文人還能有如此報國之志和濟世之才，相比之下，占著茅坑不拉屎的嚴嵩父子真是讀書人之恥！」

陸炳哈哈一笑：「用不著處處都要找機會罵嚴嵩父子一次嘛，徐文長雖然是文人出身，但深通兵法，尤其精於練兵之術。我去胡宗憲那裡的時候，正好看到他和戚繼光、俞大猷兩個武將在一起討論練兵的問題。只是其人心機頗深，洞悉人性，有不少見不得光的腹黑手段，好在他這些手段只是針對倭寇，還沒用到自己人身上，你若是去了胡宗憲那裡，與徐文長相交，一定要多留個心眼才是。」

天狼心領神會道：「這個我自有分寸，我的身分是錦衣衛，算是自己人，他犯不著使計來對付我吧。」

陸炳收起笑容，嚴肅地說道：「天狼，你一定要搞清楚自己的位置，你是錦衣衛，我們錦衣衛就是對外搜集情報，對內監控重臣，專辦大案要案的，你去浙江是代表我，代表皇上去監控胡宗憲，他表面上會對你客客氣氣，但心裡絕不會把你當自己人，不要忘了你的使命，一定要盯好了胡宗憲，他畢竟是嚴嵩一黨，如果嚴嵩開口相求，我也不知道他會不會誤了國事。」

天狼的心猛的一沉，正色道：「明白，我會時刻保持清醒的頭腦，不至於影響了自己的判斷。」

陸炳點了點頭：「之所以讓你去，是因為你的智謀出色，也臥底過多年，這方面不需要我擔心，只是你要分清楚敵友，不可意氣用事，跟監控的對象真的做了朋友，那只會蒙上了你的眼睛，干擾你的判斷。」

天狼沉聲道：「不會的，我會假定胡宗憲有問題，帶著懷疑的眼光去看他的所作所為，這點他騙不了我，必要的時候，我可以以不同的面目出現來探查他。」

陸炳抬頭看了下天色，兩人一番長談用了大半日，此時已是夕陽西下了，說道：「好了，那就這樣吧，需要協助的話，可以直接到杭州的錦衣衛分部去，錢財人力都予取予求。我先走了，不要忘了今天的談話。」言罷，身形一動，閃電般地消失在小巷子中。

樹上的鳥兒照樣在嘰嘰喳喳，完全沒有感覺到院中少了一個人。

天狼在院子裡思索許久，理清了一下思路後才回到客棧。

屈彩鳳還在一個人喝著悶酒，看到天狼推門而進，不高興地說道：「你這一去，可真夠長的，有什麼收穫嗎？」

「屈姑娘，這裡非談話之地，我們換個地方說吧。」

屈彩鳳點點頭，跟著天狼出了客棧，一人在天黑前出了城，天狼提起氣，用輕功一路狂奔，屈彩鳳緊緊跟隨，一前一後地到了昨天晚上天狼遇到沐蘭湘等人的那個小樹林，這才收住腳步。

屈彩鳳看著一片漆黑的樹林，哼了聲：「昨天你就是在這裡碰到你小師妹的吧。」

「是的，幾年前我追擊倭寇的時候，也是在這裡碰到東洋第一劍客柳生雄霸的，昨天算是故地重遊，不過我今天帶屈姑娘來此，是有要事相詢，與別的事情無關，屈姑娘還請不要顧左右而言他。」

屈彩鳳的嘴角勾了勾：「看你帶我來這麼偏僻的地方就知道要說正事，今天你和那譚綸怎麼聊了這麼久？」

天狼道：「哪是什麼譚綸，是陸炳易容改扮的。」

屈彩鳳撇嘴道：「我就知道是這傢伙，你們錦衣衛內部的事，自然不會對著我這個外人說。」

天狼搖頭：「屈姑娘，陸炳找我是有要事商量，事關軍國大事，姑娘聽了也沒什麼用，我只先簡單地說兩件事，第一，仇鸞已經被嚴嵩父子鬥死，我們近期內不用再費力找嚴黨的麻煩了。第二，接下來我要一個人去杭州，另有任務，可能無法與屈姑娘繼續同行啦。」

屈彩鳳好像並不是太意外，輕輕地「哦」了聲：「仇鸞果然還是完蛋了，我就知道這傢伙是爛泥扶不上牆，根本鬥不過嚴嵩的。其實你一開始來找我，我就覺得你不可能成功，但也不好打擊你的熱情，畢竟你幫過我這麼多，昨天嚴世蕃在此地出現，我隱隱便猜到他在京中的壓力解除，這才能放心出京，只是想不到仇鸞這麼不中用，兩個月不到就倒了。具體情況你能說說嗎？」

天狼暗自佩服屈彩鳳一介女流，竟有如此判斷力，他擇要地把仇鸞倒臺的過程說了，聽得屈彩鳳長吁短嘆，幽幽地道：「看來這些清流派大臣也一個個都是老奸巨滑，根本靠不住，李滄行，你以後千萬要當心這些人，一個不留神給人賣了還不知道呢。」

天狼嘆了口氣：「官場黑暗，其實我也有些心灰意冷了，打倒嚴黨後，我也懶得再參與這官場之事，也許激流勇退，嘯傲山林才是我以後的選擇。」

屈彩鳳微微一笑：「就是，你我都是江湖兒女，以後你不做錦衣衛了，可以來我們巫山派，省得成天夾在這些貪官汙吏中間受這夾板氣。」

天狼道：「那是以後的事了，不過現在暫時不能直接和嚴嵩父子對抗，倭寇在南京城出現，是因為胡宗憲向皇帝上了密奏，現在北邊吃緊，南邊不宜再興大兵。胡宗憲一邊對倭寇加以安撫，把幾個倭寇頭子請過來談開商的事，另一邊暗中調集良將，訓練精兵，準備日後跟倭寇的決戰。我這次就要給派到胡宗憲那裡，對他的行為加以監控，也好看看他是真心抗倭，還是像仇鸞那樣通敵賣國。」

屈彩鳳秀眉一動：「這些事我懶得管，你一個人去就是，只是我提醒你多一個心眼，今天你不在的時候，我去了一趟蘭貴坊，摸了摸那徐海的底細，原來他和那王翠翹早就認識。」

天狼意外地道：「這又是怎麼回事？」

屈彩鳳畢竟是個女人，說到這些八卦眉飛色舞，輕啟朱脣道：「這徐海本是杭州人氏，自幼父母雙亡，他的叔叔名叫徐惟學，是個商人，不想帶他這個侄子，就把他寄養在杭州虎跑寺裡，給寺廟住持一筆錢，就此基本不管，只是隔個幾年來看這個侄子一次。」

天狼曉得徐海這段出家的往事，點點頭：「這些我聽陸炳說過了，這徐海人窮志不窮，在寺裡法號普靜，卻是文武兼修，有奇人傳授了他一身武功，更是自學兵法，一肚子的歹毒腹黑招數，可是他跟王翠翹又是如何認識的呢？」

屈彩鳳妙目流轉，繼續說道：「徐海曾經被他的師父在少年時帶著雲遊四方，而這王翠翹原來是杭州的官家小姐，母親早亡，其父請高僧來做法事，正好這徐海的師父是杭州一帶的有名高僧，便帶著徐海到了王翠翹的家中，做了三天三夜的道場。

「聽說這徐海精於卜算，到了王家後，那時他也不過二十一二歲，和這十四五歲的王翠翹都是情竇初開的少年男女，王翠翹傷心亡母，夜半獨自撫琴吟詩，徐海卻是一邊敲著木魚誦經，一邊作詩和之，就這樣，還在深閨中的王翠翹便芳心暗許這個年輕俊俏的小和尚了。

「只是這徐海不知道是能掐會算，還是聽到什麼風聲，私下裡跟王翠翹說，她父親即將有牢獄之災，她命中也會有一大劫難，只有跟著他遠走高飛，才能消災免禍，王翠翹將信將疑，雖然對徐海一見鍾情，但畢竟跟徐海認識的時間太短，還沒有下定決心跟徐海遠走高飛。徐海看這王翠翹不願意跟他遠走，只能一聲嘆息，約定自己以後一定會做出一番事業，再來娶她，便飄然而去。

「後面的事情可能你都知道了，徐海沒走多久，王翠翹的父親就因罪免官入獄，本來要流放三千里，充軍關外。王翠翹憂心老父的身體吃不消，於是奔走父親的舊交故友極力營救，只是這上下打點需要銀兩，王父為官清正，拿不出這麼多錢，最後王翠翹咬咬牙，自己賣身入了青樓，湊得兩萬兩銀子，總算救得父親出獄，可是王父卻羞於女兒墮入風塵，出獄後雖然官復原職，但也斷了和王翠翹的父女關係。」

屈彩鳳說到這裡，憤憤不平地拍了一下桌子：「這王父實在不是個東西，女兒為了救他才賣身入妓館，他卻不認女兒，若是讓我見了這無情無義的傢伙，一定取他性命！」

天狼感嘆道：「這些讀書人視名節重於一切，不要說他們了，就連那陸炳，所作所為也都是考慮家族的名聲，倒也不一定能論誰對誰錯，畢竟這些人和我們江湖人士不一樣。」

屈彩鳳不屑地說：「哼，李滄行，你出身名門正派，也學得跟這些書呆子一樣迂腐可笑，不敢愛也不敢恨，實在是無趣得緊。」

天狼無法辯駁，只能微微一笑，岔開話題：「屈姑娘，你可知這徐海後面的事嗎？」

他把今天從陸炳那裡聽到的徐海的事說了一遍，聽得屈彩鳳隨著故事的起伏唏噓不已，直到天狼說完，她才幽幽地道：「這徐海也算是個多情種子了，我想他最後自甘墮落，淪為倭寇，也是想實現自己當年的承諾，風光地回來迎娶王翠翹。」

「也許吧，當年的徐海只不過是個虎跑寺的和尚，跟貴為官家小姐的王翠翹沒有任何可比性，所以當他的叔叔徐惟學來找他，拉他一起做生意的時候，他應該也猜到這不是什麼好事，但是為了有一個出人頭地的機會，他還是毫不猶豫地答應了。這一去就是幾年，再回來時，已經物是人非，王翠翹成了秦淮頭牌，徐海卻成了倭寇首領。

「只是徐海雖然名為倭寇首領，手底下卻沒有自己的人馬，全是帶了倭寇薩摩藩島津家的軍隊來搶劫，雖然作戰時由他指揮，但哪天若是惹得這些倭寇不高興了，自己的腦袋都會搬家，所以他也是身處虎狼叢中，更需要一個知心伴侶，所以一看到當年的王翠翹出落得如天仙一般，就想著娶回去作夫人。」

屈彩鳳點點頭：「可憐這王翠翹，**以為自己能跳出火坑，卻不知又入狼穴**。不過我聽說徐海那天晚上把自己是倭寇的事對她和盤托出，一般人聽到倭寇如豺狼猛獸一般，避之唯恐不及，王翠翹卻對徐海不離不棄，私訂終身，願與他一世相守。今天我去的時候，已經晚了一步，徐海昨天夜裡回城時，直奔蘭貴坊，又加了五萬兩銀子，直接就把王翠翹帶走了，現在這幫倭寇應該已經出了南京城。」

天狼微微一愣：「什麼，這些倭寇出城了？」

屈彩鳳嘆了口氣：「只怕是的，今天我在城裡轉了一天，也沒有見到這些倭寇，聽你剛才的話，這些人來南京城無非是想尋訪絕色美女，以作為和嚴世蕃會談時的見面禮，既然這雙方已經見了面，並約定了後面的繼續深談，那就沒有必要再留在南京城中了，而且你說徐海等人昨天可能也看破了你的行蹤，這裡已經不宜久留，帶走王翠翹後，回海上的倭寇老巢應該是唯一的選擇。」

天狼沉吟了一下：「本來我還想著找到這些倭寇，調動錦衣衛一網打盡呢，至少也想辦法殺了徐海為宗禮將軍報仇，看來是沒戲了，也罷，屈姑娘，你我就此分手，你回巫山派，我去杭州，如果你需要我幫助的話，隨時來杭州的胡宗憲平倭軍營裡找我便是。」

屈彩鳳妙目流轉，在夜空中如天上的晨星一般閃閃發光：「李滄行，這回你見到了你的小師妹，她現在人應該還在南京城中，你真的就不和她相認嗎？」

天狼心一痛，長嘆一聲：「這個問題陸炳已經問過我兩次了，我也不知道該如何回答，和她相見時，我無數次地忍著與她相認的衝動，甚至逃也似地離開她，就是因為現在相認，對我們兩個都沒有好處，她已經是徐夫人了，我還能如何？把她從徐師弟手中硬搶來嗎？這種事，我做不出來，愛一個人就得成全她，為她作出犧牲。」

屈彩鳳眼中閃過一絲憐惜：「天狼，我勸你不要給自己留下終身的遺憾，明天我們是不是還能活著，誰也說不定，就是你現在武功蓋世，可是沐蘭湘現在被倭寇和嚴世蕃都盯上了，你這次能護得了她，下次也能嗎？聽我的，你既然愛她，就去和她相認，然後帶著她遠走高飛，到一個沒有人能找得到你們的地方，不要再管世間之事了。」

天狼強忍著淚道：「屈姑娘，我何嘗不想這樣呢，只是在武當山時，小師妹就和我斷情絕愛，她既然已經做出選擇，我又何必強人所難，害人害己！」

屈彩鳳喃喃地說道：「情這字，真是世間最毒的藥。」

天狼轉過身，拭了拭自己的眼睛，突然想到林鳳仙的事，心中一動，問道：「屈姑娘，這次見到陸炳，他還提及了令師之死，難道真的不是那達克林所為？」

屈彩鳳點點頭：「不錯，家師的遺體，後來我仔細地查驗過，傷口和你上次所受的傷很像，不僅是被神兵利器所傷，而且瞬間能讓傷口凝血，所以當時我一看到你的傷口時，非常震驚，驚覺家師很可能是死在楚天舒的手裡，可是你卻一再地維護楚天舒，讓我完全無法接受。」

天狼沒想到她居然是想到了師父之死，心中一陣歉意，說道：「對不起，屈姑娘，我真不知道此事，只是出於不想讓你們和洞庭幫繼續仇殺，讓嚴黨和魔教坐收漁人之利的考慮，才會一再相勸，不過我可以用性命起誓，楚天舒絕對不會是殺你師父的凶手。」

屈彩鳳疑惑地說：「李滄行，你跟楚天舒那天到底說了什麼，為什麼你對他如此信任？甚至可以用性命擔保此事？」

天狼嘆了口氣：「每個人都有一些不足為外人道的秘密，楚天舒以誠對我，將他的事情和來歷對我和盤托出，我也發誓為他保守秘密，屈姑娘，你的事我一樣不會向別人說出，請你理解。」

屈彩鳳點點頭：「既然你以性命擔保，那我還有什麼不相信的？只是這楚天舒好像對我們巫山派有什麼深仇大恨，一出手就絕不留情，這些年對我們也是手段狠辣，我不知道以前什麼時候得罪過他，所以才會懷疑師父的死也跟他有關係。」

天狼道：「楚天舒確實和你們有不解之仇，也必欲滅你們而後快，實話告訴屈姑娘吧，那天本來我和楚天舒不至於這樣生死一戰的，就是因為我的立場堅決，對他說如果他真要對你們巫山派動手，我會出手阻止，他惱羞成怒想要取我性命，不過即使那天打完之後，他還是不肯放過你們，我也無法再勸，屈姑娘，這件事上我不好插手，這段時間我在杭州幫不了你，你只有好自為之了。」

屈彩鳳秀目流轉：「聽你這樣一說，**這楚天舒是不是伏魔盟的前輩元老級人物？因為落月峽一戰跟我們有深仇大恨，所以才要這麼堅決地和我們，還有日月教為敵？**」

天狼心中暗暗叫苦，這屈彩鳳實在是太聰明了，自己只稍稍露了點消息，她就馬上往這方面想，連忙道：「屈姑娘，不用繼續套我話了，和你們有恩怨的也不一定是落月峽的事，令師當年創立巫山派時也是樹敵無數，就是你我，這些年闖蕩江湖，手上又沾了多少人的血，有多少仇家？有時候你無意殺的一個人，他的親人、朋友都會恨你入骨，要找你報仇的，哪能記得過來呢？」

屈彩鳳臉上閃過一絲失望，然後很快就恢復平時的自然表情，抿嘴一笑：「說得也是，是我胡思亂想了，李滄行，我不會再套你話啦，這楚天舒既然和我們巫山派是深仇大恨，那就讓他放馬過來好了，他偷襲我們的洞庭分舵，殺我們巫山派數百兄弟姐妹的仇，我也不會就這麼跟他算了的。」

天狼勸道：「現在還是對付嚴黨為上，去年你們去塞外和蒙古大營，各舵的精英折損很多，若是現在為了賭氣跟洞庭幫硬拼，對你們沒有好處的，楚天舒也答應過暫時不向洞庭湖北擴張，而是專心經營湖南，全力對付魔教，所以屈姑娘你們還是休養生息，恢復實力的好，我跟陸炳也說過，他答應再派錦衣衛的人馬來守護你們，料來那洞庭幫也不敢輕舉妄動。」

屈彩鳳恨恨地道：「總有一天我會親手滅了洞庭幫，殺了楚天舒，為我們的人報仇，李滄行，到時候你千萬別攔著我。」

天狼答應道：「你跟楚天舒的仇怨，我不會插手，也管不過來，好自為之吧。不過我還是提醒你，一定要留意殺你師父的那個高手。」

屈彩鳳秀眉一皺：「**如果不是楚天舒，那還會是誰與我師父有仇？**當年我師父除了跟達克林有過愛恨情仇外，建立巫山派的過程中也樹敵無數，但絕不會有如此級別的高手。因為她滅的多是黑道綠林巨匪，綠林的高手很少有使劍的，更不用說有如此高絕的劍法了。」

天狼本想說出雲飛揚的事，但想想那畢竟是華山派的家醜，自己又非華山中人，說出去並不好，於是嘆了口氣：「有時候也未必是有仇才會殺人，有可能是挑起正邪相爭，也可能是想毀滅掉正派，卻又要借殺你師父來讓巫山派徹底站在魔教一邊，原因可能有許多，人心是很難猜測和掌握的，只是此人如此高深的武功，屈姑娘一定要多加小心。」

屈彩鳳輕嘆道：「我的武功還沒有達到當年師父的境界，就連師父也不是此人對手，我就是小心了又能如何，何況，我的身體情況你又不是不知道，若是此人趁那時候來襲，只怕我只能坐以待斃了。」

天狼哈哈一笑：「屈姑娘不用過於介懷，此人當年做下這等惡事後，多年不再現身，想來，可能也只有紫光師伯之死會和他有些關係了。」

說到這裡，他心中一動，一時愣在原地，說不出一句話來。

屈彩鳳看到他這樣子，眼波流轉：「**你是不是覺得紫光真人的死也是那人所為？**」

天狼問道：「屈姑娘，當年紫光師伯死時的樣子你可曾見過？他是死於何種武器之下？傷口又是什麼樣子？」

屈彩鳳回憶說：「那天我失去心智，自己做了什麼也記不得了，吞下寒心丹後，我殺上武當，可能殺了一些武當弟子，並且和紫光真人打了起來，這些是武當的弟子看到的，可是等到後來我醒過來時，人已經是在武當的後山叢林之中了，然後我就一直在逃避武當派的追殺，到了巫山派之後，我滿腦子想的是如何去面對林宗，又怎麼可能知道紫光真人屍體的情況？」

天狼難掩失望之色，道：「我還記得小師妹說紫光師伯面色青紫，顯然是中毒所致，至於他身上的致命傷是爪傷還是劍傷，卻沒有說，當時我一時情急，想的是和她分手之事，沒有細問，現在我懷疑殺你師父的凶手和殺紫光師伯的是同一人，那就有必要弄清楚紫光師伯身上的傷痕究竟如何，除了中毒外，是死於劍下還是死於你的爪傷，這點很重要。」

屈彩鳳聽得連連點頭：「對啊，我背著這個黑鍋背了這麼多年，江湖人人皆說是我殺了紫光真人，我有苦難言，那天晚上我真的一無所知，如果紫光真人真的是中毒在先，那還真有可能是死於我的爪下，李滄行，請你一定要幫我問清楚此事，如果確是我所為，那等一切結束後，我會找到林宗，一死向他謝罪，如果我是冤枉的，那也可以還我清白。」

天狼目中神彩熠熠：「可惜昨天見到小師妹時沒有問清楚此事，以後有機會的話，我會表明身分，當面向她問明當年紫光師伯之死的詳細情況。雖然他人早已經下葬，但死於何傷，徐師弟和小師妹一定是清楚的。」

屈彩鳳訝異道：「你要向沐蘭湘表明自己的身分？」

天狼點點頭：「非如此不可，紫光師伯之死是武當派的隱私和絕密，若非知道我是大師兄，她又怎麼可能向一個錦衣衛和盤托出此事呢？」

屈彩鳳道：「李滄行，我是女人，女人的心思我最清楚，如果她對你還有情，你說出身分，她可能會不顧一切地和你走，你到時候真的可以放下打倒嚴黨的事情，與她遠走高飛嗎？」

天狼一時不知道如何回答，他在內心裡問過自己，昨晚樹林裡一見小師妹，他才知道自己縱橫天下的雄心壯志，只要在看見小師妹的那一瞬間，全都灰飛煙滅，不復存在，如果沐蘭湘真的哭著要他帶自己走，那他這回很可能毫不猶豫地帶她到天涯海角，到一個沒有人認識自己的地方，逃避一切的責任，禮法。

但天狼知道這只是幻想，自己不該介入她的生活，只是為了調查紫光之死，也不得不這樣做了。

天狼咬咬牙道：「屈姑娘，這個假設不成立，小師妹當年就拒絕了我，現在更不可能跟我走，而且就算如你所說，我們也不可能就這樣不顧一切地私奔，至少得給紫光師伯報了仇再說。假設紫光師伯是死於你手下，但你中了寒心丹的毒，不知者不罪，真正的凶手還是那個下毒的內鬼，這才是我們要查出的真凶。」

屈彩鳳幽幽地道：「那你還等什麼，現在不回去找沐蘭湘嗎？她人在南京城，你現在找她還來得及。」

天狼閉上眼睛，胸膛在劇烈地起伏：「不，這是公事，我得在徐師弟在場的情況下才好問個清楚。」

屈彩鳳一跺腳：「李滄行，你傻了嗎？林宗若是在她身邊，她還怎麼跟你走！」

天狼只感覺心中一陣陣地絞痛，這個問題他不想再繼續下去了，抬頭看了看天上的月亮，今天晚上的一輪明月是那麼地美好，皎潔的月光透過林間的樹梢，灑在這樹林之中，如流水一般地溫和，一如多年前在奔馬山莊外的那個夜晚，自已就是那樣抱著沐蘭湘，山盟海誓，互訴衷腸。

但天狼知道那樣的美好日子再也回不來了，長出一口氣，道：「屈姑娘，過去的事已經不可再挽回，再多作假設亦是無用，我現在就想著打倒嚴黨和魔教，並且捉住害我師伯，害你師父的真凶，別的事情無法多想。今天我們就此別過，你回巫山，我去杭州，有急事的話，再派人聯繫好了。」

說完，他一轉身，頭也不回地向著南方走去。漆黑的樹影映在他的身上，面具後的臉上已是淚水流淌。

屈彩鳳站在原地，直到天狼的身影消失不見，才喃喃地嘆了句：「李滄行，你真是天下第一的大傻瓜。」纖足一動，身形向北邊的南京城奔去，很快就變成了一個小點。

第六章

青衣謀士

那青衣文士說道：「早聽說大名鼎鼎的
錦衣衛副總指揮天狼到我們杭州了，
料想你一定是易容改扮在城中四處觀察，
我也找你好幾天了，想不到卻在這裡遇上。」
天狼道：「你就是胡總督的那個謀士徐文長？」

五天後，杭州城。

這裡是東南一帶，除了南京之外最繁華的城市了，最早的歷史可以上溯到大禹治水時期，相傳大禹曾乘舟經過此地，稱此地為禹航，後來諧音便成為餘杭，當時只是一個小漁村的規模，後來卻成為杭州城最早的前身。

秦朝時，浙江一省屬會稽郡，於餘杭一帶的靈隱山下築城為治所，取名錢唐，錢唐這個名字一用千年，一直到隋朝的時候，隋文帝楊堅廢郡為州，杭州這個名字才第一次進入史冊，並在鳳凰山下，西湖邊上依山建城，周長三十里九十步，這便是杭州城的雛形。

秦朝時的錢唐靠近錢塘江，江水進入吳山和寶石山之間，形成一個小的江灣，到了漢朝時，因為沖積的作用，錢塘江中的沙子在江灣入口處沉積，滄海變桑田，把這塊小江灣與大江隔絕，從此形成一個內湖，這就是西湖的起源。

此後隋朝大將楊素在平定江南叛亂時，疏通了江南運河，從江南鎮江起，到杭州的拱宸橋為止，共八百多里，後來隋煬帝楊廣即位，開鑿大運河，杭州就成了大運河的起點，有了這發達的航運通道，杭州一下子從以前的偏僻荒涼之地變成了江南的重鎮，戶口也從建城時的一萬五千多戶開始逐年增加。

有唐一代，杭州這裡置杭州郡，治所又遷回錢唐，為了避國諱，錢唐改名為錢塘，直到唐末五代十國時期，天下大亂，可是這百餘年的亂世中，杭州卻保持了難得的安寧，歸吳越國管轄，歷經三帝八十五年的統治。

正如歐陽修所言：「錢塘自五代時，不煩干戈，其人民幸福富庶安樂。十餘萬家，環以湖山，左右映帶，而閩海商賈，風帆浪泊，出入於煙濤杳靄之間，可謂盛矣！」

吳越王錢鏐在原來的隋時鳳凰山杭州城的基礎上，大規模地加以擴建和改進，這個都城西起秦望山，沿錢塘江到江幹，向東到寶石山，形狀若腰鼓，因此杭州城也有「腰鼓城」之稱。

在五代時期，幾代吳越王引西湖水作為杭州的護城河，而在錢塘江邊用石囤木樁法修築百餘里的護塘海灘，疏通河道，以絕錢塘江水患。

進入北宋後，杭州迎來了史上發展的黃金時期，當時全城人口已達二十餘萬戶，為江南人口最多的州郡之一。經濟繁榮，紡織、印刷、釀酒、造紙業都較發達，對外貿易進一步開展，是全國四大商港之一。

有宋一代，杭州歷任地方官，十分重視對西湖的整治。元祐四年（一〇八九年），著名詩人蘇東坡任杭州知州，再度疏浚西湖，用挖出的淤泥堆成橫跨南北的長堤（蘇堤），上有六橋，堤邊植桃、柳、芙蓉，使西湖更加美化。又開通茅山、鹽橋兩河，再疏六井，使帶有海水鹽味的井水不再入市，民飲稱便。

靖康之後，北宋滅亡，宋廷南遷，即為南宋，定都杭州，改名臨安，這是杭州歷史上第二次成為一國首都，人口也經歷了爆炸性地大發展，居民增到百萬以上，成為江南第一大城，而發達的貿易和方便的水運也使這裡成為天下的經濟文化中心，文人騷客，商販走卒絡繹不絕。

到了明代的時候，杭州成為浙江省布政司治所，元代時長年未經疏浚，以至湮沒的西湖也得到了大規模的整治，重新變得水質清澈，風景如畫。

而以絲綢業為主的杭州的手工業得到了巨大的發展，由於浙江是七山二水一分田的地理環境，農田極少，因此自古以來都是大規模地養蠶紡絲，現在的杭州有著數十家大小的絲綢作坊，幾千架紡機，每年都會產出源源不斷的絲綢，吸引著來自四面八方，甚至是海外的客商們。

天狼此時就打扮成一個商人的模樣，戴著一張白淨的人皮面具，兩抹勾鬚，正坐在西湖邊一家酒樓裡的二樓雅座，面前擺著一壺小酒，兩盤小菜，一邊小酌，一邊看著外面的美景，湖面上清涼的風透過二樓的窗口拂過，說不出的愜意。

可是天狼卻並不是很喜歡這座城市的氣氛，這裡太過繁華，商業發達，紅男綠女們滿城滿街都是，就是現在這九月時節，結伴來西湖遊玩的公子小姐們也是比比皆是。

湖岸兩側到處都是一個個的小攤位，江南的各種名小吃在這裡都能找得到，九月天氣本就涼爽，這時候再吹進湖面的清風，更是把西糊藕粉、桂花栗子羹、油冬兒等香甜小吃的味道一起帶入，那首著名詩中所說的暖風薰得遊人醉，大概就是這樣吧。

可是天狼卻一點沒有醉的意思，初來杭州的那兩天，他倒是很驚詫於這座城市的繁榮與富庶，只是這座城市裡以甜為主的小吃並不是太合他的口味，馳名天下的宋嫂魚羹、蝦爆鱔麵、東坡肉等名吃對他沒有想像中的吸引力。

沒過幾天，天狼就懷念起香噴噴的大肉包子了，只是江南以米糧為主的飲食風格讓他難覓正宗的包子，就連酒都少有北方的烈性，綿柔有餘，濃烈不足，幾天下來，他就膩了。

更讓天狼不滿的是，在這裡他沒有看到一點大敵當前，軍民團結奮進的意思，東南倭亂已有十餘年，沿海的城鎮基本上都被劫掠過，而杭州因為身處內地，又作為浙江省的治所，有重兵保護，卻也一直沒有經歷過戰火。

只是作為浙江省布政司治所所在，城外又屯有平倭大軍的軍營的杭州城，沒有一點整軍備戰的味道，倒像是個逍遙太平的內地城市，實在讓天狼有些不解。

看到這座城市，就如同整個大明的縮影，繁華的城市裡，花天酒地，醉生夢死，全然不管沿海和邊關地區百姓們的死活，骨子裡透出一股腐朽與墮落的氣息，讓天狼覺得呼吸困難，若非在進入胡宗憲的大營前，天狼有意要再微服觀察一段時間的話，天狼是一刻也不想再在這裡待下去了。

天狼夾起面前的一塊東坡肉，在杭州城裡，很難吃到大肉包子，這種吃起來甜甜的五花肉便成了他最喜歡的一樣食物，比起酸酸的醋魚，天狼還是更喜歡這種大碗喝酒，大塊吃肉的豪邁，只是一想到現在自己是個白臉斯文商人，還要注意吃飯的形象，天狼便無奈地把蹺到凳子上的一隻腿給放了下來，改拿起面前的小碗盛起魚羹來喝。

角落裡的一張桌子傳來一個狂放不羈的聲音：「哈哈哈，山外青山樓外樓，西湖歌舞幾時休，暖風薰得遊人醉，直把杭州當汴州！」

天狼雖然文采不是太好，但也知道這是南宋詩人林升寫的千古名作，專門罵當時在臨安的南宋朝廷乃至江南士人們不思進取，不圖恢復中原，只想著偏安一隅的頹廢風氣。現在倭寇正鬧得厲害，北邊的蒙古又在去年入侵，國家可謂多事之秋，而這杭州城中的奢靡之氣卻一點不減，倒也真是應了這詩中所言。

此言一出，隔壁幾桌本來行酒令正酣的客人們，全都放下了手中的酒杯，對著那桌怒目而視。

天狼也看了過去，只見那桌上是一個年約三十的青衣文士，看起來邋裡邋遢，不修邊幅，袖子上髒兮兮的盡是酒漬汙痕，臉上鬍子拉碴，人卻趴在桌上像是睡著了，嘴角邊掛著長長的口水，快要拖到地上，時不時地還打著酒嗝。

那幾桌客人們倒是一個個穿金戴銀，十足的富家公子作派。靠窗的一桌看起來更像是個官家大少爺，也就二十多歲的樣子，生得肥頭大耳，穿著一身紫色的上好綢緞衣服，衣服上繡著金線，他戴的帽子上更是鑲嵌著一顆大粒的珍珠，隨著他的頭一動一動，直能亮瞎人眼。

這個肥頭大耳的官家少爺身後，站著十幾個身強體壯的奴僕，而他左擁右抱著幾個濃妝豔抹的女子，剛才正一邊吃菜，一邊向著懷裡的女子嘴裡灌酒，淫詞浪語讓天狼聽得不住地反胃。

那角落裡的客人此言一出，紫衣胖子臉色一變，重重地把酒杯向桌上一頓，推開懷裡的兩個女人，破銅鑼一樣的聲音在整個酒樓裡炸響起來：

「什麼東西，竟然在這裡胡言亂語，打擾大爺喝酒的雅興！」

那青衣醉文士嘴裡喃喃地說著話，聲音卻小得像蚊子哼，沒人聽得見，那紫衣胖子本來還待發作，站在他身後的一個管家模樣的瘦子陪著笑臉道：「少爺，何必跟這個醉鬼一般見識呢，您喝您的，他再胡咧咧咱們就揍他！」

紫衣胖子滿意地點了點頭，又把一個女人擁到懷裡，拿出一錠金子向她肚兜裡放，猥褻地道：「美人兒，來，香一個！」

天狼不想在這個地方待下去，從懷裡拿出一錠銀子放在桌上，準備起身走人，卻聽到那年輕文人突然又說起了夢話：「好肥的豬！」

紫衣胖子這下臉色脹得通紅，把懷裡的女人推到一邊，從座位上彈了起來，渾身的肥肉抖動著，指著那青衣文士破口大罵：「狗東西說誰哪？給我打！」

瘦子管家得了令，一揮手，十幾個如狼似虎的惡僕紛紛撲上，把那張桌子圍了個水泄不通，一個個摩拳擦掌地捋起袖子。

見到這裡要打架，二樓的其他客人們紛紛奪路下樓，急得小二們也跟著追了下去，邊跑邊說：「客官，您還沒給錢哪！」

天狼本來準備要走，但有這種武戲上演，反而讓他想要看看結果了。

那青衣文士感受不到任何氣息，但既然敢出言相諷，想必手下是有幾把刷子的，而那些惡僕們一個個只是膀大腰圓而已，看起來根本不會武功，只有那個管家看身形倒是有些功夫在身，可也算不得一流好手，想必這個青衣文士可以很輕易地收拾這些惡僕們。

只見那個瘦子管家分開一條道，擠進了桌前，對著那青衣文士冷笑道：「哪來的狂徒，藉著酒瘋敢罵我們家公子，嫌小命太長了是不是，識相的現在給老子起來，向我家公子乖乖地磕三個響頭，要不然今天打得你娘都認不出你！」

那青衣文士依然醉在桌上，伸了一個懶腰，嘴裡說道：「哪來的狗叫，真討厭！」

瘦子管家勃然變色，上前一步，出手如電，這下天狼看得清清楚楚，這人練的是鷹爪功之類的擒拿手法，出手就扣向那青衣文士的脈門要穴。

天狼的眼裡，這種二流高手的出招就如小孩扮家家一般，他好奇的是這青衣文士會作如何反應，自己好看出他的師承來歷。

可是這青衣文士卻真如睡著了似的，紋絲不動，瘦子管家那隻帶著長長指甲的手，一下子扣住青衣文士的脈門要穴，甚至掐出血來，那青衣文士才皺了下眉頭，「哎喲」了一聲。

天狼心中微微一動，脈門要穴一旦被制，除非像自己這樣練過移經換脈頂級內功，不然是半點內力也發不出來的，**這名青衣文士竟讓瘦子管家這麼輕易地制住要穴，實在讓他始料未及，莫非青衣文士想要故意示弱，別有所圖？**

天狼的心中還在思索著，只聽那青年文士「哎喲」之聲不絕於耳，帶著寧波一帶南方口音的話不絕於耳：「個死捏子，抓我做啥，還不快放開！」

那瘦子管家一開始也防著此人是個深藏不露的練家子，所以剛才只用七分力進攻，倒是留了三分力應變，萬一青衣文士暴起，他也有所防範，可是一下就輕易地制住對方的脈門，內力在他的體內稍一運行，就感覺此人穴道阻礙重重，完全沒有打通的跡象，丹田處更是內息全無，給自己這樣一抓，頭上的汗珠都直冒，顯然是個完全不會武功的書生。

瘦子管家一下子放了心，多年的江湖經歷讓他對別人向來是高看一眼，遇到書生、女子、僧人和道士的時候更是格外小心，自從在這紫衣胖子家找到了這份看家護院的差事後，他更加惜命了，但現在一下子試出了這青衣文士不會武功，那他心底的大石頭算是落了地，現在就是要在自己的主子面前表現的時候啦！

瘦子管家哈哈一笑：「我道是什麼厲害的硬點子，吃了熊心豹子膽，敢和我們家公子作對，原來只是個酸臭文人，喝多了就想著撒酒瘋，也不看看這是什麼地方！」

他手上一用巧力，把那書生直接從凳子上拉了起來，向外一送，那書生直接從他剛才進來的那道人縫中飛了出去，摔了個狗吃屎，正好跌在天狼的腳邊。

書生這一下看來給摔得不輕，腦袋撞在天狼的那張桌子的腿上，登時起了一個烏黑的大包，但他沒有喊痛，反倒抬起頭看著天狼，露出一絲詭異的笑容：「兄臺，看夠了嗎？」

天狼心中一動，還沒來得及開口，就看到有一個五大三粗的惡僕幾步搶到面前，揮起沙包大的拳頭，衝著那青衣書生的腦袋就要落下。

天狼再也無法坐視，身形一動，這個惡奴只覺得眼前一花，手腕一緊，像是被鐵鉗子夾住似的，再也無法動彈，後面的人個個臉色一變，因為天狼只是輕輕地伸出兩根筷子，夾在那惡奴的手腕上，七尺高一個漢子，竟然半點力也發不出來了。

那瘦子管家練過武功，是個練家子，識得厲害，天狼這一下動作快得讓他根本無法看清，出手的這一下更是高明的打穴功夫，他的眉頭一動，上前行了個禮，拱手道：「這位先生，不知高姓大名，可否賜教？」

天狼道：「在下姓吳名明，今天來這裡吃個飯也這麼鬧心，你們打架不能換個地方嗎？」

瘦子管家這一聽就知道天狼無意亮出萬兒，眼珠子一轉，正準備丟下兩句場面話，及時抽身，卻不意那紫衣胖子嚷了起來：「嘿嘿，那個大塊頭商人，知道小爺我是誰嗎？以為筷子夾人了不起啊，惹毛了小爺，信不信小爺把你抓到我爹的大堂上，拿十根筷子來夾你手指頭?!」

天狼心中冷笑，果然是個狗仗人勢的紈褲子弟，聽起來來頭還不小，怪不得如此囂張，估計平時在這杭州城裡也是欺男霸女慣了，無人敢管，今天自己既然碰到了，正好出手教訓他一頓，也好一掃這陣子的鬱悶。

於是天狼臉上浮出一絲笑容：「哦，不知這位公子是哪位大人的衙內呢？」

被夾住手腕的那個惡僕臉已經痛得跟豬肝一樣的顏色，見主子發話了，連忙說道：「你這廝聽好了，**我們家公子可是這杭州城內的按察使何大人的公子**，你敢對我們家公子無禮，當心我家老爺把你拿下，剝皮抽筋！」

天狼來浙江前，已經把這浙江省的官員情況摸得一清二楚，大明在各省的最高長官是巡撫，往往由六部的侍郎兼任，而東南抗倭作為一個戰區，浙江、福建和南直隸三省都歸於這個大的戰區，因此三省的最高長官胡宗憲特地加了一個浙直總督的官銜，由於其是位高權重的封疆大吏，更是加了兵部尚書銜放來東南。

胡宗憲本人也兼著浙江巡撫的官職，巡撫之下，一省主管民政的是布政使司，最高長官稱為布政使，正三品的官職，而主管一省的刑獄的，則是按察使司，最高長官為按察使。此外還有一省的最高軍事長官，負責全省的衛所兵，稱為都指揮使，這三個衙門號稱三司，代表了一省的行政，司法，軍事，也構成了大明朝地方一級的行政體系。

而浙江省的官員多為嚴黨，布政使鄭必昌、按察使何茂才，都是嚴嵩的門生，而且是嚴世蕃極為信賴的死黨，正因如此，才會被派到這富庶的東南地區出任高官，這些年也一直在東南各省大撈特撈，逼得越來越多的沿海百姓無以為生，只能下海當了倭寇，看來**這個紫衣胖子就是何茂才的獨生兒子何其昌了**。

天狼一看這何其昌的蠻橫樣，就知道這傢伙在城內一定是仗著父親的勢，驕縱慣了，自己是錦衣衛，並不受何茂才的節制，但今天如果把這何其昌折辱得太過，以後也不利於行事，究竟該如何對付這傢伙，天狼一時有些猶豫了。

那何其昌一看天狼沉默不語，以為他給自己的名頭嚇住了，一下子得意起來，說道：「哼，我就說，這城裡誰敢惹小爺！這外鄉人看起來不懂事，老董，讓他磕一個頭就滾吧。至於這醉酒的傢伙，一會兒給我綁到外面的拴馬柱上，狠狠地抽，娘的，小爺今天的興致全給這廝敗了！」

何其昌話音未落，天狼眼中紅光一閃，右手出手如電，如風雷一般的一道掌勁劈出，何其昌眼前桌子上的所有碗碟突然跳了一下，湯汁濺得何其昌滿臉滿身都是。

不只如此，何其昌的嘴剛才正口沫橫飛地一張一合，天狼這一下，菜也飛得到處都是，一隻雞腿正好飛到他的嘴裡，撐得他張目結舌，再也說不出一個字，那樣子滑稽之極，一邊的幾個妓女忍不住哈哈大笑起來。

何其昌氣得直跳腳，把嘴裡的雞腿抓出，重重地向地上一扔，嚷道：「反了，老董，給我把這傢伙拿下，往死裡打！」

他的話還沒說完，「砰」地一聲，整張上好的榆木桌子居然碎成了粉末，滿桌子的碗盤都摔到地上，碎片四濺，這一手神技看得所有人目瞪口呆，就連那個名叫老董的瘦子管家，也都嚇得一動也不敢動了。

何其昌雖然是個典型的惡少，但也知道對方這下子的厲害，可他嘴上仍然不願意服輸，張口叫道：「會兩手功夫了不起啊！有膽的留下名字，小爺回去讓高手來收拾你！」

卻聽到身後傳來一聲冷笑，那青衣文士說道：「何公子，我勸你還是不要跟這位壯士繼續糾纏下去了，對你沒有什麼好處的，在平民百姓面前你可以仗著你爹的威風橫行霸道，可是在這位面前，就是你爹也要發抖呢。」

何其昌向地上啐了一口：「放你娘的狗臭屁，消遣小爺是嗎？在這杭州城裡，誰敢不給我面子！你說我爹見了他都要發抖，難不成他還是錦衣衛啊！」

天狼聽得臉色一變，正要開口，卻聽那位青衣文士哈哈一笑：「何公子還真的猜對了，這位可就是錦衣衛呢！大人，還是把你的金牌亮出來給他開開眼吧，也省得這傢伙以後再在城裡仗勢欺人！」

天狼無奈，看了一下四周，這樓上除了自己和這個青衣文士外，也只有何其昌一夥人了，無論是掌櫃的還是夥計都遠遠地躲在樓下，根本不敢上樓。他從懷中摸出那塊金牌，向著何其昌等人晃了一下，金牌上正面一個「錦」字和下面一行「錦衣親軍都指揮司」的小字清清楚楚秀了出來。

在這個時代，造什麼假的都有，往酒裡摻水的，偽造官憑的，甚至假舉人、假秀才亦是層出不窮，可就是沒人敢假冒錦衣衛，這塊金牌一亮，從老董到惡僕，最後再到紫衣胖子何其昌，個個嚇得面無人色。

天狼把金牌收回懷中，只聽到何其昌「撲通」一下跪倒在地，肥碩的腦袋不停地磕著頭求饒道：「大人在上，小人真的是有眼不識泰山，冒犯之處，還請大人千萬恕罪啊。」

一眾惡僕見狀，也個個跪倒在地，尤其是那個被筷子夾手的惡僕更是一邊磕頭，一邊狠狠地抽著自己的臉，沒兩下，臉上就腫得跟個小山包似的，不停地說：「小人該死，上差饒命，小人該死，上差饒命！」

天狼這是第一次在公開場合亮出自己錦衣衛的身分，也第一次見識到權勢的巨大作用，讓何徇內都怕成這樣，心中不免感慨，他冷冷說道：「都給我滾，我來這裡的事若是洩露半個字，後果你們懂的！」

何其昌一聽，如蒙大赦，連忙賭咒發誓，絕不外洩此事，然後在一幫奴僕們的簇擁下，失魂落魄地向外面逃去。

天狼轉頭看著那個笑瞇瞇坐下的青衣文士，沉聲道：「閣下又是何人，如何知道我的來歷？」

那青衣文士笑了笑，從懷中掏出一塊絹帕，擦著嘴角的血跡，說道：「早就聽說幾天前，大名鼎鼎的錦衣衛副總指揮天狼到我們杭州了，料想你不直接來胡部堂的軍營和衙門，一定是易容改扮在城中四處觀察，我也找你好幾天了，想不到卻在這裡遇上。」

天狼心中一動：「你就是胡總督的那個謀士徐文長？」

青衣文士點點頭：「正是區區在下。在你面前丟人現眼，不好意思啊。」

天狼打量著眼前這個傳說中的天才，只見他三十上下，五官端正，兩隻眼睛裡透出一股精明，額頭不成比例地大，占了整個臉部的三分之一，一看就是聰敏過人，頷下留了一把短鬚，身材瘦弱，是標準手無縛雞之力的秀才模樣，也難怪給那老董像捏小雞一樣地欺負。

天狼正色行了個禮：「久聞先生大名，今日一見，果然名不虛傳，只是天狼想請教一下，徐先生是如何看破我的身分呢，今天我易了容，又只是靠著窗子喝酒吃菜而已，甚至連話也沒說啊。」

徐文長微微一笑，先是回了禮，然後和天狼一起找了張桌子坐下，說道：「天狼，你可能自己沒注意，你的行為和這酒樓裡的所有人都格格不入，除了我以外，酒樓的人一個個都是喝酒尋歡，杭州雖然是抗倭前線，可是風氣卻腐化墮落，無論官民，都是今朝有酒今朝醉的心態，只有你卻是一個人坐在窗邊，憂心重重的樣子，和你這身商人打扮完全不符啊。」

天狼笑了：「只憑這一點恐怕還不足以判斷我的身分吧，也許我是做生意虧了錢，所以才這樣心事重重呢？難道杭州城裡每個人都得高高興興的嗎？」

徐文長搖搖頭：「不，如果是做生意失敗，那應該是失魂落魄，滿心憂慮的那種，可是你的眼神卻是對這周圍的一切都是打心底裡的厭惡。天狼，**容貌可以改變，可是眼睛是心靈的窗戶，這點是騙不了人的。**」

天狼道：「那我就不能是一個文人或者官員嗎，一個對國事關心的人，看到杭州城裡這種情況，都會像我一樣的反應，你又何以認定我就是錦衣衛呢。」

徐文長笑道：「你說得不錯，正人君子確實會對這裡的情況不滿，但他們無須化妝成一個商人吧，所以看到你的時候，我基本上有八成的把握，你就是這幾天會出現的錦衣衛天狼了。」

天狼喝了一口酒：「可你也只有八成把握而已，還是不能確認啊，萬一我不是天狼，你豈不是要給那何其昌活活打死了？」

徐文長搖搖頭：「在戰場上，有七成的勝算就可以行動了，如果要等到十成把握，戰機轉瞬就會消失，我有八成把握猜你是天狼，還有二成的把握，你也會是個江湖俠士，即使不是天狼，也不會坐視我被何其昌這個惡少欺負，所以我這條命是不用擔心的。」

天狼啞然失笑道：「只是你這二成若是落了空，一個無權無勢的江湖人士也許會出手傷了何其昌，你這不是害了人家嗎？」

徐文長眼中閃過一絲寒芒：「何其昌這種人就是欠收拾，無論是你天狼，還是江湖俠士，給他一點教訓都是應該的，萬一吃了官司，江湖人士可以一走了之，就算一時走不脫，我也會和胡部堂說情，請求網開一面的，何茂才雖然心疼兒子，但也不敢和胡部堂正面起衝突，這點我還是有自信的。」

天狼暗嘆這徐文長做事真的是滴水不漏，心思縝密，看似用險，心中卻有連環安排。

只聽徐文長又道：「就算這些手段都落了空，我還有最後一招，天狼，不出片刻，就會有人尋到這裡，我就算一時被何其昌欺負，也不至於有性命之憂的。」

徐文長話音剛落，樓梯一陣響動，一個大嗓門嚷嚷著：「徐先生，大帥有請！」

天狼順著聲音看了過去，只見一名身高八尺，壯似熊羆，全副武裝的將官，正向樓上奔來，一路小跑，把身上的甲片葉子都碰得叮噹作響，可是這樓梯卻沒有發出一點響聲，彷彿此人走路不著地似的，**天狼的臉色微微一變，來人顯然身負上乘輕功，會是誰呢？**

正思索間，這名將官已經來到樓上，年約四十左右，膚色略黑，目如朗星，劍眉入鬢，一臉的虬髯似鋼針一樣挺立，高鼻闊口，氣勢凜然，頭戴純銅頭盔，紅色的盔纓似燃燒的烈火一般，胸前的一隻猛獸獅子頭不怒自威，端的是條鐵塔般的漢子。

這人上來後，目光落到天狼的身上，今天天狼沒有用縮骨之術，壯碩的身材一顯無遺，雖然一副商人打扮，但實在是沒有幾份商人的氣質，也難怪剛才只要一亮錦衣衛的身分，就嚇得何其昌等人抱頭鼠竄。

那名將官道：「你是何人，怎麼會和徐先生在一起？」

他看了一眼現場，杯盤狼藉，一片混亂，顯然剛剛經過很激烈的衝突，尤其是那張被天狼拍碎的桌子，他的臉色微微一變，這份內力確實驚世駭俗，非頂級高手不可，不由得問道：「這張桌子也是閣下拍碎的嗎？」

徐文長打招呼道：「俞將軍，今天怎麼會是你親自過來接我？不是戚將軍當值的嗎？」

天狼立即反應過來，說道：「**閣下可是新任寧台參將的俞大猷將軍？**」

那將官點點頭，對徐文長道：「先生不在，最近倭寇頻繁出沒，又有錦衣衛來杭州，部堂大人擔心您的安全，派了營中眾將帶兵分頭尋找，戚將軍和譚參軍他們都在別處，末將正好尋到這裡。」

他對著徐先長說話，可是那炯炯的目光始終沒有移開天狼的臉：「本將正是俞大猷，壯士看起來氣度不凡，莫非是新來杭州的錦衣衛副總指揮使天狼？」

天狼哈哈一笑，他沒有想到自己人沒來杭州，消息倒先不脛而走了，也不知道胡宗憲是作何考慮才把這消息放出來的。

他對俞大猷拱手行了個禮：「正是在下，俞將軍，你我都是軍人，就不用這麼多客套了，久聞俞將軍乃當世良將，武功更是蓋世，今日一見，果然不同凡響！」

俞大猷也大笑起來：「天狼大名早已隨著大破白蓮教，獨闖蒙古營的事蹟名傳天下，只恨當時俞某不在，不然一定會與你並肩殺敵，方不負男兒來此世上一遭！」言罷，兩人相視大笑，英雄相惜之意，溢於言表。

徐文長對俞大猷說道：「這幾天我在城中四處尋訪天狼，他人既然已經到了，又不肯直接來見胡部堂，想必是先想暗察一番，所以我想在他見胡部堂之前先見他一面，還好功夫不負有心人，今天讓我在這裡碰到了。」

俞大猷點點頭，看著滿地狼藉，又是一皺眉頭：「剛才我來時，看到何其昌帶著人匆匆離開，難道你們是在這裡起了衝突？」

徐文長解釋道：「正好用這位何衙內來試探一下天狼，果然，天狼還是俠義心腸，路見不平就出手，哈哈。」

天狼心中一陣慚愧，按說錦衣衛密探應該泰山崩於前也面不改色，絕對不能暴露自己的行藏，今天自己卻控制不住情緒，貿然出手，想到這裡，他的臉微微一紅。

俞大猷拍了拍天狼的肩膀：「天狼老弟，這沒什麼，你若真是像一般的錦衣衛那樣冷酷無情，我也不願意與你結交了，徐先生不惜挨那惡少一頓拳腳來試你，想必是有要事跟你商量，你們先談，我且在樓下守著。」

徐文長與俞大猷對視一眼，心意相通，一切盡在不言中，天狼也想到徐文長作為胡宗憲的頭號軍師，在這裡等自己，肯定是有要事要談，便與徐文長找了個僻靜的角落坐下，俞大猷則下樓，帶著上兵們守在樓外。

徐文長凝視著天狼，道：「天狼，你可知我為何一定要在你見胡部堂前要見你一面？」

「是不是有什麼不太方便在胡總督那裡說的話，或者有什麼想要我提前知道的事，需要先跟在下說？」

徐文長點點頭：「不錯，雖然我跟你是初次見面，但是你的威名早已傳遍大江南北，我覺得你和一般的錦衣衛不一樣，心中有家國，有大義，願意為此付出生命，所以才想和你敞開心扉地談一談。」

天狼自謙道：「在下不過是個武林人士，機緣巧合才蒙錦衣衛總指揮使陸大人看得起，加入錦衣衛，並不想榮華富貴，只想著身為男兒，當上報國家，下保黎民，方才對得起自己一身所學。徐先生身為文人，也有一腔報國之志，這才是天狼所佩服的，您想問什麼，天狼職責許可權之內，當知無不言。」

徐文長眼中神光一閃：「天狼，我可以先問一下，你這次來浙江，為什麼不直接先找胡部堂報到，而是要易容微服查訪呢？」

天狼回道：「耳聽為虛，眼見為實，我來這裡之前，也從不同的人那裡聽到了對胡部堂不同的的說法，所以決定在見胡部堂前，先用自己的眼睛看一看杭州城的情況，這裡畢竟是抗倭的第一線，這裡的情況也能多少反映出一些事情的端倪來。」

徐文長臉色變得有些凝重：「看來結果並不讓你滿意啊。」

天狼點點頭：「只怕徐兄也不可能高興得起來吧，倭寇還在四處肆虐，去年宗禮將軍剛剛戰死，東南的情況非常嚴峻，可城中卻沒有一點緊張的氣氛，到處歌舞昇平，紙醉金迷，甚至還有像何其昌這樣的惡少橫行不法，恕在下直言，我看不到這座城市有整軍備戰，跟倭寇決一死戰的氛圍。」

徐文長嘆了口氣：「我不知閣下的大名，只能稱你為天狼兄了，兩年多前在下剛加入胡部堂的軍府時，也跟你一樣又氣又疑，甚至誤會了部堂大人，以為他跟其他的嚴黨官員一樣，尸位素餐，只圖搜刮，可是我見了胡部堂後，才知道他的苦衷，天狼兄，**可能你有些誤會胡部堂了。**」

天狼「哦」了聲，「願聞其詳。」

第七章

二虎相爭

徐文長用手指蘸了酒，在桌上寫道：
「我們的計畫就是挑起倭寇內部的火拼，最好能讓
徐海和汪直反目成仇，互相吞噬，這就需要用計。」
天狼寫道：「只靠抬高徐海，冷落汪直，
就想讓他們二虎相爭，只怕不太現實吧。」

徐文長正色道：「東南不僅是抗倭的前沿，更是朝廷的賦稅重地，每年朝廷的收入四千多萬兩，有近一半是來自這東南三省，而絲綢和茶葉貿易又占了我東南三省稅收的一半以上，平倭是大事，但保證東南的繁榮和賦稅，則是比剿滅沿海倭寇更重要的大事，事關我大明根本，不可因噎而廢食。

「如果杭州城裡也是一片肅殺之氣，如臨大敵，對過往的商人嚴加盤查，那這裡的貿易就會大受影響，你看看這杭州城內，一半的商人都是來自海外，有來自西域的，更有許多來自南洋，絲綢賣到他們的國家，價格能漲上二十倍都不止，端的是一本萬利的買賣，如果我們在這裡設卡盤查，這些商人只怕都不會來了。

「所以現在杭州城的情況是外鬆內緊，城內依然歌舞昇平，營造出一種火熱的經商氣氛，大軍在城外則是日夜操練，沿海五十里內的村鎮都已經內遷，海面上也盡是我軍的巡防船，一旦發現倭寇登陸的痕跡，便會調動大軍加以撲滅，實際上這一年多來，倭寇已經很難再像以往那樣登陸了。」

天狼的嘴角勾了勾：「真有徐兄說的這麼輕鬆嗎？若是倭寇已經得到了控制，為何去年徐海還能率萬名倭寇登陸，還殺死了宗將軍，擄掠了數千百姓而去呢？」

徐文長嘆了口氣：「那是因為有徐海這樣的內奸帶路，此賊深知我大明內情，知道我各處兵力佈防，也知哪裡能夠偷渡登陸，甚至還知道我軍換防和輪換的軍情內幕，這才會趁隙上岸，宗將軍當時正好率部經過，自告奮勇地前去攔截，卻不意中了此賊誘敵之計，這才全軍覆沒。事後胡部堂調集數萬大軍出海追擊，卻沒有追上，不過從那戰之後，我軍更改佈防，倭寇也再無大的行動了。」

天狼冷笑道：「徐先生，你今天真的願意和在下坦誠相對嗎？」

徐文長臉色微微一變：「天狼兄懷疑在下的誠意嗎？剛才所言句句屬實，天狼兄若是不信，可以查閱資料，遍訪軍中人證。」

天狼搖了搖頭：「宗將軍的三里橋之戰，天狼並無異議，只是對徐先生的結論有些看法而已，倭寇明明大勝而歸，我軍沿海官兵士氣大損，甚至水師官兵都不願意出海作戰，只不過倭寇出於其他考慮，沒有進一步地趁熱打鐵而已，為何在徐先生說起來，倒是倭寇膽怯了呢？」

徐文長嘆了口氣：「徐某並無此意，只是這一年來，我軍雖然沒有出海作戰，但也確實是加強了陸地的巡邏，而且還從各地調來了精兵強將，像天狼兄剛才看到的俞將軍，還有登州衛的戚將軍，哦，對了，還有譚綸譚參軍，都可謂良將，倭寇們上案搶掠，一向是有利而來，無利則不來，看我軍嚴陣以待，沿海又沒有多少可搶的，自然也就罷兵休戰了。」

天狼冷冷說道：「徐先生，既然倭寇如此好對付，為何胡部堂還要向皇上上密奏，要商請和倭寇談判，甚至一定程度上的和汪直、徐海這些倭寇做生意，開海禁呢，你應該知道我來這裡是做什麼的吧。」

徐文長微微一笑：「這就是馬上我要說的重點了，**無論是徐某，還是胡部堂，其實對倭寇的最終解決，就是一個字，滅！**」

天狼有些意外：「滅？**可你們的做法卻是撫啊。**」

徐文長放低了聲音：「天狼兄，最終的目標是滅，但在這之前，要用許多手段的，單純的死打硬拼，要大大地消耗錢糧。而且戰事曠日持久，勝負難料，一個不留神，整個東南的賦稅恐怕都要填到這個無底洞裡，最後未必能解決掉倭患！現在內奸和東洋倭賊已經串通，東洋持續的戰亂會為他們提供源源不斷的兵員，他們反正可以在幾千里的海岸線上到處攻擊，我軍卻要疲於奔命，而且衛所兵的情況你也清楚，在新的精兵練成之前，他們打不過倭寇的。」

天狼接口道：「所以徐先生的意思就是對倭寇分化瓦解，挑起徐海和汪直之間的矛盾？」

徐文長微微一笑：「天狼兄所言極是，汪直現在的實力和資歷比徐海要強上許多，但他已經位居海賊之王，銳氣不如徐海這樣的後起之秀，至少他自己是不敢親身犯險的，只讓他那個有勇無謀的義子毛海峰出來。這樣一來，親自出馬的徐海就能搶奪談判時的發話權，反客為主。胡部堂已經見過了這幾個倭寇，故意對徐海禮遇有加，而對毛海峰卻是態度冷淡，我想他們回去之後，汪直一定會對徐海有所防範，懷疑的種子一旦種下，不用幾年就會生根發芽。」

天狼質疑道：「徐先生此計雖好，但一來需要時間，二來坐等敵人內部出現問題，是不靠譜的事情，也許胡部堂和徐先生有心平倭，可是浙江上下的官員都是人同此心嗎？胡部堂自己又能在這裡待上多少年呢？」

徐文長眼中透出一絲無奈，嘆了口氣：「至少現在胡部堂的位置還是很穩固的，以後的事就很難說了。本來去年請宗禮將軍過來，是想以他的邊塞精兵為骨幹，一兩年內訓練出一支精銳來，可惜現在這個計畫隨著宗將軍的戰死要推後幾年了，俞大猷和戚繼光這幾個月一到任就在衛所兵中精挑細選，整軍訓練，可是效果看起來並不明顯。

「如果以現在的兵力主動進擊，倭寇反而會團結一致和我們作戰，徐海的背後是薩摩藩的島津家，可以給他提供上萬精兵，在茫茫大海上作戰，我軍毫無優勢可言，戰船也不如倭寇的精銳。若是想要添置戰艦，訓練水師，那要花幾千萬的銀兩，至少要三年的時間，這是朝廷，是皇上所無法接受的，他可以一時半會兒地容忍倭寇，卻不能看到東南的稅銀斷掉哪怕一天！」

天狼漸漸明白徐文長的意思了，道：「那徐先生的意思是**放棄海上決戰，把倭寇放進來打？**」

徐文長眼中閃過一絲狡猾的光芒：「不錯，這正是徐某的設想，倭寇戰力雖強，但人數有限，若深入內地，糧食和後援不濟，我軍可以斷其後路，將其消滅在陸地上，若是靠著海岸，有戰船接應，打輸了還可以上船逃跑，很難消滅。」

天狼一笑：「可是這和你們跟倭寇私下會談，允許開海禁，做生意，又有什麼關係呢？如果要實現你的那個打法，得讓倭寇做不成生意，惱羞成怒，大舉過來搶劫才行。」

徐文長站起身，走到窗邊把所有的窗戶都關上，連外面鳥兒的叫聲都聽不見了，他把聲音壓得細如蚊蚋：「天狼兄，接下來的可是絕密軍情，請你萬萬不要洩露出去，就連陸總指揮也不要透露。」

「徐先生，這又是何意？我是陸總指揮派來的，有事當然要向他彙報，你這個要求，有些強人所難了吧。」天狼猶疑地說。

徐文長輕嘆一聲：「陸炳雖然大事靠得住，但他畢竟有顧慮，若是事關官途或者身家性命，不排除會和嚴嵩合作，把胡部堂出賣，但你是為國可以捨生忘死的俠士，所以這事我可以向你交底，卻要請你向陸炳保密。」

天狼疑道：「徐先生與我素昧平生，又何以對在下如此信任？」

徐文長笑道：「我相信我的直覺，耳聞也許有誤，但閣下的正氣卻是徐某可以感覺得到的，你在錦衣衛不求官，不求名，只求造福天下，是我徐文長的同道中人，所以我信得過你。」

天狼問：「可是既然不能向上稟報，那你告訴我也沒用啊。」

徐文長擺了擺手：「不，我把這個和你一說，你就會相信胡部堂了，以後也會知道該怎麼做，信任是相互的，誠意也是相互的，你說呢？」

天狼沒有說話，拿起一罈酒，走到桌前，用手指沾著酒水在桌上寫起字來：「好吧，徐先生，事關機密，你我還是手書交談吧。」

徐文長點點頭，用手指蘸了酒，在桌上寫道：「**我們的計畫就是挑起倭寇內部的火拼，最好是能讓徐海和汪直反目成仇，互相吞噬，這就需要用計。**」

天狼跟著寫道：「只靠這次抬高徐海，冷落汪直，就想讓他們二虎相爭，只怕不太現實吧。」

徐文長微微一笑，繼續寫道：「不，靠這個當然不行，其實汪直和徐海的情況不一樣，汪直的勢力全是自己的，而徐海雖然名為首領，但手下並沒有多少真正的自己人，所以**真正要挑起矛盾的，是在島津家和汪直之間。**」

天狼心中一動，只看徐文長又寫道：「汪直只不過是想開海禁，和我大明做生意罷了，而島津家則是野心勃勃，他們不僅想要錢，更想等時機成熟之時，能入侵我大明，奪取我大明富庶的東南沿海一帶，以作王霸之基業，這點從他們上次收買上泉信之，進行武力偵察，就可見一斑。」

天狼不屑地勾了勾嘴角，說道：「可笑蚍蜉撼樹，不自量力！」他繼續寫道，「據我所知，那島津家所有的不過是薩摩一國而已，大小不過我大明的一個州郡罷了，就算整個九州，也不過浙江一省的規模而已，就算島津家強悍善戰，以後能一統九州，也基本上到了頭，他們連日本都無法統一，就想著打中國的主意，是不是太誇張了點?!」

徐文長搖了搖頭：「天狼，你只怕是低估了東洋人的野心，在我們看來以他們這點實力就想著入侵大明是很可笑，但是東洋土地有限，資源奇缺，唯一多的就是強悍善戰的武士和東洋的武士道，只要是立了功，主家必須要對其進行賞賜，而想要封更多的武士，只有進行擴張，這就是島津家打起大明主意的根本原因，這些年下來，我大明的虛弱也被他們看得一清二楚，一旦有變，這島津氏一定會起了率大軍入侵的野心。」

天狼還是有些不太相信：「據我所知，島津家的軍隊不超過一萬，也不可能傾巢而出，就靠了幾千人也想進犯中原？」

徐文長嘆了口氣：「如果是來中原征戰，島津家可以徵調大批的浪人武者，許以田地財產賞賜，日本現在正值戰國，大批的武士在戰亂中失去領地，成為浪人，走投無路，如果有這麼個機會，一下子徵召個幾萬人是不成問題的，而且日本的武士從出生開始就在訓練作戰，不僅武藝高強，而且熟悉戰法陣列，往往召之即來，來之可戰，不像我們現在新募的士兵，還需要重新訓練。」

天狼的眉頭一皺：「即使如此，靠了幾萬兵士就想縱橫天下，還是不太可能，也許短期內可能會被他們攻下浙江和福建，但只要我大明徵調各處的精兵，倭寇還是無法立足的。」

徐文長笑了笑：「所以我剛才說過，**前提是天下有變**，和平時期，我大明養兵百萬，雖然多數衛所兵不能戰，但精選個七八萬精銳用來與倭寇作戰，還是問題不大的，而且只要徵發民眾，編練新兵，以舉國之力對付島津家的入侵，最後必可獲全勝。

「島津家如果在中原無法立足，也沒有足夠的土地封賞那些徵召來的浪人武士，最後這些人只會回到國內奪了島津家的江山，所以島津家也一直隱忍不動，直到去年蒙古入侵的時候，他們才派出徐海大舉入侵了一回，等到蒙古撤軍，他們又很快地縮了回去，就是因此！」

天狼沒有想到**去年的倭寇入侵居然是和蒙古來襲有如此聯繫**，心猛一沉，寫道：「如此說來，只要我大明面臨強敵入寇，那倭寇就有大舉入侵的可能了？」

徐文長正色寫道：「玄機就在於此，**你可知為何徐海他們去年大勝之餘，不去趁勢攻下幾個大城市，卻要急著撤軍呢？**」

天狼馬上反應了過來：「難道是汪直逼徐海撤軍？」

徐文長點點頭：「正是，汪直的目的是通商，徐海如果奪了沿海之地，這裡就歸了島津家，島津家自己也有龐大的水軍和船隊，完全可以不通過汪直。再說了，倭寇占了此地，目的是搶掠，哪會正經和汪直做生意？這是汪直所不能容忍的，所以徐海在打敗宗禮將軍後，汪直的船隊就大舉出動，逼近了徐海靠在岸邊的艦船，那意思很明確，若是徐海再不走，那汪直可能就會對他攻擊。

「所以徐海只能連夜撤軍，帶著搶來的財寶和擄掠的百姓們一起回了東洋，雖然這次雙方沒有撕破臉，可是仇恨的種子也已經種下。本來汪直的老巢是在薩摩藩的松浦津，可是這一年來卻開始在九州北邊的少貳家領地，平戶港中設了宅院，看來他也覺得以後有可能會和島津家反目成仇，所以開始早作打算。」

天狼若有所思地說：「汪直只想賺錢，跟島津家想要入侵中原的想法不符合，**那依先生所見，應該先聯合汪直，打垮更危險的島津家才行，為何要反其道而行之，打壓汪直，去扶植徐海呢？」**

徐文長微微一笑：「汪直畢竟在海上縱橫多年，已是公認的海盜之王，部下數萬，大型戰艦千艘，富可敵國，而徐海雖然有島津家的支持，可是實力比起汪直還是有差距。若是我們現在就扶持汪直，那汪直有可能會吞併徐海，到時候他一家獨大，跟我們會提出各種苛刻的通商條件，皇上是個要面子的人，一旦鬧僵，汪直就會襲擊浙江到福建的沿海各地，我東南永無寧日！

「還有一條，汪直是徽州人，跟胡部堂是老鄉，皇上雖然嘴上不說，但其實心中對此事頗為忌憚，所以胡部堂才會主動上書，說明自己暫時和倭寇接觸乃是用計，以後我們會想辦法讓徐海與汪直內鬥，然後再誘汪直上岸，將其擒獲，然後以他的名義調動他的部眾們反過來進攻島津家，這樣大事可定！」

天狼驚道：「這計畫居然如此宏大，真是高人手筆。只是倭寇那裡貧窮，就算汪直肯下令，他的那些部眾們又怎麼肯反過來進攻日本，而放著富庶的東南沿海不搶呢？」

徐文長寫道：「這就需要朝廷開海禁，允許和海外通商了，如果能正常通商，那汪直的手下們可以從貿易中得到巨大的好處，此外，進攻薩摩藩也可以打開去東洋的市場，免去島津家抽取的高額關稅，對他們也是有利；如果他們不聽話，那我們就切斷對他們的貿易，逼其就範，倭寇中有大量的沿海刁民，也有不少日本武士，既然我大明的刁民可以為了利益引倭寇來進犯自己的祖國，那些東洋武士又能高尚到哪裡去呢？」

天狼連連點頭：「我明白了，所以要先扶持徐海，讓其跟汪直死掐，等其勢均力敵時再示好汪直，將其誘捕，然後驅虎吞狼，以汪直的部眾加上我大明新編練出的精兵，消滅徐海，轉攻島津家，這樣倭亂才能得到徹底的平息，對嗎？」

徐文長點點頭：「正是如此，海禁是非開不可的，但是不能在倭寇的逼迫之下，按他們的條件開，我大明立國近兩百年，已經是積弊深重，皇田與士大夫之田半天下而不用賦稅。要想維持國家的運轉，只有打開海上商路，賺取大量的白銀，所以**只有先平定海上的倭寇，省下東南的巨額軍費，反過來可以向朝廷貢獻大量的海外貿易銀兩，才能救我大明，一旦東南安定，銀糧充足，才可能揮師北伐，徹底解決蒙古問題，使我大明有中興的可能。**」

天狼看著徐文長的手下如走龍蛇，眉飛色舞，顯然這個設想已經在他心中盤旋多時，今天對自己難得的能一展胸懷，可是天狼卻沒有他這麼樂觀，嚴嵩奸黨在朝，即使他們在東南做得再出色，只怕也是為奸黨撈取私利提供更多的方便而已，而且嚴世蕃會允許他這樣做嗎？

徐文長似乎看出了天狼的猶豫，寫道：「天狼兄，剛才徐某一時激動，有些忘乎所以了，讓天狼兄見笑，不知天狼兄對徐某剛才的話有何高見呢？」

天狼猶豫了一下，但想到徐文長今天確實是以心對自己，這麼重要的事情都和盤托出，自己若是再藏著掖著，可能會讓人心生不快，為以後的合作也會蒙上一層陰影，於是寫道：「徐兄確實大才，所謀者深遠，只是您跟在下所說的這些方略，有沒有跟小閣老商量過？」

徐文長臉色一變，冷冷地說道：「天狼兄莫非是小閣老的親信？」

天狼搖搖頭：「我錦衣衛與嚴閣老父子關係十分微妙，當年陸總指揮確實在扳倒夏言一事上與嚴閣老父子合作，可是現在這種合作已經基本上告一段落，我這次來杭州，是奉了陸總指揮的意思，與小閣老無關。」

徐文長的眉頭稍稍舒緩了一些：「既然如此，天狼兄又為何要提到小閣老，皇上授予了胡部堂在東南全權處置的大權，小閣老現在只不過是工部侍郎，東南的平倭大事並不需要向他作稟報。」

天狼誠摯地說道：「徐兄請不要誤會，只因為胡部堂是嚴閣老親自舉薦的人，所以於情於理，東南之事需要向嚴閣老彙報才是，而嚴閣老畢竟年老，現在諸事多倚仗小閣老，故而在下才有此問。」

徐文長不滿地說：**「天狼兄是不是也把胡部堂當成了鄭必昌、何茂才之類的人呢？心中只知有嚴閣老，不知有皇上，有國家？」**

天狼「哦」了一聲，心中卻是鬆了一口氣，聽徐文長這意思，也不願意和嚴黨扯在一起，**看來陸炳的判斷沒有錯，胡宗憲雖然是嚴嵩所舉薦，卻不是正宗的嚴黨，這個人應該是可以爭取和合作的。**

徐文長正色道：「天狼兄可知為何徐某會來胡部堂的軍府中效力嗎？」

天狼眉頭一動：「聽說是胡部堂聽到了徐先生的才名，誠心相邀，徐先生之才又不太適合八股科舉的文風，所以才會入府參幕。」

徐文長哈哈一笑，迅速地寫道：「天狼兄不必有話藏一半，徐某屢試不舉，但有點小名氣在鄉間流傳，不過徐某心高氣傲，並不願意走這種幕僚的路子，還是想應試中舉，加上原來也和天狼兄一樣的想法，以為胡部堂是嚴嵩所舉薦，想必不會是什麼好人，因此一開始也不願意就這樣出山。」

天狼倒了碗酒，一飲而盡：「可是徐先生最後還是出山了，難道是被胡部堂三顧茅廬之類的盛情所感動？」

徐文長笑著搖了搖頭：「三顧茅廬倒不至於，只是胡部堂確實親臨寒舍，與徐某徹夜長談，我二人惺惺相惜，一夜下來就互為知己，尤其是胡部堂有意在東南大展拳腳，施展平生所學，並不願意受制於人，這才是我出山的根本原因。不要說嚴世蕃，就是嚴嵩，也不能動搖胡部堂消滅倭寇，平定東南的意志。

「何況嚴世蕃此人，世間早有公論，不要說別人，就是我的同鄉好友沈鍊，也是對他們父子深惡痛絕，天狼，你知道我為什麼會如此信任你，跟你初次見面就這樣把心中所想和盤托出嗎？就是因為**沈鍊給我寫過信，說錦衣衛中，只有你天狼是真正毫無私利，一心為國的好男兒，而且有勇有謀，眼光深遠，事關國事，可以跟你展開胸懷交談。**」

天狼沒有想到沈鍊會這樣為自己說話，微微一愣：「我在錦衣衛的時候幾乎沒有和沈兄打過交道，想不到他會這樣看我。」

徐文長點點頭：「天狼兄可別忘了，沈鍊雖然官品不高，現在只不過是個七品經歷，可是他跟陸炳卻是至交，不少錦衣衛的行動細節和方案，陸炳都會和他謀定而後動，除了這次他上書參奏彈劾嚴家父子的事情沒有和陸炳打過招呼外，其他大部分錦衣衛的行動都是由他直接策劃，誰忠誰奸，他都清清楚楚。」

天狼想到沈鍊當年在南京城平倭時的英姿，又想到他扳倒奸臣不成，反被流放邊關的結局，心下黯然，嘆了口氣：「能當沈兄此評，此生雖死無憾矣，只可惜沈兄蒙冤，我卻無能為力，唉！」

徐文長眉頭動了動，在桌上寫道：「天狼兄，沈兄上書的事，當時我曾勸他不要衝動，嚴黨勢大，尤其是東南一帶，朝廷離不開胡部堂，這時候如果倒嚴，勢必要牽連胡部堂，這對國事不利，其實更好的選擇是等胡部堂在這裡建立了功業之後，回朝入閣，到時候再聯合其他內閣成員慢慢地架空嚴黨的勢力，這才是穩妥之道。

「畢竟嚴嵩和清流派大臣惡鬥數十年，得罪人無數，若是清流派大臣主政，他就是為了自己下臺後的身家性命，也要占著這個位置到死的，但如果是作為他門生的胡部堂，他倒是可以放下心，爭鬥也不至於那樣激烈，也許這就是最好的扳倒嚴黨的方法，對國家的傷害也最小。」

天狼的眼中冷芒一閃，也跟著寫道：「看來徐先生也不喜歡嚴嵩一黨了？」

徐文長點點頭，寫道：「嚴黨禍國殃民，擅權誤國，揣測上意，打壓忠良，此事天下盡人皆知，又何必諱言？我等讀書人，心中自有良知，即使是胡部堂，雖然位列嚴嵩的門生，但是對嚴黨中大多數人，尤其是嚴世蕃的做法，也是深惡痛絕的，只是人在官場，有些事情不得不為罷了。」

天狼道：「那徐先生也知嚴黨這些年的罪惡，就這樣放過他們，公平嗎？」

徐文長寫道：「凡事要一步步來，**當務之急是想辦法先讓嚴嵩下臺，這就需要兩個條件，一是皇上要從心底裡厭惡他們，二是國家並不是非他們不可**，就算打倒了嚴嵩父子，也不至於影響國家日常的事務，這需要南北的戰事都能夠平定，又有良臣入閣主政才行，清流派那些人，多數也只是嘴上誇誇其談，並無辦事的能力，嚴黨中的不少人雖然貪汙腐敗，可是辦事的能力卻是很強的。」

天狼從心裡對這套言論並不是很贊同，抱持著保守的態度說：「那徐先生的意思，你的這套方案，並沒有和嚴世蕃商量過了？那如果和他對倭寇的策略不符怎麼辦？要知道胡部堂是他父子推薦來東南的，他們能扶起胡部堂，自然也可以把他踩下去。」

徐文長聞言道：「你說得對，嚴世蕃根本不想平倭，他只想跟倭寇做生意，至於嚴嵩，也不想東南出事，尤其是不能影響東南的賦稅，把國庫的錢全扔到東南的軍費這個無底洞來，所以也希望能息事寧人。我們正是看中了他們的這個想法和心思，所以才提出和倭寇和談，商量開海禁通商的事，招安汪直，可是後續的殺招，也就是引徐海和汪直火拼，以及拿下汪直，調動倭寇艦隊轉攻日本，這部分我們沒有和嚴嵩父子說過，反正造成既定事實後，他們也只能認！」

天狼又問：「可是這個方案，你們和皇上說過嗎？」

徐文長飛快地寫道：「胡部堂給皇上的密奏，要經過兵部轉遞，嚴嵩父子是能看到的，所以在密奏裡不能寫明，皇上的心思，胡部堂是清楚的，他要面子，骨子裡並不想開海禁和倭寇做生意，只是迫於形勢，也只能默認，但如果說以後要把倭寇，至少是汪直和徐海這樣的頭子給剿滅，他一定是求之不得，所以**我們還要向皇上上一道密奏，把今天的這個方案向他稟報，這個密奏不能走內閣，只能從錦衣衛陸總指揮那裡送上去，而這個送信的人，只能是你天狼兄了！**」

天狼這才明白徐文長今天和自己如此推心置腹的真正用意，他笑了起來：「徐先生到現在才說出自己的真實想法啊，怪不得在見胡部堂之前要特地約在下作如此深談呢。」

徐文長不好意思地說道：「其實也不全是為了要天狼兄送信，沈鍊說過天狼兄是忠義之士，所以我們這個計畫也對天狼兄毫無保留，必要的時候，有些胡部堂不方便做的事情，可能還需要天狼兄幫忙呢。」

天狼點點頭：「**是不是牽涉到與倭寇交往，甚至刺殺倭首之類的事情，需要我去做？**」

徐文長輕嘆了口氣：「天狼兄武功蓋世，幾乎以一己之力平滅白蓮教，大鬧蒙古營，令我心馳神往不已。而且沈鍊和我說過，這些並非是陸炳派給你的任務，而是天狼兄出於一腔熱血的私人行動，不知是否屬實？」

天狼謙遜地說：「沒有外界傳得這麼神，只不過看到白蓮教勾結蒙古韃子，傷天害理，把活人煉製成毒人以幫助蒙古軍攻城，換了任何一個有良知有血性的男兒，都會一怒拔劍的。」

徐文長正色道：「不，讓徐某看重的，不僅僅是天狼兄的俠義心腸，更多的是你隨機應變，臨危不懼的特質，一般江湖人士，勇則勇矣，卻不過是一勇之夫，身處絕境時往往會作困獸之鬥，**天狼兄卻能在極度不利的環境中運用智謀，配合著你縱橫天下的武功，最終化險為夷，甚至完成不可能的任務，有勇有謀，外加過人的膽色，這才是徐某真正需要的。**」

天狼猜測道：「這麼說，徐先生希望我能幫你們的，是進入倭寇巢穴之類的事情吧。」

徐文長也不諱言：「是的，以後少不得要與汪直和徐海這樣的人打交道，他們有時候會上陸，但更多的時候是待在自己的巢穴裡，需要智勇雙全之士能深入虎穴，引得敵酋出來，上次還是陸炳親自押送上泉信之去雙嶼的，下次，我希望天狼兄能幫我們走一趟。」

天狼沉吟了一下，在桌上寫道：「從我個人來說，這倒不是不可以，只是我現在有使命在身，你也明白，萬一出事，我個人生死事小，影響東南大局就糟糕了，到時候嚴黨若是趁機發難，說你們是故意設局，害死我這個來監視你們的錦衣衛，那可能胡部堂的官位不保，到時候嚴黨可以換上自己人來東南，與倭寇真正合作，想必那也不是徐先生想要看到的吧。」

徐文長陷入長思，考慮了一下，寫道：「這些只是初步設想，具體計畫還要相機而行，不過天狼兄可以放心，我們一定會考慮周全，盡力保護你的安全。」

天狼微微一笑：「不入虎穴，焉得虎子，這點徐先生請不要太在意，只有一點是我擔心的，嚴世蕃和我有不解的深仇，必置我死地而後快，被他得知我獨闖倭巢的話，他很可能會串通倭寇取我性命的。」

徐文長臉色大變：「竟有此事？沈鍊跟我的書信中提到過這點，可我怎麼也不信，嚴世蕃位高權重，天狼兄雖然掛有錦衣衛副總指揮之名，但談不上多有權勢，陸炳又跟嚴家關係不錯，你又怎麼會惹到他的呢？」

天狼冷笑道：「沈鍊還是陸炳的智囊呢，還不是照樣被嚴嵩父子陷害?!若不是陸炳放我一馬，只怕我早就沒命了。徐先生有所不知，在下曾經撞破嚴世蕃通敵賣國的事，所以此賊恨我入骨，就是前幾天在南京城外，我還碰到他與徐海、上泉信之等人接頭呢，你說他會放我活路嗎？」

徐文長凝神思考了一會兒，寫道：「嚴世蕃這樣的地位還要通敵賣國？你說的是蒙古入侵的事嗎？我也聽到風聲說嚴世蕃通過仇鸞與俺答汗暗通款曲，以重金賄賂蒙古軍退兵，看來是事實了。」

天狼想到此事，氣就不打一處來，忿忿地寫道：「何止是重金賄賂，此賊是親自夜入蒙古大營，與蒙古人做骯髒的交易，允諾管束住各地勤王之師，而讓蒙古人可以在京師一帶大搶三天，只要不進攻京城，甚至都不會在他們撤軍時加以攻擊，現在你知道為何丁汝夔會死了吧。」

徐文長恨恨地一拍桌子，開口罵道：「果然是這些奸黨誤國，不得好死！」

天狼繼續寫道：「嚴世蕃只求自己榮華富貴，誰做皇帝，誰得天下他根本不在乎，就是俺答進了北京城，我想他照樣會做蒙古人的好奴才，所以這種人心中根本沒有國家，只有自己，跟倭寇也是可以做任何交易的。眼下皇帝也對嚴黨只圖私利，不顧國事的本質有所察覺，若非嚴黨成員遍佈全國，已成尾大不掉之勢，只怕已經下手了，我這回來杭州，就是要監視被皇帝認為是嚴黨重要成員的胡部堂，一旦他有通倭賣國之舉，就要立即上報。」

徐文長點點頭，正色寫道：「多謝天狼兄如此對徐某信任，把此事也直言相告，其實在你來之前，我已經猜到此事，胡部堂雖然向皇上上書，說明為了穩定東南，會暫時對倭寇虛與委蛇，皇上也授予胡部堂便宜行事的大權，可是皇上是不信任任何人的，上次先是派來身為清流派幹將的譚綸，這回又把你派來浙江，其用意不言自明。」

天狼道：「其實皇上未必是不信任胡部堂，他真正要防的只是嚴嵩父子，尤其是嚴世蕃。現在他們還靠著嚴黨成員遍佈朝野內外，國家非他們不可這一點來要脅皇帝，一旦嚴黨骨幹成員都能如胡部堂一般，與他們父子劃清界線，忠於國家的話，那皇帝想動起他們，也就是一道詔書的事。以嚴世蕃的精明，能想到的就是勾結外敵，以為外援，實在不行，還可以逃亡番邦異國，以保身家性命。」

徐文長臉色一變：「你是說他們會勾結倭寇，逃亡出海？」

天狼臉色凝重地說：「不是沒有這個可能，徐先生，徐海他們上岸的事，你是知道的吧。」

徐文長眉頭深鎖，寫道：「問題好像很嚴重，本來按計劃，他們是來杭州與胡部堂還有嚴世蕃一起秘商開海禁的事，可是還沒見胡部堂，他們便說要到老家看看，汪直是徽州人，這次他派了自己的義子毛海峰來，就是打著要回鄉祭祖的名義，加上嚴世蕃遲遲未到，所以胡部堂只能派人護送他們到徽州。你剛才說他們在南京碰到了嚴世蕃，這是怎麼回事？」

天狼這下子完全明白過來，寫道：「**想必是那嚴世蕃與倭寇有什麼見不得人的私下交易，才要支開胡部堂，單獨與倭寇面談**，這次你們派了護送倭寇去徽州老家的，是什麼人？」

徐文長嘆了口氣：「此事我們也很頭疼，一個不慎就會落個通倭的罪名，正經的軍人如俞大猷和戚繼光他們，肯定是不願意接這差事的，而胡部堂的親兵衛隊也不宜介入此事，倒是按察使何茂才對此很積極，主動派出他臬司衙門（按察使又稱臬司，有自己的衛隊，相當於後世的武警）的兵士一路護送。由於他是嚴世蕃的人，我們也樂得置身事外，現在聽天狼兄這一說，他們根本不是回徽州，而是直接在南京去見嚴世蕃了。」

天狼點點頭：「除了明面上的徐海等人外，他們這次還和伊賀里的忍者勾結，派這些人做暗殺和搜集情報的事情，所圖者大，其目的也不可告人，這些都是我所親見，千真萬確。」

徐文長眉頭一皺：「既然如此，天狼兄何不直接帶人把他們當場拿下呢？」

天狼道：「當時只有我一個人在場，對方可是高手雲集，我是拿不下的，那天嚴世蕃知道我的存在，先支開了倭寇，再逼我現身，企圖收買我，被我拒絕了，最後只能負氣而去，但後來我便失去了他們的行蹤，想必他們是換了一個地方接頭，我估計這幾天這些倭寇就會回杭州和你們正式談判了。」

徐文長卻道：「不，如果他們真的和嚴世蕃接過頭的話，那也不會在我們這裡談什麼了，嚴世蕃如果不來的話，面對胡部堂他們也不會說什麼，我想他們有可能會直接出海回老巢。」

「我倒不這麼認為，如果嚴世蕃不能控制胡部堂的話，給他們再多的許諾也是無用，如果我是徐海，在跟嚴世蕃談過之後，也會來摸一摸胡部堂的底，這才符合這幫倭寇的性格，貨比三家，無利不起早。」天狼提出異議。

徐文長聞言道：「天狼兄所言極是，是我考慮不周了。來，罰酒一碗！」說著，將自己面前的酒杯滿上，一飲而盡，然後抹了抹嘴，哈哈一笑，「好酒！」

天狼沒有想到徐文長一介書生，酒量也如此了得，心中倒更加佩服起這個書生的豪爽之氣了。

徐文長看了眼窗戶透進的一抹陽光，輕聲道：「天狼兄，今天你我以心相交，坦誠相見，實為徐某平生一大快事，我們的立場想必你也清楚，若是你還信不過徐某今天所說，盡可以在杭州城內明查暗訪，我們與倭寇的會談，每一次都會讓你親臨的，一句話，所有的事情都不會對你有任何隱瞞，你可以看看我們所說的是否屬實。」

天狼道：「在下亦是同感，只不過職責所在，必須用自己的眼睛來看所有的事，然後還要向陸總指揮彙報，胡部堂平倭的大事上如果有用得著我的，也請儘管開口，天狼萬死不辭。」

徐文長突然想到了什麼，目光一陣閃爍，似乎有話想說，天狼見他這樣子，奇怪地問道：「徐兄還有什麼要說的嗎？但說無妨。」

徐文長咬了咬牙，在桌上寫道：「天狼兄，吾有一言如骨鯁在喉，不吐不快，**請你千萬要留意陸炳，他不一定和你我是一條心！**」

天狼臉色微微一變，寫道：「什麼意思？在我看來，陸炳雖然和嚴黨有過合作，但骨子裡還是一心為國的忠臣，這次也是看不慣嚴嵩父子的行為有損於國家，不惜與他們劃清界線，我入錦衣衛以來，陸炳對我多加關照，甚至幾次從嚴世蕃的手中救我，他能有什麼問題？」

徐文長寫道：「當初沈鍊也是這樣相信他的，認為陸炳是一心為國的忠臣，可是到了需要用官位作賭注，跟嚴嵩死抗到底的時候，陸炳還是退縮了。他也許想做個好人，但並不想拿身家性命和整個陸氏家族作賭注，與嚴黨放手一搏，所以他沒有全力去保沈鍊。有一就有二，下次如果嚴世蕃真要對你下手的時候，我只怕陸炳也會作同樣的選擇。」

天狼的心猛的向下一沉，今天之前，他並不知道沈鍊對陸炳有這麼重要，甚至可以做他的智囊，**如果徐文長沒有騙自己的話，陸炳連跟他相交多年，引為軍師的沈鍊都可以棄之不顧，對自己就更沒有什麼捨不得的了**，若說為了鳳舞，要保自己這個準女婿，那更是不可能，連鳳舞他都可以把她推進嚴家火坑了。

「這是徐先生自己的想法，還是沈鍊跟你說的？」

徐文長雙目炯炯寫道：「我和沈鍊在求學的時候就是好友，通信一直沒有斷過，他跟我的書信有暗語，可以避開旁人的耳目，在上次上書彈劾嚴嵩前，他曾經和陸炳打過招呼，希望能得到陸炳的支持，可是陸炳當時下不了這個決心，雖然他把你派了出去查嚴黨的把柄，希望能通過仇鸞出面舉證嚴黨，但對此他也缺乏十足的把握，所以勸沈鍊暫時不要上書。

「但沈鍊的個性我最清楚不過，他嫉惡如仇，眼裡揉不得一點沙子，蒙古軍入侵，他耳聞目睹嚴黨的種種惡行，更是氣憤難平，想趁皇上對嚴黨有所不滿的時候，借著彈劾開馬市這件事攻擊嚴黨。當時陸炳手中其實有不少歷年來嚴黨成員貪汙腐敗，擅權誤國的罪證，如果沈鍊上書的時候，陸炳能全力支持他，把這些罪證公佈，即使不能打倒嚴黨，也可以懲辦趙文華、鄢懋卿、許綸這幾個嚴黨大將，而沈鍊也不至於落得個流放邊關的結果。」

天狼反應過來，連忙寫道：「你的意思是陸炳最後退縮了，沈鍊上書後，他沒把這些證據拿出來，是不是？」

徐文長眉毛一揚：「正是如此，天狼兄，所以你以後要當心陸炳，**無論何時都不要對此人完全信任，要給自己留一條退路！**」

天狼看著徐文長在桌上的那行字，心中百感交集，他沒有馬上表態，只是輕輕地點了點頭，「唔」了一聲：「多謝徐先生的提醒，天狼自然心中有數。」

徐文長微微一笑，長身而起，說道：「今天的交談很愉快，徐某還有事在身，要先回大營了，天狼兄不妨再在這城內城外觀察一陣，徐某和胡部堂隨時恭候大駕光臨。」

天狼也站起身回了個禮：「不敢當，去之前一定會通報的，徐兄好走！」

徐文長也不多說，轉身飄然而去，隨著一陣樓梯的響動，便出了酒樓大門。

天狼坐回位子，一個人沉思起來，徐文長今天跟自己說了這麼多，重點無非是兩個，一是希望自己以後能幫助他們，為了取信自己，不惜把自己的打算和盤托出；二是提醒自己和陸炳要保持距離。

雖然徐文長沒有明說，但**顯然是不希望自己把那個密奏交給陸炳**，他剛才的話裡有話，關鍵時刻，陸炳是有可能倒向嚴嵩父子的，胡宗憲和徐文長信得過自己，卻信不過陸炳，因而不希望那個密奏最後落到陸炳的手中。

天狼給自己倒了碗酒，桂花蜜慢慢地入喉，腦子裡飛快地轉動著，思考和陸炳相識以來此人對自己所做的一切。

他對自己感興趣，應該是自己的師父澄光一直以來給他的舉薦，但只憑這一點，還很難讓他動心，真正讓陸炳看中自己的，還是自己臥底各派，破獲了他的那個青山綠水計畫，在過程中表現出的機智讓他驚嘆不已，從而下定決心收為己有。加上自己機緣巧合，回復前世的記憶，習得天狼刀法，一躍成為能和陸炳正面對抗的絕頂高手，更讓陸炳鐵了心要把自己收歸門下，為此不惜拿出澄光多年來的書信，以取信自己。

加入錦衣衛後，陸炳卻安排鳳舞到他身邊，**那場比武顯然是早就策劃好的，可目的是為什麼呢？**鳳舞當時離開了嚴世蕃，陸炳在當時就存了讓自己重新接受她的想法嗎？可是鳳舞本人以前並沒有見過自己，又在嚴世蕃那裡受到過傷害，**陸炳何以會認為她一定會愛上自己呢？**

想到這裡，天狼突然覺得渾身冷颼颼的，這個問題他以前一直沒有想過，直到前幾天陸炳在南京的時候向自己開口，希望自己能接受鳳舞，當時還沒怎麼在意，可現在這麼一想，陸炳早就存了借鳳舞來拉攏自己，把自己牢牢地拴在錦衣衛，對其徹底死心塌地的想法，為此早早地就創造出各種讓鳳舞與自己獨處的機會，甚至那次自己去山西時，鳳舞自稱偷跑出來跟著自己，現在看來也可能是陸炳的安排。

只是他千算萬算，沒有算到自己的北方一行，居然和屈彩鳳取得了互信，這次來南方探查嚴黨罪證的時候，直接拉上了屈彩鳳作幫手，所以那天陸炳明顯有些亂了分寸，一再地追問自己和屈彩鳳是何關係，又主動為鳳舞向自己求婚，這顯然和陸炳一向的深藏不露判若雲泥。

天狼臉色變得越來越凝重，這樣看來，**鳳舞應該是陸炳早就布好的一枚棋子**，主動地接近自己，甚至早就想讓自己娶了鳳舞，**鳳舞在自己面前表現的那種小鳥依人，甚至幾次三番的捨命相救，究竟是出於真心，還是陸炳的指使呢？**

天狼眼前不覺地浮現出鳳舞那雙楚楚可憐的大眼睛，不知為何，他在這雙眼睛裡看到的除了脈脈的情意外，更多了一份難言的哀怨，還有一絲同情與憐惜。冥冥中，他感覺到和這姑娘也有什麼宿命的牽絆，甚至以前不知道在哪裡見過這樣的眼神，卻一時間想不起來，只覺得非常熟悉，他第一次見鳳舞的時候，就有這種似曾相識的感覺。

天狼想得頭都有點大了，無奈地搖搖頭，換了個思路，陸炳上回提親不成，也許接下來就會安排鳳舞與自己會合，儘量給鳳舞創造出與自己接觸的機會，讓自己遠離屈彩鳳，尤其是遠離沐蘭湘，日久生情之下，自己就會情不自禁地接受鳳舞，一旦成了陸炳的女婿，就只能一輩子聽他的話，受他擺佈了，也許這才是陸炳最希望的結果吧。

徐文長說得不錯，陸炳越是這樣處心積慮地拉攏自己，無論是送女兒還是傳神功，越是對自己所圖者大，**這個所圖可能超過了他所能給出的回報，那究竟會是什麼呢？**

天狼思索了半天，還是想不出個所以然，只能一聲長嘆，繼續喝起酒來。

一碗桂花蜜下肚，腹中騰起一陣火燒的感覺，腦子因為這種刺激的作用，反而變得清醒了一些，他繼續想著陸炳和嚴世蕃的關係，如果陸炳所言不虛的話，兩家以前的合作是基於共同對付夏言，為了加強聯盟的關係，陸炳甚至把鳳舞嫁給嚴世蕃。但兩家的反目也從夏言被打倒後就開始了，在那之前，鳳舞就逃離了嚴世蕃，可是雙方仍然維持面子上的和氣，直到蒙古大軍入侵，陸炳才意識到嚴世蕃的舉動危害到了國家，不，這應該不是陸炳的想法，而是嘉靖皇帝的想法，陸炳所有的做法都是圍著皇帝在轉的，如果皇帝要嚴嵩對付夏言，他就會和嚴嵩結成親家，反之，如果皇帝想要對付嚴嵩了，那陸炳也會動用一切力量去打擊嚴嵩的。

只是這次仇鸞實在是個扶不起的阿斗，不僅沒有鬥倒嚴嵩，反而被嚴嵩父子給弄死了，現在朝野內外，嚴黨一家獨大，清流派大臣也只能暫時蟄伏待機，皇帝雖然心中討厭嚴嵩一黨，卻又只能靠他們治國，所以陸炳極有可能放棄與嚴嵩對立的立場，轉而再試著和嚴嵩聯手，至少不會像這一年來這樣極力倒嚴了。

天狼心中那片陰影開始變得越來越大，照這樣看來，陸炳還真的是不可信任！

天狼的心就像一顆投入水中的巨石一般，不住地下沉，陸炳昨天能為了結好嚴黨，把女兒送給嚴世蕃，今天能為了挽回和嚴黨的關係，出賣了沈鍊，那他對自己這個一直不願意完全聽令於他的下屬，又能有多少的忠誠？如果嚴世蕃逼他對自己下殺手的時候，他真的會死保自己嗎？

天狼不敢繼續往下想了，這兩年多來，陸炳在他的心中，已經不知不覺地漸漸代替了澄光的地位，甚至某種程度上，他在陸炳這裡找到失落已久的父愛，這讓他從來沒有想過陸炳有一大會出賣自己的可能，今天徐文長的話如醍醐灌頂，一下子讓他又認清了殘酷的現實。

正當天狼出神的時候，一陣熟悉的幽香鑽進了他的鼻子，**他的心一動，這股香氣已經有一年左右沒聞到了，正是來自於鳳舞的身上。**

沒有回頭，天狼知道那個一身黑衣，如精靈般的女子正站在自己的身後五尺左右的位置，他收拾了一下心情，自顧自地喝了一碗酒，指了指一旁徐文長坐過的凳子，淡淡地說道：「好久不見，不想一起喝一杯麼？」心裡卻想道：陸炳果然讓她現身了！

鳳舞仍然是標準的沖天馬尾，蝴蝶面具，烈焰紅脣，一襲緊致黑衣，配上一件外黑內紅的緞子披風，她眼中閃過一絲喜悅，坐到天狼的身邊，凝視著天狼道：「你瘦了不少。」

天狼微微一笑：「我戴著面具呢，你又怎麼能看出我的胖瘦？」

「也許你自己不覺得，可是我知道你今天沒有用縮骨法，卻比前陣子要瘦了一圈，至少掉了十斤肉，你真的不知道？」

天狼冷冷地說道：「難道你爹沒有告訴你，他把十三太保橫練傳給我的事？」

鳳舞先是一驚，幾乎要站起身來，還是忍住了，幽幽地道：「看來你什麼都知道了，他是什麼時候告訴你的？」

天狼緊盯著鳳舞：「鳳舞，我現在真的不知道你跟我說的哪句話是真，哪句話是假，你以前跟我說的你那個悲慘童年的故事，是不是也是和你爹事先串通好的臺詞？哼！」

想到這裡，天狼心中一陣無名火氣，給自己倒了碗酒，一飲而盡，然後把酒碗重重地向桌上一頓。

第八章

面具之謎

天狼道：「鳳舞，你應該是個絕色美女，
要不然嚴世蕃也不會對你念念不忘，
只是你在我面前一直不以真面目示我，
你要這樣在我面前戴一輩子面具嗎？你說你愛我，
卻又要跟我隔著一層面具，這是為何？」

鳳舞低著頭，默然不語，半晌，才鳳目含淚地說：「天狼，我知道現在你根本不相信我，我說的每句話你都不相信，但是我對你的心，只有我自己清楚，如果我不是真的喜歡你，又怎麼可能三番五次地捨命救你，難道我連自己的命也不要了，也是我爹能指使的嗎？」

「那好，鳳舞，我想問你一件事，希望你能對我說實話，你說你喜歡我，那就不應該騙我。」

「你有什麼話儘管問吧，能回答的，我一定會說。」

天狼緊盯著鳳舞的雙眼，「鳳舞，如果我記得不錯的話，在錦衣衛總部的比武，應該是我們第一次相識吧。」

鳳舞咬著嘴唇，點點頭，算是承認。

天狼卻從她眼中看出一絲慌亂之色，緊跟著問道：「難道不是？我們以前就認識嗎？」

鳳舞連忙說道：「不，我們以前素不相識，京師那次見面，就是我們初次見面。」

天狼又問道：「那我問你，我們素昧謀面，為什麼你在京師的時候就對我捨命相救呢？難道我對你真的有這麼大的吸引力？」

鳳舞嘆了口氣：「我說過，我之所以捨命救你，是因為你是這個世上第一個真心對我的人，即使是我爹，也是在利用我，可是只有你，第一次讓我感覺到被人關心和保護。天狼，你知道嗎，那種感覺非常奇妙，也就是從那一刻起，我的心就飛到了你的身上，當時我的心裡只有一個念頭，那就是無論如何，也不能讓你受到傷害。」

天狼回想起鳳舞幾次捨命救自己的事，確實是情真意切，眼中滿是濃濃的愛意與焦急，那是裝不出來的，他的心裡有些感動，語氣也柔和了些。

「鳳舞，你的事，你爹和我說過，我知道你在嚴世蕃那裡過得很苦，所以對人依賴是很正常的，可是……」

鳳舞的身子突然發起抖來，雙手捂住耳朵，尖聲叫道：「不，天狼，不要提那個魔鬼，你根本不知道他是什麼樣的人！」

天狼心中黯然，那個可怕的想法一直在他的腦中迴蕩著，他隱約能猜到嚴世蕃為了練就魔功，對鳳舞做了些什麼，當年在奔馬山莊，歐陽可便提及過有關採補的事，即使他憐香惜玉之下，王念慈都是痛不欲生，更不用說以嚴世蕃的邪惡，對鳳舞一定是百般摧殘，這從鳳舞一聽到嚴世蕃就咬牙切齒，恨極怕極，就能猜出個大概。

天狼心中生起一絲憐意，斬釘截鐵地說道：「鳳舞，別的事我不能答應你，但我可以向你保證，今生今世，我天狼一定會將嚴世蕃斬於刀下，為你報仇的。」

鳳舞激動地點了點頭，「天狼，你說什麼我都會信的，**因為我知道，李滄行是個頂天立地的英雄，絕不會食言的。**」

天狼身軀猛的一震，幾乎要跳了起來：「你，你說什麼！」

鳳舞幽幽地嘆了口氣：「天狼，我也不想瞞你了，**其實你的身分，我爹早就告訴了我**，當時我剛從嚴府逃回來，幾乎不想活了，幾次想自殺，後來爹爹跟我說，會為我找一個蓋世的英雄，一定會保護我，那個人，就是你。

「爹爹用了一整天的時間，把你的事情說給我聽，我靜靜地聽著，聽到你和沐蘭湘的生離死別時，我哭得跟個淚人兒似的，天狼，你知道嗎，**這是我這輩子第一次為了別人哭**，我生下來就沒了娘，爹爹在我眼裡就跟高高在上的神一樣，我不敢違抗他，甚至在他面前都不敢哭，我只有把自己的一切感情都隱藏起來，做一個看似冷血無情的殺手。

「我所有殘忍殺人的手段，其實都是一種保護色，我只有比別人更狠，更出色，才能生存下來，這就是我這輩子被教導的生存法則，**我的生命其實是一片黑**

暗，但是你，卻給了我一線希望，天狼，你能體會這種感覺嗎？」

天狼不禁說道：「你當時沒有見過我，只聽你爹說的那些事，就以心相許我了嗎？」

鳳舞這才承認道：「不，天狼，我剛才說謊了，在京師並不是我第一次見你，其實我在武當的思過崖上一直在看你，你當時心神不寧，根本沒有留意到我的存在，可是你在山下客棧的時候，我爹就已經盯上了你，當時我和我爹一起行動，我就想趁著這個機會好好地觀察你一番，看看你究竟會是什麼樣的人。

「我看到你和沐蘭湘的斷情絕愛，我看到你痛不欲生，哭得眼睛都流出血的時候，我的心就像刀絞一樣，一直有個聲音在說，不要哭，我會代替沐蘭湘，好好愛你的，我沒有見過像你這樣癡情和執著的男人，也就是從那時候起，我的心就徹底地落在了你身上。」

天狼心中突然一動，一把抓住鳳舞的手腕，厲聲喝道：「那天你們父女在武當究竟想做什麼，紫光真人的死到底是怎麼回事，是不是你們下的手！」

這一下天狼意念所致，手上不自覺地用了真力，鳳舞只覺得手腕痛得要斷了，不覺地叫出聲來，額頭上香汗淋漓，叫道：「天狼，你，你抓疼我了！」

天狼沒有鬆手，反而加了一成力，讓鳳舞軟得跟灘爛泥似的，他的聲音也透著冷酷：「鳳舞，不要再跟我演戲了，你們父女好端端的怎麼會去武當？若不是你們害了紫光掌門，又怎麼會在武當大婚的時候連面都不敢露，哼，這分明就是做賊心虛！」

鳳舞疼得眼淚都要流出來了，吃力地道：「你聽我慢慢說好不好？」

天狼恨得咬牙切齒，他的內力進入了鳳舞的身體，瞬間封住了鳳舞的丹田，讓她半點內力也使不出來，然後出手如風，連點鳳舞的十餘處要穴，縱使她是大羅金仙，也不可能動一根手指頭了，只有眼睛能轉動，嘴巴能說話而已。

天狼坐到鳳舞的對面：「這回你休想再騙我，到底是怎麼回事！」

鳳舞道：「天狼，你為什麼會這麼想，我爹殺紫光掌門有任何好處嗎？」

天狼「哼」了聲：「怎麼會沒有好處！紫光師伯一死，誰還知道我臥底的事？我無家可歸，無路可走，便只能進你們錦衣衛了，難道不是嗎?!」

鳳舞搖搖頭：「你和紫光真人約定臥底的事，是你後來離開武當後才告訴我爹的，紫光真人被人突襲的時候，我爹又怎麼可能知道這個只有你們兩人之間的約定呢？」

天狼一愣，仔細一想確實如此，他的怒氣稍緩了一些，道：「就算沒有這個考慮，你爹同樣有足夠的動機來害武當派，他不是一向想分化瓦解各派嗎，紫光師伯一死，你們正好可以把這殺人的罪名安到屈彩鳳身上，讓武當和巫山派結下死仇，再次大戰！」

鳳舞嘆了口氣：「天狼，你這麼聰明的人怎麼會說出這種話！屈彩鳳上武當大開殺戒是因為意外情況，當時我們根本沒料到她會上武當見人就殺，而且武功會變得這麼厲害，連金不換和紅花鬼母給她吃了寒心丹這種事，也是我們能算得到的嗎？再說，巫山派和武當早就連年大戰，血海深仇，用得著再多此一舉，靠著殺紫光真人來增加雙方的仇恨嗎？用你聰明的腦袋想一想便知道我說的是不是事實了。」

天狼咬咬牙道：**「既然紫光師伯不是你們害的，你們父女為何要偷偷摸摸的，不敢光明正大地參加武當的婚禮？而且當天陸炳現身，你又在哪裡？」**

鳳舞看著天狼，眼中淚光閃閃：「紫光真人死的那個晚上，我發誓我們父女不在武當，就是因為我爹覺得武當派出了這種事情太奇怪，所以才想暗中探查，而且徐林宗失蹤多年，突然重出江湖，爹也想搞清楚他究竟去了哪裡，只因為我爹另有要事，暫時無法脫身，所以先派我易容打扮，在武當山下查探，直到那天，我在山下的酒樓裡看到了你，還有裴文淵。」

天狼訝異地說：「那天你居然在酒店裡？」

鳳舞眨了眨眼：「是的，那天我易容成一個江湖客，就在酒店中，後來我暗中跟隨你出門，一直到你上了武當後山的思過崖，天狼，我真的好心疼你，看著你在山下的小樹林裡打樹打到吐血，我的心也一直在滴血，你知道嗎？」

鳳舞說得情之所至，眼淚都要流下來了。

天狼心中起了一絲暖意，語氣也和緩了些：「你說陸炳沒來，可為什麼兩天後的武當大婚，他卻又現身了？」

鳳舞嘆了口氣：「我爹處理好事情後，就迅速地趕來和我會合，本來他只是要我暗中觀察武當山是否有異常行動，是否有來路不明的人出沒，並沒有太放在心上，可是一聽說你出現了，馬上就趕了過來，正好趕上第三天的大婚，他怕武當派在激憤之下會誤以為他來挑釁，引起不必要的麻煩，所以一直在一旁隱身觀察，讓我守在山下，準備接應他的撤離。」

天狼恍然大悟：「原來如此！」

他剛才一直在觀察鳳舞，見她言辭懇切，絕非作偽，仔細想想，陸炳父女確實也沒有殺紫光的動機，於是出手解開了鳳舞的周身穴道，拱手道歉：「鳳舞，剛才我一時情緒激動，對不起。」

鳳舞的小嘴不自覺地撅了起來，扭過頭不說話。

天狼看她這樣子一時半會兒還消不了氣，只得坐回凳子，幽幽地說道：「鳳舞，可能你不能理解我的心情，紫光師伯一死，我就成了這世上的孤魂野鬼，我一切悲劇的根源，都是從這裡開始的，這些年我一直探查凶手而不可得，所以剛才我胡思亂想，唐突了你，實在是對不起。」

鳳舞轉過頭來，這時她已經擦乾眼淚，輕啟朱唇：「天狼，你到現在還沒明白，**其實你真正的悲劇不在於紫光真人的死，而是在於沐蘭湘對你的背叛**，如果她對你真的是不離不棄，真有你對她感情的哪怕一半，無論發生什麼事，都不會去和別人結婚，讓你一個人孤零零地留在這世上，生不如死。」

天狼想到那天晚上崖上的事，心就痛得無以復加，沉聲喝道：「不要再說了！」

鳳舞站起了，眼中又有淚光浮現：「不，天狼，你一直在逃避，一直不肯面對這件事，你心裡的小師妹，永遠是以前那個會依在你懷裡撒嬌，願意和你同生共死的小師妹，可是沐蘭湘已經變了，在渝州城外你扔下她的時候，她的心已經不再屬於你了，或者說，也許她的心裡從來就沒有過你。」

天狼聽得雙目盡赤，吼道：「不，不會的，小師妹是愛我的，鳳舞，我不許你這樣說我的小師妹！」

鳳舞毫不退縮，上前一步，逼視著天狼道：「天狼，你醒醒吧，從頭到尾，你都只是沐蘭湘的一個備用選擇罷了，她心裡一直只有徐林宗，跟你在一起，不過是因為徐林宗不在了，天狼，你總以為是自己扔下了沐蘭湘，所以她才會離你而去，可我告訴你，你根本不懂女人的心思，我也是女人，如果我心裡真的有你的話，任何事情也不會阻止我和你在一起，反過來，如果她的心裡一直有徐林宗，即使你一直守在她身邊，她還是會離你而去。

「天狼，你真的以為沐蘭湘嫁給徐林宗，是為了武當，是為了道義嗎？大錯特錯！她只不過是給自己、給你找一個藉口罷了，真相其實只有一個，她變心了。徐林宗出現後，她就變心了，那天她不是說得很清楚嗎，你只會把她一個人扔在武當，對你早已經無情，這麼多年來，她可曾在江湖上找過你？」

天狼如遭雷擊，他很想開口反駁，但鳳舞的話卻如刀子一樣，一句句扎在他的心頭，讓他心如刀絞，卻無話可說。

鳳舞輕輕地握住了天狼的手，聲音充滿了柔情，帶著一股不可抗拒的磁性與魔力：「天狼，其實這些話已經在我的心裡忍了好久，我一直期望你能自己醒過來，醒悟這個殘酷的事實，可是你卻無法自拔，沐蘭湘給你的印象太深了，我本來也不想破壞你這段美好的記憶，但我真的不願意看你陷在其中，進入魔障而無法自拔，毀掉一生。

「天狼，我喜歡你，這點我不否認，但我知道，因為沐蘭湘，也可能因為我爹，或者是因為我嫁給過嚴世蕃的原因，你看不上我，這沒關係，我喜歡你是我的事，至於你喜歡不喜歡我，是你的事，感情的事是不可以勉強的，就算你去找屈彩鳳，我也會祝福你，至少你能找到自己的幸福，而不是活在對過去的執念中而自我毀滅。」

天狼無言以對，整個人的靈魂彷彿被抽走似的，久久才感覺到手上微微的清涼，似乎有什麼東西落在手上，抬眼一看，卻是鳳舞的眼淚如同晶瑩的珍珠一般，不停地掉落下來。

天狼看著她，心裡一陣難過，嘆道：「鳳舞，你這又是何苦，**我是被上天懲罰的人，注定孤獨一生，跟我接近的人，全都沒有好下場。**」

鳳舞抹了抹眼睛，激動地說道：「不，天狼，愛上你，我不後悔，就是死了也不會後悔的，如果上天有什麼懲罰，我願意代你承擔。」

天狼心中一陣感動，幾乎想要伸手攬她入懷，這種被人關愛的感覺很久很久沒有了，即使面對屈彩鳳時也沒有過，只有在小師妹的身上才有過，是啊，鳳舞說得沒錯，天涯何處無芳草，何必為了遙不可及的執念，放棄眼前的幸福呢。

電光火石間，天狼腦子裡突然閃過一個念頭：**不對，鳳舞今天為什麼會在我面前說這些？**剛才我一個人在沉思的時候，還認定了陸炳父女會對我策略有變，陸炳會讓鳳舞想辦法接近自己，把自己牢牢地拴在她的裙下，**為什麼鳳舞會來得如此之快，為什麼她突然對自己掏心剖腹，說出這麼多秘事，她對自己的感情真的是像她自己說的那樣發自內心嗎？陸炳會不會利用她來控制自己？**

一連串的問號，令天狼的腦袋變得異常清醒，收住了幾乎要伸出去的手，甚至從鳳舞那雙柔若無骨的柔荑中把另一隻手給抽了回來，勉強擠出一絲笑容：「鳳舞，其實你對我的心意，我一直很清楚，你說得對，我確實太執著於沐蘭湘了，忽視了身邊的美好事物，只是我想問你，你為何永遠要戴著這面具呢，即使在我的面前也不可以拿下嗎？」

鳳舞的身子微微地顫了一下，說道：「天狼，你怎麼突然說起這個？」

天狼繼續道：「臨時起意而已，鳳舞，你應該是個絕色的美女，要不然嚴世蕃也不會到現在仍對你念念不忘，只是你在我面前一直不以真面目示我，以後即使我願意和你在一起了，你也要這樣在我面前戴一輩子面具嗎？你說你愛我，卻又要跟我隔著一層面具，這是為何？」

天狼突如其來的要求，讓鳳舞一時間有些無法招架，情急之下反問道：「現在在執行任務，你不也是戴著面具嗎？」

天狼把臉上的面具扯了下來，露出了真面目，對鳳舞說道：「你看，我現在就以真面目對你，鳳舞，如果你真的有你說的這樣愛我，又怎麼會在我面前連臉都不敢露呢？」

鳳舞沒有想到天狼居然真的就這樣取下面具，有些愣住了，說道：「天狼，你，你怎麼可以這樣取下面具，讓人看到了怎麼辦，快戴上。」

天狼心中疑雲更盛，鳳舞一直在自己面前隱藏真容，不知道究竟是何原因，這種感覺讓他很不舒服，**他不希望一個聲稱愛自己的女子對自己始終假面相對。**

天狼的聲音變得冷酷起來：「鳳舞，你剛才一直說，如果一個女人真的愛一個男人，是不管不顧一切的，你如果真的愛我，應該也不想跟我一輩子都是假面相對吧，**成天對我戴著面具，我又如何能信你跟我說的是真話呢？」**

鳳舞咬了咬牙，說道：「天狼，我，我實話跟你說了吧，我還沒有做好在你面前取下面具的心理準備。」

天狼不解地道：「這是為什麼？」

鳳舞聲音中帶了幾分哭腔：「天狼，我求求你別問了，行嗎？我只能告訴你，我對你的心天日可鑑，不拿下面具是對你對我都有好處，我怕我取下面具，毫無保留地暴露在你面前後，你會離我而去，真的。」

天狼冷冷地說道：「你的臉上有什麼？毀容了？破相了？還是你是我熟悉的人，怕給我看到真面目？」

鳳舞使勁地搖著頭，鳳目中已經盈滿了淚水：「天狼，我求求你，不要再猜了，也不要再為難我，你若是真的再要逼我，那我寧可一死。」

天狼冷笑道：「是嗎？又在騙我了，你們父女對我究竟哪句是真，哪句是假?!若是你真的能死在我面前，我就信你的話！」

鳳舞二話不說，天狼只覺眼前劍光一閃，那把黑漆漆的別離劍已經到了鳳舞的手中，她素手一轉，將劍架在自己雪白的粉頸上，道：「天狼，你若真的想看我的臉，我死之後，你儘量看便是，到時候你一切都會明白！」

她一閉眼，別離劍上突然泛起一陣青光，她的粉頸上也現出一絲血痕，只要素腕再一發力，這顆美麗的腦袋一定會從她的脖子上搬家的。

天狼沒想到鳳舞居然是玩真的，**她體內的氣流已經在運行，殺機四溢，但殺的對象卻是自己**，天狼連忙出手，身形暴起，一把奪下別離劍，就在這一瞬間，鳳舞的粉頸上已經被劃開一道深達半寸的口子，鮮血如噴泉一般地湧出，只要天狼再晚一點，她的氣管就會被切開，到時候即使能救活過來，也無法再說話了。

天狼運指如風，連點鳳舞脖頸處的幾處要穴，可血還是無法止住，天狼急得撕下自己身上的衣服，緊緊地包在鳳舞的傷處，鳳舞人已接近虛脫的狀態。

天狼把別離劍收進鞘中，一邊把手按上鳳舞的後背，給她輸入內力，一邊嘆道：「鳳舞，你這是何苦，我隨口一說，你竟然來真的！」

鳳舞的眼睛已經睜不開了，氣若游絲，喃喃地說道：「天狼，我不這樣，你豈會信我？我不取下面具自是有我的原因，請你一定要相信我的真心，時機成熟的時候，我自會取下。」

天狼無奈地長嘆一聲，只覺鳳舞體內的真氣隨著她的血一起從傷口處急速地流失，再也顧不得面具之事，連聲道：「好，我答應你，以後再也不提此事，你想取下面具時你再取，我絕不勉強你，鳳舞，現在我得帶你找醫生，你不要說話了。」

鳳舞嘴角突然浮起一絲笑意，閉上雙眼，長長的睫毛上掛著晶瑩的淚珠。

天狼也顧不得再戴面具，拿出絲巾蓋住臉，抱起她，身形一動，從窗中飛出，足不落地，飛上對面的屋頂，向胡宗憲的大營中飛奔而去。

鳳舞的手無力地搭在天狼的肩頭，嘴裡道：「滄行，要是可以這樣一直在你懷裡，就是死了，我也願意。」

天狼這時候顧不得和鳳舞說話，鳳舞傷到了頸部的動脈，即使天狼封住了幾處要穴，仍是止不住地向外流著血，才翻了小半個杭州城，裹著傷處的黑色布條就被染得通紅。

天狼急道：「鳳舞，你不可以死，有什麼事之後再說，我不允許你死，堅強點，馬上就到大營了，有醫官為你治傷！」

鳳舞嘴唇已失去血色，吃力地點了點頭，輕聲道：「天狼，萬一我，我要是死了，請你，答應我，不要揭開我的面具，我，容貌醜陋，不想給你，留下不好的，印象。」

天狼一邊狂奔，一邊安撫道：「別胡思亂想了，我不會讓你死的，不會的！你身上可有什麼良藥，可以暫時止你的血？」

鳳舞吃力地動了動嘴：「我，我的懷裡有上好的金創藥，紫色的小瓶裡。」

天狼一個縱落，跳下屋頂，進了一處偏僻的小院，把鳳舞放下，看著她高聳的胸部這會兒隨著她呼吸的減弱，連平時的起伏也幾乎不見，天狼一向恪守君子之道，略一猶豫，一想到這是為了救人，只好咬咬牙，道：「鳳舞，得罪了！」

只見鳳舞輕輕地點點頭，閉著雙眼，臉上飛過兩朵紅雲。

天狼探手入懷，鳳舞的兩座玉峰結實而富有彈性，汗濕的嬌軀上，皮膚也變得有些滾燙，天狼從鳳舞的胸衣右側略一摸索，有一個小口袋，裡面鼓鼓囊囊的，想必就是鳳舞隨身攜帶的傷藥了。

天狼問道：「鳳舞，是這裡嗎？」

鳳舞已經羞得臉如紅布，比剛才正常時嘴脣上那如火般的紅色要更勝一籌，點點頭，一歪頭，竟然暈了過去。

天狼手伸進那個小口袋裡，迅速地摸出了兩三個小藥瓶，一個黃色，一個紫色，一個白色，都是包在一個小布兜裡的瓷瓶，天狼拿出那個紫色的藥瓶，還沒打開，就聞到一股帶著少女氣息的淡淡幽香，跟自己手上的餘味幾乎一模一樣，正是鳳舞身上最真實的少女氣息，讓他一陣神醉，轉頭一看鳳舞的脖子上還在向外冒血，天狼暗道該死，這時候居然還在想別的，連忙打開瓶塞，一股濃烈的藥味撲鼻而來。

天狼把藥瓶往手上一倒，淡黃色的粉末立馬抖落而出，天狼從那股濃烈的雄黃味道就能判斷出這是上好的傷藥，他解開鳳舞脖子上裹著的布條，連忙把粉末撒了上去。

只見黃色的粉末一上去，就止住了血繼續向外冒，天狼又驚又喜，連忙又倒出一些，繼續抹上，很快就在傷口處凝成一道長約兩寸的疤痕，轉而變成一道血痂。

天狼長出了一口氣，血總算是止住了，他扶起鳳舞，又向她的體內輸了一陣子內力，終於讓鳳舞慘白的臉上有了一絲血色。

鳳舞悠悠地醒轉過來，最先感覺到的就是體內有一股溫暖的氣流在遊走，緊接著感覺到脖頸處一陣酥麻酸癢，體內的血液和內力卻不再像剛才那樣從傷口處急洩而出了，鳳舞知道天狼已經給自己止住了血，正在用內力為自己治療，心下感激，輕輕地點了點頭，然後抱元守一，丹田處也漸漸地起了一些內勁，在天狼的內力引導下，跟著這股暖流走遍全身。

兩人這樣功行一個周天之後，天狼睜開眼，只見鳳舞也稍微能動一動自己的手了，儘管運功飛縱還是吃力，但是自己扶著她走路，卻是沒有問題了。

鳳舞剛一動，粉頸就是一陣劇痛，剛才漸漸癒合的傷口，被她牽扯了一下，又微微地滲出血來，天狼連忙按住她的肩頭說道：「鳳舞，不要動，現在你傷沒好，頭不可以動。」

「好，我脖子不動，天狼，我現在能走，你先找個地方把我安頓下來，再考慮之後的事吧。」

天狼點點頭，道：「我還沒來得及問你，你來杭州做什麼，除了找我以外，肯定你爹也給了你正式的命令吧。」

鳳舞嘆了口氣：「我哪有什麼任務，還不是過來協助你，當我聽到你寧可帶著屈彩鳳縱橫天下，也不肯和我一起的時候，我好傷心，所以我爹一叫我，就馬上過來了。」

天狼澄清道：「屈姑娘在湖廣一帶有自己的勢力，我跟她是各取所需罷了，你莫要胡思亂想。再說了，上次是你爹把你安排去做別的事，他可是一點讓你跟我一起行動的念頭都沒有。」

鳳舞嘴角勾了勾：「反正以後你再也不能把我扔下，不然我下次還是死給你看。」

天狼被她弄得哭笑不得，但這時候也沒法和鳳舞計較，只能說道：「你現在傷得很重，我們先去錦衣衛的杭州分部吧，有什麼事等你養好傷了再說。」

鳳舞習慣性的想搖頭，但一想到自己的頸上傷處，又忍住了，連忙說道：「不行，我現在這個樣子不能回錦衣衛那裡，不然我爹若是知道了，肯定會重重地處罰你的，他雖然表面上對我嚴厲，但若是誰傷了我，他一定會找那人拼命的，上次我爹為了我，差點和嚴世蕃動手，更不用說你了。」

鳳舞這一口氣說了許多話，臉色又有些發白，天狼趕緊再給她輸入一點真氣，才讓她恢復元氣。

天狼道：「那我帶你去胡宗憲的大營，那裡有軍醫，一定可以治好你。」

鳳舞擺擺手道：「不行，胡宗憲那裡人多眼雜，應該也有我爹的耳目，最好不要去，天狼，你聽我說，你先找個地方讓我住下，然後你再找醫生。」

天狼答應道：「好，那我帶你去我住的客棧。」

他正要起身，突然想到了什麼，又停下來：「鳳舞，今天你是怎麼找到我的？」

鳳舞道：「我一開始也不知道你在哪裡，但料想你一定會在城中暗查，這城市的氣氛你一定不喜歡，遲早會路見不平，我見到處是一隊隊的軍士在搜索，以為是你惹了事，他們在搜捕你，所以暗中跟著，正好找到了你。」

「你當真不知道我住在哪兒？」天狼質疑道。

鳳舞眼睛眨了眨：「如果我知道，就會直接現身與你相見，還用得著這樣偷偷摸摸地跟著嗎？雖然我爹給了我監視你的命令，但我根本不想做這件事，天狼，你我也一起出生入死過好幾回了，這還信不過我嗎？」

天狼又想到了些什麼，道：「可是你現在戴著面具，這身打扮太惹眼了，加上你脖子上的傷，我不好帶你這樣在街上行走。」

鳳舞吃力地說道：「我的臉上還有人皮面具，你取下我的蝴蝶面具，用你的披風遮住我的脖子，然後扶我走就是。」

天狼想了想，也只有如此了，他解下披風，給鳳舞裹上，又撕下衣服的一角纏在她的頸部，再取下鳳舞的蝴蝶面具，露出一張三十多歲的少婦的臉，扶起鳳舞，攙著她，小心翼翼地出了這個小院，沿著街道向前走去。

第九章

戚繼光

「想不到將軍就是傳說中的戚繼光戚將軍，久仰大名了！」
說著，天狼掏出懷中的金牌，運起內力，
只見那金牌如同附了靈一般，緩緩地飄了過去，
居然沒有任何的晃動和旋轉。

走出僻靜的小巷，便是一條繁華的大街，天狼攙著鳳舞蹣跚而行，引來不少行人的側目，天狼意識到自己犯了一個大錯，鳳舞和自己的身上有不少血漬，怪不得路上行人一看到就閃到一邊，在背後議論紛紛。

還好街上不遠就有一家客棧，外面掛著「福來客棧」四個字，天狼雙眼一亮，馬上扶著鳳舞向客棧走去。

客棧生意很好，進進出出的人絡繹不絕，飯堂裡也是人滿為患，天狼扶著鳳舞一進去，就引來不少目光。

店小二走了過來，上下打量了天狼一眼，說道：「客官，您是要住店還是打尖哪？」

天狼從懷裡摸出一錠足有五兩的銀子，扔了過去，沉聲道：「一間上好的客房，快！」

店小二見了銀子。兩眼放出光來，一手接下銀子，忙不迭地點頭哈腰：「好咧，包管給您找間上好的客房來。」說著便把擦桌布向肩上一搭，高聲吆喝道：「地字號丙號房，二位客官咧！」順手把那錠銀子塞進了腰間。

天狼扶著鳳舞，跟著店小二走進一間靠街的房間，店小二滿臉堆著笑，拿起桌上的茶壺，給兩隻杯子滿上了水，說道：「二位客官，請稍作歇息，小的這就給你們打熱水去。」

天狼扶著鳳舞坐下，說道：「慢。」又從懷裡摸出一錠十兩大銀，塞到小二的袖子裡，低聲道：「小二，城中可有什麼治刀劍傷的大夫？我這位同伴被人傷了脖頸，想要找人醫治。」

小二回頭一看鳳舞，先是一驚，轉而滿臉堆起了笑：「客官你放心，這種事情我們在行，您且先歇息，東街的柳大夫專治刀劍傷，我這就給您請去。」

天狼吩咐道：「我二人在此的消息，還請小二哥代為保密，事後必有重謝。」

小二連連點頭，眼中閃過一絲曖昧的神色，問道：「客官，這位姑娘跟你是？」

天狼道：「這是我表妹，今天路上遇到了強人，因此受傷，那些強人在城中也有勢力，所以我們暫時得隱藏行蹤，小二哥，江湖事江湖畢，我們不想報官，還請行個方便。」

小二笑道：「客官儘管放心，包在小人身上了。」轉身出了門。

鳳舞擔心地說：「天狼，你不應該讓這小二去找醫生的，我看此人油滑得緊，沒準收了我們的錢後會去報官。」

天狼道：「也許吧，但你現在這個樣子，我只能冒險一試了，若是官差來，我們就亮出錦衣衛的身分，諒他們也不敢造次。」

鳳舞虛弱地閉上雙眼，天狼扶著她上床，自己坐到她的身後，再次往她體內輸入真氣。

功行三個周天後，鳳舞暫時可以運轉自如了，天狼擦了擦額頭上的汗水，正要下床，卻聽到外面響起一陣腳步聲，門外傳來一個威嚴而沉重的聲音：「你們已經被包圍了，還不束手就擒！」

天狼心中一驚，扶著鳳舞先躺下來，然後透過窗子向街上一看，這會兒已經天黑，外頭整條街上都被兵士們的火把照得透明，顯然這裡已經被重重包圍，這些軍士們個個打著火把，刀劍出鞘，弓箭上弦，如臨大敵。

天狼走出房門，只見大堂裡，一個全副武裝，將官打扮的人站在門口，店小二一看到天狼，立即指著天狼說道：「將軍，這就是那個倭寇，裡面還有個女的，千萬別讓他們跑了！」

天狼定睛一看，那將軍年約三十上下，生得一臉剛毅，眉如墨染，燕頷虎鬚，雙目如電，高鼻闊口，雖然個子只是中等，但一身的英武之氣盡顯無疑。

見天狼現身，便沉聲喝道：「倭寇聽好了，你們已經被包圍，識相的放下武器，束手就擒，不然叫爾等死無葬身之地！」

天狼高聲叫道：「將軍，我等可是良民，不是倭寇。」

那將軍冷笑一聲：「哼，你二人身受刀傷，渾身是血，卻不敢報官，連找醫生都不敢上門，還要重金賄賂店小二找醫生，不是倭寇又會是何人！」

天狼舉起雙手，道：「將軍，在下並非倭寇，給您看一樣東西，您就能清楚啦！」

那將軍濃眉一揚：「本將勸你不要打什麼歪心思，乖乖束手就擒得好，若你真的不是倭寇，本將自然會還你一個清白。」

天狼道：「在下身上有可以證明身分的東西，不過這裡人多眼雜，還請將軍摒退左右，在下自會出示。」

店小二連忙說道：「將軍，他想逃走，千萬不要上他的當！」

那將軍斥道：「休得多言，本將自有計較。」對天狼道：「你若是有什麼證明身分的東西，直接扔過來就是，不用故弄玄虛。」

天狼搖搖頭：「這東西只能給將軍一個人看，看到的人越多，只怕越不好，難不成將軍千軍萬馬，還怕在下逃走不成？」

將軍哈哈大笑起來：「就算你是倭寇，我戚繼光又豈會懼你！」便對左右喝道：「全都退出大堂，若是本將被這倭寇劫持，則視本將如倭寇，格殺勿論，萬不可放跑此人！」

左右士兵暴喝一聲，收起刀劍，紛紛有序地退出大堂，店小二和一邊的掌櫃本想勸阻，卻給他虎目一瞪，嚇得一吐舌頭，趕忙跟著軍士退了出去。

天狼哈哈一笑：「**想不到將軍就是傳說中的戚繼光戚將軍**，久仰大名了！」說著，掏出懷中的金牌，運起內力，只見那金牌如同附了靈一般，隔空緩緩地飄了過去，在空中居然沒有任何的晃動和旋轉。

戚繼光也是練家子，自幼習武，一身外家功夫和弓馬槍術之強，即使放在武林中也是頂尖高手了，只是比起天狼來還是差了一些，他可以把這塊金牌擲得去勢如流星，甚至直接鑲嵌進木頭裡，可是要讓金牌這麼緩緩地飄過來，卻萬萬做不到。

戚繼光雙眉一沉，伸手向空中一抄，接下金牌，定睛一看，臉色微微起了點變化，點點頭，把金牌擲還給天狼，然後行了個軍禮：「想不到閣下居然是大內高手，失敬了！」

天狼微微一笑：「戚將軍，既然是自己人，何不入內一敘？」

戚繼光爽快地說：「自當如此。」回頭對著門外高聲喝道：「沒事了，裡面的不是倭寇，是自己人，本將現在與這位壯士有事相商，你等守住客棧四周，不許任何人進來，在外面封街的士兵由副將帶著先回去。」

外面傳來一聲「遵命」，緊接著就是一陣腳步聲，外面剛才還搖晃的火光也明顯黯淡了不少。

戚繼光按著劍，昂首挺胸地上了樓，天狼把他引進自己的房間，鳳舞對外面的動靜聽得一清二楚，吃力地坐直身子，向戚繼光輕輕點頭示意。

戚繼光眼中閃過一絲驚疑：「這位姑娘是？」

天狼解釋道：「這位名叫鳳舞，是我的夥伴，在行動中受了重傷，我們這才找客棧暫時住下，沒想到店小二直接報了官。」

鳳舞聽到這裡，嘆了口氣：「天狼，你實在不應該把我們的身分亮明的。」

戚繼光擺擺手：「這位姑娘受了如此重的傷，不去你們錦衣衛治理，反倒偷偷摸摸地藏身這種小客棧，這又是何苦呢？」

天狼道：「我們執行的是秘密任務，不能向任何人暴露身分，即使是這裡的錦衣衛分部，所以暫時想找個隱秘之地幫同伴治好傷，若不是她傷得這麼重，無法走動，我也不會把她帶進城中的客棧。戚將軍，你我雖是初見，但此處並無外人，不必拘泥於官場上的禮節，我們錦衣衛沒有姓名，只有代號，你就直呼我天狼吧。」

戚繼光仔細打量了鳳舞一番，一看鳳舞脖子上的傷痕心知是神兵利器所傷，也知道錦衣衛向來執行的皆是秘密任務，自己不便過問，於是點點頭道：「天狼兄，我們胡部堂已經接到你要來杭州的消息，還叫我們做好接應的準備，你為何不直接來部堂這裡呢？」

天狼說道：「在下身負使命，在見胡部堂之前，想見識一下杭州城的情況，所以沒有直接去見胡部堂，不過白天的時候，在下已經見過部堂的謀士徐文長徐先生，跟他一席長談，受益匪淺。對這杭州城的情況已經基本瞭解，若不是同伴受了傷，這會兒應該在城外大營裡了。」

戚繼光雙眼一亮，道：「你已經見到徐先生了？」

天狼哈哈一笑：「正是，後來俞大猷將軍也到了，徐先生和在下談完後，就跟著俞將軍回去了，想必已經回胡部堂那裡覆命。」

戚繼光心裡一塊石頭落了地，今天胡宗憲把他們派出來時下了嚴令，不找到徐文長不許回營，所以才會一直在城內搜索，半路接到小二的報信，深怕是倭寇劫持徐文長，因而如臨大敵般將此處包圍。

戚繼光長出了一口氣：「總算徐先生一路平安，天狼兄既然已經和徐先生有過長談，想必對我東南抗倭的大計有所瞭解，你可不知道，徐先生可是多次在部堂面前進言，說你是個有勇有謀的俠義之士，不是一般的錦衣衛呢。」

天狼「哦」了一聲，他也想從戚繼光這裡得到更多的杭州軍情，以驗證徐文長所說是否屬實，於是笑了笑道：「戚將軍，我聽說你和俞將軍都是新來此地，不知道可否與倭寇過交手？」

戚繼光搖搖頭：「我去年接到調令，從登州衛過來上任，剛來這裡就碰到宗禮將軍戰死的事，當時部隊士氣很低落，水師艦隊甚至拒絕出海與倭寇作戰，所以我們這一年來一直是在訓練新兵，整軍備戰。」

天狼又問：「戚將軍，依你所見，現在所練之兵，是否可以與倭寇一戰了？」

戚繼光道：「聽說天狼兄也與倭寇交過手，見識過倭寇的戰法，你應該知道，東南一帶的衛所兵早已老弱不堪，根本無法上陣作戰，所以戚某所練的，都是新招募的士兵，主要是來源於兩個地方，一是浙江紹興的市井之徒，二是處州一帶的山民。」

天狼「嗯」了聲，道：「我聽說將軍乃是將門世家，兵書戰策，無一不通，在山東登州的時候，也曾經帶兵練兵，每年衛戍京師，俺答犯京的時候，你還負責過京師九門的防衛，若論訓練新兵，有一年的時間，您練出的兵士應該已經是虎狼之師了吧。」

天狼從窗子看到街道上軍士們井然有序，鴉雀無聲，不禁讚道：「戚將軍，在下雖然只是錦衣衛，但也曾在北地軍中待過，即使是九邊的精兵，也沒有你的部下這樣紀律嚴明啊。」

誰知戚繼光卻嘆了口氣，道：「天狼兄只知其一，不知其二啊，這些士兵雖然經過了一年的訓練，紀律看上去很不錯，但真正到了戰場上，是指望不上的。」

天狼沒有想到竟是這樣的回答，問道：「我看這些軍士紀律嚴明，在戰場上為何指望不上呢？」

戚繼光嘆道：「先說那些處州士兵，幾個月前曾經有小股倭寇流竄搶劫沿海一帶，我帶著士兵們去迎戰，這些處州兵多是崇山峻嶺中的山民蠻夷，民風強悍，作戰勇猛，衝鋒陷陣的時候很積極，也是我新軍作戰的主力部隊。」

天狼道：「這不很好嗎，為何又說指望不上呢？」

戚繼光無奈地說：「只是這些山民蠻夷在作戰前都會找個代表和我談條件，他們要求知道敵軍的人數，裝備，要求本將告知他們具體的打法，還要像土匪山賊一樣事先決定好戰利品的分配，戰死如何撫恤之事，然後這個代表回去後召集大家商議，如果他們覺得這戰沒什麼好處可賺，就會拒絕作戰。」

天狼聽得目瞪口呆，天底下還有這樣的士兵，打仗還要看能不能賺到，跟土匪山賊一般無二嘛。他咽了口口水，道：「難道朝廷沒給他們軍餉嗎，怎麼還要分戰利品？甚至不分就不打仗？」

戚繼光嘆道：「我也曾經嚴斥過他們，可他們卻振振有詞地說，來當兵拿餉，只不過是服朝廷的役罷了，要他們拼命，必須要有真金白銀才行，不然讓衛所兵打仗就是，還需要他們做什麼？本將開始編練新軍時，手下不過一兩千處州兵，數量不多，又不可能把他們真的遣散，只能將就用著，可是在戰場上，這些處州兵一看到倭寇丟棄的金銀財寶，就放棄作戰，搶起滿地的金銀來，我屢次嚴令都無法禁止，倭寇見狀，便狡猾地先扔下金銀讓我軍自亂陣腳，然後又突然殺個回馬槍，結果我軍大敗，連我都差點沒命。」

天狼聽得默然無語，良久才道：「既然如此，將軍只能指望紹興兵了吧。」

戚繼光接著道：「那次大敗之後，本將也只能把這些處州兵全部解散，重新在紹興一帶招募了兩千多人，訓練了三個月後，這些紹興兵很聽從命令，無論我要求他們打什麼仗，他們都不會拒絕，紮營修城之類的又苦又累的活兒，他們也會搶著幹，絕無怨言，在戰場上，如果敵軍敗退，他們還會主動追擊，甚至不會搶敵軍丟棄的財寶。」

天狼聽了道：「這很好啊，戚將軍，難不成這些兵也有問題嗎？」

鳳舞一直沒有說話，只是默默地聽著，這時眼波流轉，道：「我一向聽說紹興是著名的商業城鎮，那裡的人很油滑，市井之徒應該更多奸滑之輩，戚將軍，這些人是不是上了戰場後就不肯出力死戰？」

戚繼光點點頭，長嘆一聲：「姑娘果然聰明，一語道破實情！只要倭寇進攻，即使只面對幾百倭寇的散兵游勇，他們也會馬上掉頭撤退，本將攔都攔不住。據我觀察，只要一距離倭寇三十步之內，到了肉搏的距離，他們便會全部撤走，根本指望不上。

「天狼兄，也不怕你笑話，剛才我之所以讓他們全部撤出大堂，是因為他們在這裡也沒用，真正碰到凶狠殘忍又劍術高強的倭寇高手，這些兵只會嚇得站在一邊虛張聲勢而已，與其讓他們在這裡礙手礙腳，不如留我一個人與你們決一死戰。總而言之，這些紹興兵在大軍中做做後營，當當輜重兵和輔助兵還可以，若是當衝鋒陷陣的主力，實在是不靠譜。」

天狼也跟著嘆了口氣：「原來如此，真是難為戚將軍了，紹興和處州二地都沒有被倭寇搶劫過，這些從百姓中募集來的士兵沒有親眼目睹過倭寇燒殺掠奪沿海城鎮的慘狀，在他們看來，當兵無非混口飯吃，自然也是保命為上，用不著拼死拼活，戚將軍何不到沿海那些被倭寇禍害過的城鎮中，找些對倭寇苦大仇深的人來編練新軍呢？」

戚繼光聞言道：「天狼兄，本來這些都是軍情內幕，不足為外人道來的，但你不一樣，你是錦衣衛，專門來杭州探查前線軍事的，這些事情我希望能通過你如實地反映給皇上。朝中現在奸臣當道，我們這些一線將官的意見很難讓皇上直接聽到，上面只會給我們一個個命令，讓我們限期訓練出軍隊作戰。天狼兄，徐先生說你是正義俠士，所以戚某才會對你說這些掏心窩的話，還請你千萬要想辦法上達天聽，讓皇上知道我們的心聲啊。」

天狼點點頭：「我來杭州就是做這事的，皇上和陸總指揮派我，而不是嚴嵩的黨徒，就是因為已經對嚴黨產生了懷疑，想要聽真實的情況，戚將軍有什麼話但說無妨，天狼一定會把這些情況如實稟報的。」

戚繼光激動地拉著天狼的手，說道：「剛才天狼兄所說招募沿海鎮民的意見，其實我和俞將軍一開始就想過，可是根本推行不了，沿海之民現在恨朝廷甚於恨倭寇，他們祖祖輩輩生活在沿海城鎮，早已習慣打漁經商，可是朝廷一紙令下，就讓他們內遷百里，給他們的田地又多是荒蕪難種之地，浙江這裡歷來有七山二水一分田的說法，土壤也不算肥沃，只能種些桑樹養蠶賣絲。

「可是這些年來嚴黨對浙江的絲綢，尤其是生絲貿易，往往是挖地三尺，對這些新遷內地的沿海桑農們是百般壓榨，不僅以低於市場行價三成的價格強行搶購他們的生絲，還要他們服各種徭役和兵役，這些沿海鎮民遷入內地後，也與當地原來的居民衝突不斷。所以這些沿海鎮民們真正恨的不是倭寇，而是朝廷，這些年倭寇的勢力如滾雪球一樣地壯大，靠的也都是這些沿海鎮民們剃了頭，裝成真倭，而跑過去投靠他們。」

天狼對這些情況心知肚明，聽戚繼光這樣說起，忿忿地說道：「想不到這倭寇比朝廷更得民心，戚將軍，那依你所說，這倭寇難道就平不了嗎？」

戚繼光眼神一亮，正色道：「不，戚某堅信，十邑之內必有忠勇，堂堂全浙豈無忠義之士？只不過需要我們去發現才是。天狼兄，胡部堂和徐先生都對你寄予厚望，希望你能留在我們這裡，為抗倭大計做出一份貢獻。」

天狼哈哈大笑，長身而起：「戚將軍，今天你對天狼說的話，天狼一定會銘刻於心的，至於抗倭之事，天狼就是肝腦塗地，也要消滅這幫披著人皮的惡魔，你放心吧。今天時候不早了，我這位同伴傷勢嚴重，還希望能得到醫生的護理，而我也要儘快見到胡部堂，還請戚將軍能行個方便。」

戚繼光站起身：「沒有問題，本將本來今天接到命令，說是義烏那裡民眾鬧事，持械毆鬥，死傷上千人，若不是徐先生突然失蹤，我這會兒應該已經在去義烏的路上了，現在既然徐先生已經回來了，那我也可以回營交了將令後，就去義烏啦。」

天狼心中一動：「民眾鬧事？會與倭寇有關嗎？」

戚繼光微微一愣：「天狼兄何出此言？」

天狼想到白蓮教的事，說道：「戚將軍，蒙古入侵時，在下曾經在山西一帶查案，不知道戚將軍有沒有聽說過白蓮教？」

戚繼光面色凝重地說：「當然聽說過這個邪教，莫非天狼兄認為在東南一帶，也有類似白蓮教這樣的組織暗中串通倭寇作亂嗎？」

天狼看了鳳舞一眼，微微一笑：「鳳舞姑娘曾隨我一同剿滅過白蓮教，鳳舞，你認同我這種猜想嗎？」

鳳舞嘴角勾了勾，笑道：「聽你這樣一說，還真有此可能，我記得白蓮教為了引蒙古大軍入寇，也是到處攻滅各處綠林山寨，以壯大自己的實力。戚將軍，**你確定那些只是百姓村民的械鬥，而不是幫派組織的仇殺？」**

戚繼光眉頭一皺：「我還沒有到現場，不知道詳細情形，可是初步的探報說，這些並不是江湖人士的尋常仇殺，而是當地百姓與相鄰的永康縣的百姓們的械鬥，據說已經打了三個月了，雙方都是出動了幾十個村子，加起來足有四五萬人，死傷數千人，你們認為這會是倭寇的所為嗎？」

天狼與鳳舞對視一眼，微微一笑：「若是這樣的話，倒不太可能了，內通倭寇的，一定是一些江湖幫派組織，他們若是攻占綠林山寨，以作倭寇的內應的話，不會拖這麼長時間，鬧這麼大的陣仗，像白蓮教攻滅一個數百人的山寨，也就是一晚上的事，這樣驚動了官府，以後也不好行事。不過，想不到江南民風純樸，卻有如此凶悍的百姓，實在是出乎我的意料啊。」

戚繼光哈哈大笑起來：「其實此事也出乎了我的意料，當地的官員看到如此慘烈持久的械鬥，據說根本不敢上去拿人，連調解都不敢，只能每天派出幾個小吏在一邊看著紀錄，現在看著這場爭鬥完全無法平息，就只能上報胡部堂，請求我們派兵前去彈壓了。」

天狼眉頭一皺：「戚將軍，派兵之前，可否你與我單獨走一趟義烏，我要親眼看一下那裡的情況，不能讓白蓮教在山西引蒙古兵入侵的悲劇再次重演。」

戚繼光眼中閃出一絲疑慮：「天狼兄，如果要防內奸勾結倭寇，那也應該率兵前往，我們這樣單獨過去，算怎麼回事啊？」

天狼解釋道：「戚將軍，如果真的是倭寇所為，那我們帶兵過去只會打草驚蛇，讓他們逃之夭夭，再想抓可就難了，而且倭寇你應該也知道，刀法凶悍，本性殘忍，而且極為狡猾，如果真的是拖了這麼多天，那一定是假扮百姓，故意手下留情，但我們若是真的調兵前往，那他們可能就會大開殺戒，不可不察！」

戚繼光點點頭：「我聽說過當年天狼兄大破白蓮教的英雄往事，也是孤膽英雄單身入虎穴，戚某每每神往，想不到這回能有幸與天狼兄一起赴那龍潭虎穴，倒也不失人生快事。只是你我二人前往，就算武功再高，也雙拳難敵四手，天狼兄可否有成熟的詳細計畫？」

天狼笑道：「我也是剛剛得知此事，還談不上有什麼計畫，只是憑我的直覺，認為這裡面不簡單，如果不是倭寇鬧事，以其一幫山民能持續數月之久的械鬥，這種好勇鬥狠的血性和嚴密的組織性，不正是天生的優秀士兵嗎？將軍既然憂愁手下無強兵，何不在械鬥的地方挑選呢？」

戚繼光眼睛一亮，連忙說道：「對啊，你這下倒是提醒了我，這樣的百姓是天生的優秀士兵，若不是倭寇從中挑事，那我是一定要收歸部下的，哈哈。」

鳳舞突然插嘴道：「戚將軍，我看你的部下規模也不是太大，也就兩三千人，何不多出點錢，招一些江湖高手呢，這些人本身有武藝，也不用你重新訓練了，豈不是更好？天狼，你當年不也曾經臨時應召，打過倭寇嗎？」

戚繼光盯著天狼道：「天狼兄也曾應徵入伍，和倭寇打過仗？」

天狼哈哈一笑，擺擺手道：「都是陳年舊事了，當年在下剛剛藝成出山，還沒加入錦衣衛，路過南京的時候遇到那次倭寇在南京城外耀武揚威，一時義憤難平，當時任南京禮部主事的譚綸譚大人，曾經臨時徵召了一些江湖人士出城追擊倭寇，在下那時也在譚大人的手下臨時效力過一陣子，後來倭寇被剿滅，我們這些江湖人士領了賞錢後便散了。」

戚繼光恍然大悟，道：「原來如此，只是剛才鳳舞姑娘所說，其實前兩年朝廷徵調過南少林的僧兵與倭寇作戰，也曾經重金懸賞，招募過江湖人士和倭寇作戰，可是效果都不好，所以才會調我們這些外軍的將領來浙江訓練新軍。」

天狼奇道：「我看那些倭寇也不過是些武藝高強的劍客浪人而已，上次在南京城外的那些倭寇浪人雖然勇悍，但也不過區區數十人，我們上百江湖高手加上一些錦衣衛就將其全殲，南少林的僧兵雖然數量不多，但應該也有數百，而且少林的羅漢棍陣天下聞名，難道還對付不了小股的倭寇嗎？」

戚繼光嘆了口氣：「天狼兄有所不知，倭寇狡猾，時而分散成小股四處劫掠，時而彙聚成數千甚至上萬的大軍攻州掠縣，而且還通兵法，懂戰術，會誘敵深入，去年在宗禮將軍率軍來援之前，南少林的月空大師和天員大師曾經率僧兵助戰，他們用的是鐵條打造的熟銅棍，又把大號的銅錢鑄造在棍中，是以一支鐵棍重達四五十斤，配合著少林僧人過人的臂力和強大的內功，只要打中倭寇的身體，則可破其盔甲與護體氣勁，中者非死即傷。

「二位大師率領的僧兵也是紀律嚴明，進退有素，與倭寇作戰時都能結陣而戰，只是倭寇狡猾，在一次的戰役中，派了伏兵穿上了我明軍的衣服，從後面偷偷地接近僧兵，然後突然出刀砍殺，僧兵猝不及防，這一戰中折損了三百多人，連帶頭的月空大師也壯烈戰死了，此戰之後，嚴嵩又在朝中隱瞞不報，反而說僧兵難以節制，與友軍互相衝突，連撫恤也沒有給，南少林一怒之下盡撤僧兵部隊，從此不再支援平倭之戰。」

鳳舞勾了勾嘴角，冷笑道：「哼，嚴世蕃那廝盡做這種事，他巴不得少林和尚死光了，這裡好給他的魔教占據呢。」

戚繼光嘆了口氣：「奸臣當道，世道渾濁，至於那些臨時招募來的江湖人士，則多是為了賞錢而來，這些人多是綠林盜匪或是黑道豪強，本就難以管束，要讓他們短期內與小股倭寇作戰還可以，但要是長期按軍隊那樣訓練，按軍法行事處罰，則是一萬個不願意，上次胡部堂曾經募集了兩千多這樣的江湖人士，結果待了沒三個月基本上都散了，所以此事也不可行，胡部堂無奈之下，這才從外地調軍調將來東南。」

天狼算是完全明白了，扭頭對鳳舞說道：「鳳舞，你的傷太重，就先在胡部堂的大營裡養傷吧，我跟戚將軍去一趟義烏，回來後再找你。」

鳳舞嘴嘟了起來，顯然不滿意天狼的這個決定，可是剛要開口，脖頸處一陣牽動又是劇痛，只好說道：「那你速去速回吧，可不能扔下我一個人。」

天狼便對戚繼光道：「戚將軍，那我們這就先回胡部堂的大營吧。」

三個時辰後。

杭州城外的大軍營地，燈火通明，來往巡邏的軍士們魚貫而行，中軍營帳外，立著一面大旗，上書斗大的一個「胡」字。

中軍帳內，一位年約五十，面相威嚴，鷹鼻獅口的老者，一身大紅二品朝服，端坐於中軍帳內，他的眼睛不算太大，一直微微瞇著，但偶爾一睜卻是神光閃閃，有一番懾人的威嚴，高高的鼻梁挺起了他如鷹鉤一樣的鼻子，鼻翼的兩側，兩條深深的法令紋讓人印象深刻，隨著他面部肌肉的抽動，這兩條法令紋也是不停地扭曲著，不怒自威，自有一方統治一方的梟雄豪傑的霸氣。

這位老者正襟危坐於帥案之後，手裡拿著一份塘報，凝神思考著什麼，在他的面前，徐文長和俞大猷分左右而立，一襲青衣的徐文長完全沒有白天在酒樓時的那副狂傲之樣，低頭束手，神情甚為謙恭，俞大猷更是低著頭，連大氣也不敢出一口。

外面巡夜打更軍士的聲音遠遠地傳來：「天乾物燥，各營注意防火，三更！」老者的眼皮微微抬了一下，把手中的塘報放到桌上，長長地出了口氣：「大猷啊，三更了嗎？戚將軍和我們的貴客還沒有到？」

俞大猷回道：「部堂大人，戚將軍的部下一個時辰前就由副將帶回了，可是現在戚將軍還沒回來，會不會那人真是倭寇，而非天狼呢？」

胡宗憲不動聲色地對著徐文長問道：「文長，依你之見呢？」

徐文長緩緩說道：「依學生所見，此人必是天狼無疑，若是尋常倭寇，斷不至於如此鎮定，而且戚將軍摒退左右後，堂中並無打鬥，戚將軍卻讓手下先行撤回，顯然此人拿出了什麼信物，是友非敵，學生以為，此時此刻的杭州城中，除了天狼，無人有此身分和能力了。」

胡宗憲點點頭：「文長言之有理，那依你看來，戚將軍和天狼又為何遲遲不至呢？天狼如此武功和膽色，怎麼身邊又多了一個重傷待斃的女子，不去錦衣衛總部，卻要在客棧裡托夥計去找醫官呢？」

徐文長神色變得凝重起來，仔細想了想，道：「學生與天狼今天見面之時，確實只有他孤身一人，學生走後也不知道發生了何事，不過天狼武功之高，學生親眼見過，輕輕一抬手，就把一張桌子拍成粉塵，看來江湖上對他的那些傳言是真的，我不認為杭州城中有誰能傷得了他。」

俞大猷也附和道：「雖然末將和天狼沒有交手，但能感覺到他的氣勢和內力，確係絕頂高手無疑，那個女子末將也沒有見過，不知道是不是天狼的同伴或者手下，若真是如此，他派人出去執行任務，然後這個人傷重來回報，也是有可能的。」

胡宗憲撫著頷下長鬚道：「文長，你和天狼談了這麼久，可曾察覺天狼有在等人的意圖？如果天狼要和自己的同伴接頭，又為何會選擇在那個人多眼雜的酒樓呢？」

徐文長道：「學生同意部堂的判斷，天狼和那個女子的相遇應該只是偶然事件，至於他們為何不回錦衣衛，學生妄測，可能那個女子不一定是錦衣衛中人，只是天狼在江湖中的朋友罷了，不願意讓錦衣衛知道自己和這個女人相見，所以才會找了個客棧棲身。」

胡宗憲滿意地點點頭：「文長所言應該是合理的判斷，這樣能解釋所有的疑問，錦衣衛行事風格詭異，善用各種線人和江湖人士，這個天狼既然也是半路加入錦衣衛，那有些自己的江湖朋友也不奇怪，只是他為何現在遲遲不來，連戚將軍也沒過來，這又是為何呢？」

徐文長猜想道：「也許是天狼和戚將軍意氣相投，英雄相惜，有相見恨晚之意，所以一直交談至今吧。學生與那天狼一番深談後，也覺得此人胸有大志，著眼點遠非一般的榮華富貴，並非尋常錦衣衛，所以他和戚將軍應該是談及東南的軍事，忘了時間吧。」

胡宗憲嘆了口氣，又拿起手中的那份塘報，看了一眼：「現在流年不利，倭寇對我們的騷擾和襲擊一直沒有辦法控制，徐海等人又在我大明境內大搖大擺地公然過市，現在義烏那裡的百姓又出了這些事，可謂是內憂外患一起來，在這個節骨眼上，皇上又派了錦衣衛來這裡，唉。」

徐文長連忙說道：「胡部堂，現在時局雖然艱難，但已經在逐漸地好轉，只要能先穩住倭寇，再假以時日訓練出新兵，我們的計畫一定能夠得到實現的，天狼雖然是錦衣衛，但也是胸懷國事的俠士，到時候關鍵一步也許還需要通過他來執行。」

胡宗憲沒有接話，看了俞大猷一眼，淡淡地說道：「大猷，今天你也辛苦

了，先回帳歇息吧，明天一早，瓦夫人率的廣西狼土兵就要來了，你還要率軍迎接，今天就不要太勞累了。」

俞大猷行了個軍禮，轉身退出大帳。

胡宗憲看著他出帳後，神色微微一變，對徐文長壓低了聲音說道：「文長，那祥瑞之物有下文了嗎？」

徐文長眉毛微微挑了兩下，點點頭：「那隻純白的鹿，學生已經著人在武夷山中將之捕獲，現在秘密飼養在杭州城內的總督府內，部堂大人若是想敬獻皇上，隨時可以獻上，皇上極愛這種祥瑞之物，學生再作一篇吹牛拍馬的文章，他必定龍顏大悅。只是學生不明白，非如此不可嗎？您現在浙直總督的官位挺穩固的，此物一獻，部堂大人在東南的官位或可無虞，但是您一世清名可就保不住了啊。」

胡宗憲兩道法令紋挑了挑，嘆道：「文長，你應該知道我現在的處境，我和小閣老在抗倭這件事上不是一條心，目前我們尚未撕破臉，可是今後我若是真的起大兵平定倭寇，只怕小閣老就容不得我了，一定會想辦法把我罷官調任的，我個人進退不足惜，只是**這東南的平倭大業是我一世心血，不能因人廢事，付諸東流啊**。再說了，我背著這個嚴黨的罵名已經有二十年了，即使不獻這個祥瑞之物，也不可能有什麼好名聲。文長，只是要連累你這位才子，陪我胡某共擔這個罵名了。」

說到這裡，胡宗憲眼神變得異常地落寞，語調也不像剛才那樣氣勢十足，而是透出一股英雄遲暮、壯志未酬的悲涼。

徐文長激動地說道：「不，部堂，學生一定會盡自己所能寫下這篇文章，連同那隻祥瑞一起獻給皇上，學生受部堂的知遇之恩無以為報，這點名聲又算得了什麼呢，只要後人知道我們是真心平定倭亂的人，此生足矣。」

胡宗憲眼中亦是淚光閃動，抬起袖子拭了拭眼角，又恢復了剛才的嚴肅表情，說道：「文長，那這事就辛苦你了，狼土兵來援，義烏民間械鬥，錦衣衛天狼來訪，還有倭寇徐海一行神秘失蹤，這幾件事你怎麼看？」

徐文長沉吟了一下，說道：「狼土兵是廣西一帶的異族土司兵，與我大明官軍迥異，其人凶悍善戰，輕生死，信鬼神，但是所部軍紀敗壞，聽說這一路幾千里而來，沿途也是一路擄掠。地方上的官員對其也是苦不堪言，只盼能早早將其禮送出境。而這種客軍的戰鬥力是否能強過倭寇還有待觀察，那廣西狼土兵的首領乃是土司夫人瓦氏，由於其兒早死，其孫年紀尚幼，無法領兵作戰，這才以婦人身分掛帥，領了一萬狼土兵前來，我查閱了不少狼土兵的資料，這些人多以短刀藤牌為主，沒有護甲，作戰時以七人為一小隊，四人對敵，三人專割敵首，雖然喜歡搶掠百姓，但在戰場上還是輕生重義的勇士，如果使用得當，應該還是可以給倭寇予以重創的。」

胡宗憲若有所思地道：「狼土兵這件事，我也是思慮了很久，自隋唐以來，嶺南兩廣一帶的侗人和傜人蠻夷一向就以強悍善戰而聞名，我大明一代，廣西大藤峽的反叛就從未停息過，朝廷在那裡剿撫並用，一百多年下來，不知道費了多少銀兩，死了多少將士，可那裡仍是時叛時亂，**朝廷不得已才詔命當地的土司予以羈縻統治，授予他們象徵性的朝廷官位，允許這些土司頭人保留自己的部族武裝，每年只需向朝廷繳納象徵性的貢賦即可，這便是狼土兵的由來**，由於其部族武裝的性質，所以國家歷次征戰，調用這些狼土兵，也都需要給予土司部族們巨額的軍費和好處，他們才肯出征應戰，這次也不例外。」

徐文長微微一笑：「部堂大人，既然狼土兵難以馴服，又軍紀敗壞，一路擄掠，與土匪無異，大人又何以上書朝廷，千里迢迢地讓他們從兩廣來援呢？」

胡宗憲嘆了口氣：「現在北方軍情緊急，朝廷又在削減我們東南之地的軍費糧餉，上次宗禮將軍率寧夏的九邊精銳來援，本指望能靠他訓練出兩三萬精銳可戰之師，可惜宗將軍出師未捷身先死，現在東南之地的衛所兵皆不可用，戚繼光和俞大猷臨時訓練出來的那些紹興兵和處州兵也非我們所要的精銳，另練新軍尚需時日，為今之計，也只有靠狼土兵這些遠水來救我們眼前之火了。」

徐文長眉頭一皺：「部堂大人不是已經和汪直暗中和議了嗎，又何必需要調狼土兵呢，學生以為狼土兵雖然凶悍善戰，但所用的多是盾牌短刀，與倭寇的長刀相比，沒有優勢可言。」

胡宗憲眼中閃過一絲陰狠冷厲的神色，壓低了聲音：

「我這一舉動，也是想要一箭雙鵰，狼土兵不是朝廷的兵將，平素在兩廣一帶也是橫行不法，殺人越貨，無所不為，朝廷的官員也是奈何他們不得，只是苦於大軍征剿，耗時用餉，實在是不上算，所以只要他們不謀反，不自立為王，朝廷也只能聽之任之，可是時間一長，這些土司也會生出異心。

「當前我大明內外交困，難保這些嶺南蠻夷們不會割據稱王，生出反叛之心來，**我們把狼土兵調來萬里之外的浙江，與倭寇作戰，無論是勝是敗，狼土兵都會損失慘重，即使回去之後，也難復當年之勇，無法對官府造成威脅了，等到時機成熟之時，便可趁機把他們的土地收回國家，設立郡縣，直接統治。**」

徐文長聽得目瞪口呆，半晌才道：「部堂大人，這一招是不是太損了點，畢竟人家是真心來打倭寇的啊，於心何忍？」

胡宗憲冷哼一聲：「真心打倭寇？若不是本官許以重利，給了他們斬一倭首十兩銀子的重賞，外加高過我大明衛所士兵十倍的軍餉，他們肯來嗎？所以我要的就是他們有命上戰場，沒命拿賞錢，**這叫打死敵軍平外患，打死狼兵平內患。**」

徐文長無話可說，只能長嘆一聲，千言萬語盡在不言中。

胡宗憲的語氣稍稍地緩和了一些：「文長，所謂慈不將兵，義不行賈，我胡宗憲既然在這個位置上，就得為國家，為全域著想，現在東南一帶的大明官軍不堪戰，在訓練出新軍的這兩年內，也只有靠狼土兵先頂著了，如果他們能平定倭寇當然好，我也願意出這錢。可是東南的形勢，你也清楚，倭寇已經勢大，光靠這萬餘狼土兵，只能勉強維持戰線，還無法徹底將之剿滅，但我們跟汪直這兩年的討價還價，也要以戰績作為籌碼，要是打得太差，人家就會漫天要價，超過了我的總督許可權，最後也只能一拍兩散，所以眼前，我們也是非狼土兵不可的。」

徐文長點點頭，拱手行禮道：「部堂大人，狼土兵的一應軍需與戰備，學生自當做出帳冊，儘早供您過目。」

胡宗憲笑道：「打了勝仗後的戰利品，放狼土兵們去分，只是有一點，倭寇劫去的我沿海百姓，被他們解救之後，要由我們官府安置，不可讓他們也作為戰利品進行買賣。對狼士兵的後勤保證要優先，不能讓他們沒吃沒喝去搶本地百姓，那樣估計御史又會上書彈劾我了。」

徐文長連連點頭：「學生自當盡力辦理。」

二人正說話間，外面突然響起了一陣腳步聲，一個傳令的兵士在帳外說道：「部堂大人，戚將軍回來了，跟他一起回來的，還有兩個陌生人，現在正在帳外等候進見。」

胡宗憲眼睛一亮，說道：「請他們進來吧。」

很快，天狼便跟著戚繼光，走進了大帳之中。他的眼睛一下子就落在正襟危坐的胡宗憲身上，瞬間便感覺到這名老者凜然的氣勢，有一種居高臨下的壓迫感，甚至讓他有些喘不過氣來的感覺，有點像初見陸炳時那樣。

他咽了泡口水，正經地行了個禮：「錦衣衛副總指揮使天狼，見過胡部堂！」

胡宗憲臉上沒有任何表情，點點頭，仔細地打量天狼兩眼，最後目光落到天狼的臉上，今天天狼換了一副面具，與白天跟徐文長酒樓相會時有所不同，徐文長一眼看去有些意外，表情一下子寫在臉上。

天狼見狀笑道：「徐先生請勿驚訝，我們錦衣衛出來執行任務的時候，多要易容改扮，現在的天狼和白天先生所見的天狼，都是易容之後的臉，並非本來面目。」

徐文長「哦」了一聲，不再吭聲，他雖然見多識廣，但易容術這種江湖上的玩意卻是聞所未聞，今天也算是開了眼。

胡宗憲微微一笑：「久聞錦衣衛中的易容之術可以改變人的形狀樣貌，甚至可以變成女子而不為人所察覺，今天本官也算是開眼了。天狼，你來我軍營負有聖命，有何想看想問的，儘管隨意，本官當盡力協助，給你方便。」

天狼看了眼戚繼光，道：「卑職初來乍到，在杭州城中頗感民風奢靡，不太像抗倭前線的樣子，可是進了這軍營之後，卻看到營中軍令嚴整，井然有序，不愧是胡部堂練出來的精兵強將，卑職現在基本上可以放心了。只是卑職有兩個小小的要求，一是卑職的同伴，錦衣衛鳳舞在執行任務時受了重傷，無法入帳面見胡部堂，我們用大車把她帶進軍營，還請胡部堂能派良醫治療，不勝感激。」

胡宗憲聽了道：「怪不得沒見你的同伴，天狼，杭州城中難道有倭寇嗎，讓你的同伴傷成這樣？你們為何不去錦衣衛的分部醫治，而要找一家小客棧藏身求醫呢？」

天狼回道：「鳳舞執行的乃是秘密任務，即使錦衣衛也不知道她人在杭州，執行任務的時候出了些意外，這才改變規定，找我求救，讓胡部堂見笑了，我希望鳳舞的事不要走漏風聲，以免影響我們的行動。」

胡宗憲轉頭對徐文長說道：「文長，一會兒你把營中最好的醫官帶去給鳳舞治傷，記住，此事千萬要保密，不得走漏半點風聲。等鳳舞姑娘傷勢稍好點之後，再把她轉到杭州城中我的總督衙門裡，由我夫人親自照料。軍中畢竟人多眼雜，明白了嗎？」

徐文長鄭重地回道：「學生一定盡力辦理。」

天狼對胡宗憲又行了個禮：「感謝胡部堂的關照，第二個要求嘛，卑職聽說義烏那裡有持續數月的百姓械鬥之事，剛才跟戚將軍在客棧中一番長談，卑職覺得那裡值得一看，想要請胡部堂行個方便，准卑職義烏一行。」

胡宗憲嘴角略抽了一下，臉上卻是不動聲色，對戚繼光道：「戚將軍，義烏那裡情況未明，你怎麼跟天狼提及此事了呢？」

戚繼光跟胡宗憲一對眼，只見胡宗憲眼中精芒一閃，刺得他連忙低下了頭。

不知為何，胡宗憲雖為文官，但是氣場十足，舉手投足間不怒自威，戚繼光、俞大猷這班名將在他面前無不俯首帖耳，小心說話，胡宗憲當著天狼的面這樣質問戚繼光，語氣中暗含責備，更是讓他心驚肉跳，冷汗直冒。

戚繼光回道：「大帥，末將失言，因為跟天狼一見如故，言談間無意提到此事，天狼認為這可能背後有倭寇的影子，所以想要前往一看。」

天狼跟著說道：「胡部堂，卑職身負的使命中也有見到倭寇之後臨機行事這一條，當年卑職在查探白蓮教一案時，見識過這些勾結外敵的內奸對國家、對百姓造成的巨大傷害，而東南這裡民情複雜，被遷入內地的沿海民眾不少都對倭寇心生同情，怨恨朝廷，所以卑職想要跟戚將軍一起親眼看看當地的情況。」

胡宗憲聽了點點頭：「義烏那裡的械鬥已經持續了數月之久，而且現在還看不到有停息的趨勢，只是那裡真的只是普通百姓之間的打鬥，天狼，你是武林高手，你覺得那裡打鬥的數萬百姓都會是江湖人士嗎？如果他們身具武功，又怎麼可能打了這麼久都沒有分出勝負呢？」

天狼微微一笑：「卑職並不知道當地的情況，只想眼見為憑，倭寇當然不可能大舉鬧事，但是派上數十名倭寇混進百姓之中，煽動情緒，引發械鬥，他們再混水摸魚，暗中傷人，引得雙方情緒激動，結下死仇。這中間官府若是處置不當，偏向一方，那另一方的百姓便有倒向倭寇的可能，白蓮教的妖人們就是這樣和朝廷爭奪民心，最後在山西坐大的。卑職認為，東南乃是朝廷重地，天下賦稅之所在，絕不能出現那樣的情況。」

胡宗憲點頭道：「天狼果然心思縝密，一心為國，本官正是出於這樣的考慮，才命令義烏知縣不許派人彈壓，由他們自行解決，不過他們鬧得太不像話了，已經打了三個多月，死人也有兩千多，再不出兵彈壓，只怕會引起民變了。天狼，你和戚將軍就帶上他新募集訓練的三千紹興兵，到義烏走一趟吧。」

天狼問道：「胡部堂，這義烏鬥毆之事的來龍去脈，可否見告？」

胡宗憲表情變得沉重起來，道：「此事還要從三個多月前說起，義烏境內多山，環境艱苦，民風強悍，即使過往的外地人也不願意多作停留，只是三個月前，路過義烏的鄰近永康縣鹽商施文六，聽說在義烏的八保山一帶發現了銀礦，於是心生貪念，回永康縣召集了同族數百人，前往義烏強行挖礦，後來又從龍泉，景寧兩地召了數千人，把整個八保山都圈了起來。

「義烏本地的大族陳氏，族長名叫陳大成，為人孔武有力，有一身武藝，當過官軍，後來退伍還鄉，當了族長，聽說這事之後，就帶著全族的男丁去和施文六理論，雙方一言不和，大打出手，這仗也是越打越大，開始只是幾百村民間互毆，後來義烏的十里八鄉，上百個村鎮的男女老少一起上陣，那施文六為首的一幫永康商人也在附近的州縣裡招人助戰，聽說還有一些江湖人士前來，這一打就打出了人命，現在越鬧越大，當地的縣令根本無法控制，多次向我求救，我擔心用兵彈壓會激起民變，所以一直猶豫未動，既然你願意主動請纓走這一趟，那此事就全權委託你處理了。」

天狼心中漸漸有了數，**聽起來那義烏一方都是本地的百姓，而施文六招來的人裡很可能混了倭寇，胡宗憲想必對此也是心知肚明，所以才遲遲不敢出兵彈壓，現在自己來了，他正好把這個責任推到自己身上，還真是老奸巨滑。**

但天狼也對那些義烏百姓更感興趣了，這種群架中的組織力，能讓數萬百姓與混有倭寇和江湖人士的外鄉人相持數月之久，實在是不可小覷，如果情況屬實，那可都是當兵的好苗子，這些人保自己的家鄉都如此盡力，如果曉以大義，投軍報國，一定可以成為國之利器的。

天狼正思索間，卻聽到胡宗憲那威嚴而深沉的聲音再度響起：「戚將軍，你帶上所部的將士和天狼大人到義烏走一趟吧，一切事情但聽天狼大人的吩咐，明白了嗎？」

天狼連忙說道：「部堂大人，此事卑職有自己的看法，還請聽卑職稟報。」

胡宗憲有些意外，「哦」了一聲，鎮定自若地從案上拿起茶，輕輕地吹了口氣，呷了一小口，說道：「天狼大人還有什麼要說的呢？」

天狼正色道：「卑職不想勞師動眾地帶兵前往，如果部堂情報準確，雙方的情緒肯定都很激動，若是中間再混有倭寇的奸細從中挑撥，只怕會激起民變。」

胡宗憲放下了手中的茶碗，冷冷說道：「**可是如果不帶兵前去，又如何能彈壓得了這數萬民眾呢，只憑你天狼大人的三寸不爛之舌？**要知道，這些村夫百姓們可未必會買你們錦衣衛的帳，到時候若是真有倭寇奸細煽動民眾，對你們圍攻，那事情只會越鬧越大，上達天聽的話，我們東南恐怕又會掀起一陣巨震。」

徐文長也說道：「是啊，天狼兄，此事還請三思，義烏的百姓本就是桀驁不馴，平時連官府的帳也不買，這回打死了幾千人，還不收手，現在已經是殺紅了眼。你若是這時候孤身前往，若是有一二奸人挑唆，確實會置你於危險之中，雖然天狼兄武功蓋世，當不至於有危險，可是一出手傷及百姓，以後再想平復民情，也就困難了。」

天狼哈哈一笑：「部堂大人和徐先生多慮了，我可以易容改扮，先用眼觀察，看清楚事情的原委，判斷出是否真有倭寇在其中挑撥，若是真有倭寇的奸細，我們會把他從人群中揪出的，至於普通的民眾，我不會參與他們的爭鬥中，等我看清楚了，再想辦法出手制止。」

胡宗憲眉頭皺了皺，他畢竟久在官場，不知江湖之事，也不相信天狼能在數萬百姓的包圍中來去自如，天狼可是錦衣衛派來杭州的特使，身負重要使命，萬一一個不留神折在這裡，那自己的這個浙直總督只怕也要做到頭了。

他凝神思考了一下，說道：「既然如此，天狼大人不妨帶兵前往，只是把士兵屯駐於縣城附近紮營，然後再按你的計畫行事，萬一事情有變，這數千軍士也好做個接應。」

天狼心知胡宗憲還是放心不下自己，再繼續糾纏這個問題也無益處，畢竟鳳舞還要托他照料，鬧僵了不好，於是拱手道：「那就一切聽部堂大人的吩咐。」

胡宗憲神色稍寬，轉頭拿起一枚將令，對戚繼光道：「戚將軍，你速去準備，明天一早就拔營啟程吧。」

戚繼光恭敬地接過令箭，應了聲「是」，退出營帳，帳內只剩下天狼和胡、徐三人。

第十章

心腹大患

胡宗憲滿意地道：「天狼大人果然聰明過人，
那福建廣東一帶的海盜並不足慮，
朝廷真正的心腹大患還是浙江一帶以江直為首的倭寇，
只有消滅了陳思盼和蕭顯，矛盾和衝突就會越演越烈，
最終的翻臉火拼只是時間問題。」

胡宗憲看著天狼，道：「天狼大人遠道而來，你和文長說的事，文長也已經向我報告過了，如果有什麼想要問本官的，本官一定知無不言。」

天狼點點頭，他感覺胡宗憲今天是有意要與自己談話，門外的護衛兵士們全都支得遠遠的，五十步內並沒有第四個人，這次談話應該是安全的，他深吸了一口氣，朗聲道：「部堂大人既然這麼說了，那天狼就斗膽請問，徐先生所說的那套戰略，真的是部堂大人今後幾年裡對付倭寇的策略嗎？」

胡宗憲點點頭：「不錯，東南倭亂已歷十年，朝廷也更換了幾任總督，都是收效甚微，損兵折將，倭寇卻是越打越多，越打越大，這說明光靠軍事手段是無法完全將之剿滅的，只有開放海禁，使沿海民眾有條生路，才能從根本上斷了倭寇壯大的土壤。」

天狼眉毛一揚：「胡部堂也和小閣老一樣，想和汪直這樣的倭寇做生意？」

胡宗憲否認道：「不，汪直、徐海和蕭顯這些倭首，必須要剿滅，這些人都是漢人，卻甘心與東洋匪類同流合汙，引著外賊來對祖國燒殺搶掠，是元凶首惡，必須除惡務盡，就是以後真的開了海禁，與包括東洋在內的海外各國做生意，也要先掃除這批倭寇再說，不然會給國內樹立起極壞的榜樣，那些貪婪不法之徒以後就會步汪，徐等賊人的後塵，繼續禍亂海上，甚至搶劫我國的貿易商船隊，那是我大明水師所難以保護的，因此這些首惡必須翦除，以儆效尤。」

天狼微微一笑：「部堂大人深謀遠慮，一心為國，天狼佩服之至，此間內情，卑職也一定會面奏皇上，讓皇上知道您的一片苦心的。」

胡宗憲臉色緩和了些，說道：「天狼，文長應該和你說過，你的上司陸炳並不是一個關鍵時刻可以信賴的人，這點從沈鍊的案子上能看得出來，本官知道你是一個一心為國，不顧身家的俠義之士，所以這個消息，我希望你能想辦法呈給皇上本人，而不是透過陸總指揮轉交。」

天狼道：「部堂大人有所不知，前一個月卑職還在南京城那裡見過陸總指揮，他沒有和嚴世蕃站到一起，對沈鍊也是多加保護，暫時讓他流邊而已，以後還會找機會把他解救回來的，陸總指揮也是一心為國，和嚴世蕃並不是一路人。」

胡宗憲搖搖頭：「天狼，你還是太年輕了，官場上的事許多時候並不是出於本心的，陸炳只想著保全他的家族和官位，他雖然有良知，但不會以自己的身家性命作為賭注，去和強大的敵人鬥爭到底，本官之所以這樣和你說，是因為東南抗倭之事事關重大，我胡宗憲個人進退事小，在此節骨眼上，絕對不能前功盡棄，無論是嚴世蕃還是陸炳，都不能干擾我的大事。」

天狼半晌無語，從理智上說，陸炳確實不是沒有出賣自己的可能，但從情感上說，他已經把陸炳視為父兄，就這麼背棄他也實在做不到，沉吟一會兒後，說道：「只是卑職是陸總指揮親自派過來的，有事必須向他彙報，越過總指揮直接向皇上彙報，只怕不妥當吧，就是卑職真有這心思，恐怕也見不到皇上啊。」

胡宗憲微微一笑，看向了徐文長。徐文長心領神會，開口道：「天狼兄，皇上信奉道教，喜歡祥瑞之物，最近我們在福建武夷山中尋得一隻白鹿，這正是道家典籍中說到的祥瑞之物，部堂大人有意將此物進獻皇上，由我寫一篇歌頌陛下恩德的文章，到時候由天狼兄一起帶回京城，皇上一定會龍顏大悅，親自來探視這祥瑞之物的，天狼兄便可趁機把胡部堂的計畫呈現給皇上。」

天狼心中一動：「此計甚好，只是這樣一來……」

話到嘴邊，他突然覺得不妥，胡宗憲這樣給皇帝拍馬屁，必遭遇天下人的唾罵，不知情的人只會說他官迷心竅，阿諛奉承，甚至那些沿海民眾還會罵他不思平倭，只想著保自己的官位，就連精於此黨的嚴嵩父子只怕也會嫉恨胡宗憲，從此開始搗亂拆臺了。

胡宗憲嘆道：「天狼大人是想說我胡宗憲行此諂媚之舉，會遭天下有識之士的恥笑與唾罵，是嗎？若是真有罵名，我胡宗憲擔著就是，我的一顆忠誠之心可昭日月，總有一天，世人會明白我的苦衷的。」

天狼只能點點頭道：「既然如此，卑職自當效力。只是義烏之事，卑職還有一個想法，剛才戚將軍沒來得及說，在這裡想和部堂大人明言。」

胡宗憲和顏道：「本官剛才就覺得天狼大人一再提及此事，恐怕不止是想抓倭寇奸細這麼簡單，你還有什麼打算，但說無妨。」

天狼把自己和戚繼光在客棧中商量的有意在義烏招募新兵的想法對胡宗憲說了出來，胡宗憲靜靜地聽著，一言不發，眼中光芒一閃一閃，顯然是在思考，過了好一陣，才緩緩地開口道：「文長，現在我們手上的軍費還可以募集多少新兵？」

徐文長剛才就一直在肚子裡算這筆帳，聽到胡宗憲問起，迅速地答道：

「朝廷今年撥給我們的軍費裡，除了衛所兵外，可募新兵三萬，新建戰船三百艘，現在戚將軍、俞將軍、盧將軍、何將軍已經各自募集了三千到五千人不等的軍隊，合計約一萬五千人左右，而部堂新近從廣西那裡調來狼土兵一萬，由於路途遙遠，給他們的軍餉又超過尋常的士兵，因此我們今年的軍費已經超支，再要募集新兵的話，除非不造戰船，大概還可以再徵召三千多人。」

胡宗憲聽了，又問道：「那如果不造戰船的話，我軍水師現有的規模和實力，可以在海上與倭寇作戰嗎？」

徐文長搖搖頭：「現在的水師不過兩百多條老舊船隻，而且半數都是由漁船徵調改裝，與倭寇完全沒有在海上對抗的實力，之所以倭寇能橫行內地，關鍵的一點，就是他們的水軍占有絕對優勢，即使在岸上作戰不利，也可以撤回船上一逃了之，而且大海上航行的速度遠遠快過陸地，我軍在陸上只能疲於奔命，即使趕到了，也往往只能看著倭寇乘船揚長而去。」

胡宗憲眉毛皺了皺：「現在水軍的新兵主要是俞大猷和盧鏜在訓練嗎？」

徐文長正色道：「不錯，現在是俞盧二位將軍在訓練水軍的新募士兵，多是從福建一帶招來的沿海船民，大帥也見過，他們的作戰能力和熱情不錯，就是缺乏堅船，如果三百條戰船能在年內下水，明年再下三百條的話，那我軍三年後就有了直搗倭寇老巢的能力，可以跟他們正面海戰了。」

胡宗憲擺擺手道：「現在暫時不管今年的戰事，敵強我弱，以忍為主，靠著和汪直談判，挑起汪直和徐海、蕭顯這幾個倭寇頭子的內鬥來度過這兩年，如果倭寇深入內地，就調狼土兵去征剿，他們退回海上，就暫時不管，等我軍新兵練成，再大造船隻，一舉蕩平倭寇的老巢。文長，你去安排一下，今年的戰船就不造了，如果戚將軍真的認定了義烏兵可用，就允許他招收三千人，編練一支新軍，若是義烏之民不可用，那還是按計劃繼續靠戰船。俞將軍和盧將軍的水師，就先用那些舊漁船來訓練。」

徐文長點頭稱是。

胡宗憲轉向天狼，道：「天狼，你對本官如此安排，可否滿意？」

天狼道：「卑職多謝部堂大人，如果沒有其他事的話，卑職這就告退，明天一早和戚將軍前往義烏。」

胡宗憲卻道：「天狼大人不必如此急著走，本官還有一件要事，想要委託天狼大人辦呢。」

天狼收住腳步，奇道：「部堂大人還有何吩咐？」

胡宗憲從懷中取出一封書信，遞給天狼：「你且先看一下這封信，這是汪直這次託毛海峰秘密遞給我的，連徐海都不知道此信的存在。」

天狼臉色一變，上前接過此信，匆匆一看，只見上面寫的是汪直委託胡宗憲派兵剿滅橫行福建和廣東一帶的海上巨盜陳思盼，以及與陳思盼聯手的倭寇首領蕭顯。

天狼看了兩遍，把信還給胡宗憲：「這些倭寇利欲薰心，只會爭權奪利，部堂大人正好可以將之各個擊破。」

胡宗憲微微一笑：「天狼大人可知這汪直的發家史嗎？又是否知道汪直與陳思盼和蕭顯的恩怨是何以結下的？」

天狼對此還真是一無所知，聽胡宗憲話中之意，倒是有意把此事的來龍去脈說清楚，於是正色道：「願聽胡部堂指教。」

胡宗憲對徐文長使了個眼色，徐文長娓娓道來：

「要說這汪直，最初只是個商人，與同鄉徐惟學、葉宗滿一起合夥經營私鹽生意，後來因為官府在內地查私鹽查得緊，汪直覺得在內地賺不到錢，因此跟徐惟學和葉宗滿一起出海經商，最早是和南洋呂宋一帶的佛郎機人，也就是西洋人做生意，後來發現走私不如直接搶劫來得快，於是便組建起自己的武裝船隊，幹起了海盜。

「當時在海上勢力最大的幾股海盜，一股是同為徽州人的許棟，一股則是出身廣東一帶的巨盜李光頭。雙方也是互不服氣，經常火拼，那還是嘉靖十年左右的事了，離今天足有二十多年，倭寇也沒成氣候，海上的多是這些中國海盜，往往也只是劫掠出洋的商船，不像今天這樣直接攻擊城鎮。汪直和許棟同是徽州人，所以在一開始力量薄弱的時候就加入了許棟的船隊，由於汪直心狠手辣，深通作戰經商之道，很快就成了許棟集團的頭號戰將，把那李光頭壓得遠遁廣東一帶，不敢再在浙東與之爭雄。

「到了嘉靖二十四年的時候，許棟被他的義子所殺，這個義子名叫許朝光，是廣東潮州人，許棟早年做海盜時曾經攻擊過潮州，殺了許朝光的父親，擄掠其母和年幼的許朝光，許棟膝下無子，因此收許朝光為義子，這許朝光年齡稍長後，知道了自己的身世，便趁機殺許棟報仇，並帶走許棟集團一部分部屬，南下投奔李光頭。

「汪直接手許棟集團剩餘的部眾，從此成為浙江福建一帶的頭號豪商，由於汪直為人狡猾，利用地利之便，早早地便與倭寇扯上了關係，因此實力強過許朝光，而同樣受過當年許棟恩惠的徐惟學，為了給許棟報仇，率自己的部屬與許朝光大戰。

「徐惟學雖然擊斃了許朝光，卻沒想到李光頭趁亂突襲，又將徐惟學殺死，盡得其部眾。後來李光頭被自己的部下陳思盼火拼，此人身邊有一狗頭軍師，乃是廣東的一個舉人蕭顯，此人陰險狠毒，毒計百出，聽說消滅許朝光，徐惟學和李光頭的連環計策，就是他向陳思盼所獻。

「許朝光和李光頭死後，陳思盼與蕭顯也和汪直握手言和，這些廣東的海盜也得以進入浙江沿海，甚至和倭寇也攀上了關係，經常帶著倭寇去洗劫福建和廣東潮州汕頭一帶。只是他們和汪直打劫的地方不一樣，以避免衝突而已。現在汪直的實力已經和當年不可同日而語，估計也容不下這陳思盼了，加上徐海是徐惟學之侄，也一直想蕩平廣東海賊，為叔父報仇，所以秘密給我送來書信，要我們相助，剿滅陳思盼一夥。」

天狼聽到這裡，算是明白了汪直為首的浙江海盜和陳思盼這個廣東海盜集團的恩怨，道：「若是陳思盼不除，汪直和徐海有一個共同的敵人，也不會拔刀相向，互相吞噬，部堂大人是這個意思吧。」

胡宗憲滿意地道：「天狼大人果然聰明過人，那福建廣東一帶的海盜並不足慮，朝廷真正的心腹大患還是浙江一帶以汪直為首的倭寇，因為陳思盼等人畢竟和東洋倭寇勾結較少，戰力遠不如汪直所部強悍，離得又遠，因此算不上我們的終極目標。可是汪直這些年能把勢力發展得如此之大，很大程度上是打著為許棟報仇的名號，把原來許棟手下的大部分船主都集中到了自己的旗下，就連那徐海在沒有為叔父報仇之前，也只能暫時奉汪直為主，在他手下聽令，只有消滅了陳思盼和蕭顯，才有可能跟汪直正式分家，分了家後，矛盾和衝突就會越演越烈，最終的翻臉火拼只是時間問題。」

天狼凝神思考了一下，問道：「可為何這麼多年，汪直和徐海都沒有真正的找陳思盼和蕭顯報仇呢，甚至還允許他們經過浙江外的海面，和倭寇扯上關係，現在還要給部堂大人送信，讓我們官軍協助他們剿滅陳思盼，這會不會其中有詐呢？」

徐文長哈哈一笑：「**天狼是不是擔心他們這些海賊聯手設套，誘我們的水師出動，然後聚而殲滅？**」

天狼點點頭：「我對東南的軍情不是太熟悉，不過也聽說水師戰艦屢戰不利，現在基本上已經退保營寨，不再主動出戰了，可是只要艦隊還在，那就是對倭寇的威脅，讓他們也不敢放膽長趨直入，現在的海禁令把沿海的居民內遷百里，只靠著搶沿海那些空無一人的鎮子，倭寇是一無所獲的。」

胡宗憲臉上露出笑容：「天狼，你所擔心的事，本官也考慮過，**根據本官的判斷，汪直邀請我們一起攻擊陳思盼一夥，應該是出於真心**，所謂盜亦有道，即使他們都是倭寇和海盜，相互間的火拼也是傷了義氣的事情，會讓屬下人心離散，但如果是暗中引官兵去偷襲陳思盼的老巢，將陳思盼和蕭顯殺死，那麼兼併起陳思盼手下的部眾就沒有什麼阻力了。

「這些海盜倭寇，向來不打無利之戰，報仇的口號只不過是一個幌子，真正想要的還是陳思盼手下的萬餘海盜和千艘戰船，如果是自己出面大戰陳思盼，就是勝了，也只是損兵折將，陳思盼手下的海賊多是廣東人，與浙江人本就是不對盤，若是以武力強行消滅收編，也只會是人心不服，一有情況就會叛離。」

天狼笑道：「胡部堂所言極是，是天狼考慮不周，只是部堂還沒有說，為何汪直他們幾年前不做這事，非要拖到現在呢？既然已經決定了要消滅陳思盼一夥，為何還要允許他們通過浙江，跟倭寇搭上關係呢。」

胡宗憲沒有說話，徐文長卻開了口：「天狼兄，我估計有兩種可能，一來是前幾年汪直的實力還不是太強，那時他剛接手許棟留下的海盜帝國，人心不附，威望也有所不足，所以暫時不能和當時實力還算強悍的廣東海盜們徹底翻臉，既然李光頭和許朝光已死，他也沒了起兵報仇的大義名分，只能在面子上與廣東海盜們修好，用以發展和壯大自己的實力，一直到這五六年來他勾結了呂宋的佛郎機人，大量購買火槍大炮賣到日本，這才讓他的實力急劇增加。」

天狼疑道：「火槍大炮？就是我大明用的火銃和震天雷一樣的東西嗎？」

徐文長搖搖頭：「佛郎機人來自西洋，他們的火槍和大炮比我們大明現在用的鳥銃要先進許多，那火槍可以打到兩百步以外，發出百雷擊落之聲，洞穿盔甲，大炮則可以發射開花的鐵彈，類似震天雷，只是可以打到一里之外，然後四散炸裂開來，即使這些碎鐵片依然可以置人於死地。」

天狼吃驚地張大了嘴：「能打到一里之外？天啊，即使是暗器高手的震天雷也不過能扔出幾十步而已。」

徐文長嘆道：「西洋人的火器可是一絕，一里外只是他們的小佛郎機炮的射程，有些大佛郎機炮足可以打出三四里遠，雖然精度不佳，也是一炸一大片，嘉靖元年時，我大明廣東水師曾經在屯門與他們交戰過，嘗盡不少苦頭，後來還是靠著小船夜襲火攻才反敗為勝的，現在那些佛郎機人也占了呂宋島，正在馴化當地的土著蠻夷，只怕讓他們花個幾十年站穩腳跟之後，又會成為我大明繼倭寇之後的心腹大患啊。」

天狼半晌無語，久久才說道：「看來這倭寇是非平不可了，不然若是這兩股勢力聯起手來，我大明萬里海疆將再無寧日。」

胡宗憲道：「好在我朝現在和佛郎機人的關係還不錯，朝廷特地開放了廣東那裡的一個小島澳門，供這些佛郎機商人居住貿易，他們不少火槍大炮，我們也取來了樣紙，交兵部仿製，本官來東南做總督之前，也在兵部任左侍郎，專門負責這些軍器仿製之事，現在京師外三大營裡的神機營裡，已經開發仿製出了這些火槍大炮，一旦形成大規模的生產，也會在調撥給北地九邊之地的守軍後，優先供應我東南的新軍。」

天狼心下舒坦，大笑道：「如此一來，倭寇也不足為慮了。」

胡宗憲臉色一變：「不，天狼不要過於樂觀，那汪直壟斷了海上的貿易，和佛郎機人也是生意做得很大，據我的情報，他每年賣到日本給各個大名的洋槍就達上萬桿，大炮數十門，自己的船隊也多裝備了大炮，海上作戰，大型戰船全靠大炮，一炮打中，即可讓那些只能載數十人的小型戰船沉沒，威力非同小可，所以我軍要想在海上與汪直作戰，還需要很長的時間準備，至少要十年，有鑑於此，我們才制訂了方略，想辦法要讓倭寇上岸搶劫，然後靠著新編練的軍隊在陸上消滅這些倭寇主力，沒有了人，光靠著大船，也是無能為力的。」

天狼聽了道：「部堂大人所言極是。您說了這麼多，卑職對於東南的情況已經心中有數了，不過剛才徐先生只說了其一，還有第二第三嗎？」

徐文長微微一笑：「當然，這第二嘛，恐怕還是和那些東洋的領主大名有關。這些人野心勃勃，想要入侵中原，尤以薩摩藩的島津氏為甚，此外肥前肥後的大友家，平戶的少貳家，這些九州上的大名，都是倭寇中凶悍的日本浪人的主要來源，他們大概也不想汪直一家獨大，壟斷整個海上貿易，以後無論是到我大明搶劫還是購買火槍大炮，都要受制於人。

「汪直的基地在薩摩藩的松浦津，而徐海、陳東、麻葉之流更是這些日本大名的狗腿子，所以扶持陳思盼、蕭顯一夥，只怕是這些東洋人的意思，汪直和徐海雖跟其有仇，但也不敢公然翻臉，所以希望假手我們大明軍官做這事。」

天狼點點頭：「徐先生所言極是，這些倭寇雖然看起來耀武揚威，但本質上不過是東洋人的狗腿子，若是沒了那些凶悍善戰的東洋武士，光靠著一幫沿海漁民當海賊，也不可能形成今天的聲勢，所以日本人的命令他們是不敢不聽的，既然如此，我們如果扶持力量稍弱的陳思盼，和汪直作對，是不是更好的選擇？畢竟讓他們掐起來，比讓一家獨大要來得好。」

胡宗憲擺了擺手：「這個方案本官不是沒想過，只是我們現在跟汪直還有的談，跟那陳思盼卻是沒有任何和解的可能，當年陳思盼乃是一潮州百姓，因為犯了法被官府收押，後來越獄出去殺官下海當了海賊，朝廷把他全家都處斬了，而那個蕭顯的情況也差不多，因為違反了海禁令而被朝廷滅族，所以這二賊恨透了我大明，平時裡和我大明作戰，連俘虜都要殘酷處死，以示與我大明誓不兩立。

「所以對於這股頑匪，必須優先堅決加以消滅，汪直所想的，只不過是勾結日本人，開海禁，以後往往於浙江與日本之間，對於南下呂宋並不是太感興趣，我們先清理了南海，再集中力量解決浙江、福建這裡東海的問題，到時候廣東的水師也可以來助戰。

「從戰術上來說，陳思盼和蕭顯的實力比汪直弱上許多，沒有他們那種大炮巨艦，手下也不過只有萬餘倭寇，平時為了躲避我水師的打擊，還多是分散行事，陳思盼和蕭顯自己身邊的直屬海賊不過千餘人，只要汪直能給我們提供情報，並在外洋封鎖住他們的退路，那我軍水師數千人上島消滅二賊還是有把握的。二賊一死，我們也可以招撫他們的餘部，至少能把一部分人收編為大明水師。」

天狼道：「原來如此，胡部堂這樣的宏偉計畫，想必已經寫在了給皇上的密奏裡吧。」

胡宗憲點點頭：「嗯，所以此事還得勞煩天狼大人，從義烏回來後，到汪直的大本營雙嶼走一趟，把本官的回信帶給他，順便觀察一下他們是否是真心要與我軍聯手消滅陳思盼一夥，還是另有圖謀。」

天狼正色拱手道：「理當如此。」

胡宗憲的眉頭動了動，說道：「天狼，你今天帶來的那位鳳舞姑娘，真的是錦衣衛嗎？還是你在江湖上的朋友，現在你我已經交心，此事可直說無妨，不管她是何身分，本官都會為你保密的。」

天狼笑道：「她確實是錦衣衛，而且身分地位很重要，是陸總指揮的得力幹將，上次卑職在山西大破白蓮教時，就是與鳳舞聯手行事，所以這回陸總指揮怕我在東南孤掌難鳴，也把她也派了過來。」

胡宗憲「哦」了一聲：「既然這位鳳舞有如此本事，又怎麼會傷得這麼重？這杭州城內難道還有倭寇高手可以傷到她嗎？」

天狼想到鳳舞自刎時的樣子，面具後的臉上微微一紅，笑道：「鳳舞是在路上碰到了幾個江湖中的仇家，才會傷成這樣，並非倭寇，部堂大人，這江湖中的仇殺並非公事，而且鳳舞當年和這些人結仇，也是違反了總指揮的命令在先，現在此事還沒有向總指揮大人上報呢，所以我們不希望用錦衣衛的權勢來解決這件事，如果我們回到錦衣衛的杭州分部，此事勢必洩露，所以還請部堂大人能代為保密。」

胡宗憲心裡一塊石頭落了地，笑道：「原來如此，那本官就放心了，**我最擔心的，還是倭寇派出奸細來內地窺探軍情**，現在我軍新募集了士兵在加緊訓練，這些都是秘密進行的，你們去義烏如果想要募兵，也不宜大張旗鼓，我們只有在表面上裝得不思進取，不修武備，才能讓汪直放下戒心，與我們合作，這點你一定要注意。」

天狼這下算是明白胡宗憲為何放任杭州城內歌舞昇平的原因了，心領神會地說道：「部堂大人一片苦心，天狼佩服。如果沒有別的事的話，天狼這就先行告退。」

胡宗憲嘴角勾了勾，說道：「天狼，還有最後一件事，希望你能如實回答。我聽徐先生所說，你和小閣老好像有很深的仇怨，是嗎？」

天狼看了眼徐文長，他在和徐文長的談話中也知道了胡宗憲的底，清楚這位東南總督和嚴世蕃並不是一路人，但畢竟胡宗憲跟嚴嵩有著師生之誼，即使不喜歡嚴世蕃，也不代表和自己一樣，跟這個奸賊是你死我活之仇，所以現在還不能把所有的底都交給他。

於是天狼點點頭：「卑職還沒有加入錦衣衛的時候，就和嚴世蕃打過交道，他們父子當時扶持在江湖上號稱魔教的日月教，無惡不做，卑職初出江湖時與那魔教有過多次交手，所以也就和嚴世蕃結了怨。」

胡宗憲嘆了口氣：「老夫也曾聽說過東樓（嚴世蕃的號）這些年來一直勾結江湖匪類，搜索那些與他作對的大臣們的把柄，就是前任閣老夏言也是這樣給他扳倒的。不過老夫現在想問的不是這件事，你跟文長說過，上次蒙古入侵的時候，東樓曾經暗中進入蒙古大營，與俺答汗有密約，可是事實？」

天狼心中暗罵自己在酒樓時一時說得興起，便把此事也透露了，但轉念一想這也許是爭取胡宗憲，幫他下定脫離嚴黨決心的關鍵，胡宗憲雖是嚴嵩門生，但也愛惜名聲，更不會像嚴世蕃那樣賣國求榮，於是咬咬牙道：

「此事乃是卑職親眼所見，千真萬確。事實上蒙古之所以入侵，就是仇鸞在宣大任總兵時私通賄賂俺答汗，反而刺激了他們的野心，讓他率蒙古大軍入侵，嚴世蕃所做的，和仇鸞並無不同，仇鸞因為私通敵國而身敗名裂，可是嚴世蕃卻還能逍遙法外。」

胡宗憲半晌說不出話，身子微微地發抖，以他這樣鎮定從容的人，這個舉動足以反映出他內心的激動與不安，沉聲道：「天狼，此事嚴閣老是否知曉？」

天狼搖搖頭：「我不清楚，那天卑職在蒙古大營中只看到嚴世蕃一人，並不知此事是嚴嵩主使，還是嚴世蕃的個人所為。」

胡宗憲閉上眼睛，長嘆一聲：「東樓實在是太過分了，閣老都快八十歲的人啦，他這樣是在要閣老的命啊！」

天狼心中冷笑，嚴嵩一樣不是什麼好東西，嚴世蕃的事不管他是否知情，都難辭其咎，再說，陷害楊繼盛、沈鍊這些忠貞之士，難道他也不知情嗎？看來胡宗憲還是無法割斷與嚴嵩的師生之情啊。

胡宗憲感慨後，道：「天狼，那此事你們有沒有上報皇上？」

天狼搖搖頭：「我無憑無據的，沒法舉證他，畢竟嚴世蕃是親自去和俺答談判，又沒有白紙黑字的書面盟約，所以即使我舉報，皇上也不會相信的，仇鸞是留下了和俺答汗互通的書信，鐵證如山，才得以被治罪的。」

胡宗憲點點頭：「那依你看，嚴世蕃近日在南京出現，見了徐海等人，也是想故技重演嗎？」

天狼深吸了一口氣，道：「不錯，現在嚴嵩父子漸漸地被皇上所猜忌，嚴世蕃自知罪孽深重，所以開始為自己謀退路，一方面靠著像部堂大人這樣的朝野重臣，封疆大吏，讓朝廷無法動他父子，另一方面開始私結外人，北連蒙古，東連倭寇，萬一出事，便逃往敵國，或者引敵入侵，以求自保。」

胡宗憲眼中光芒閃動：「天狼，你能對你剛才說的這些話負責嗎？」

天狼挺起胸膛，毫不猶豫地道：「嚴嵩是不是這樣想的，我不清楚，但嚴世蕃必有此念，他富可敵國，朝野內外、大江南北遍是他的黨羽，沒有幾個人像部堂這樣還心繫國家的，天狼一路所見，嚴黨成員多是靠賄賂嚴世蕃而得官，到了地方上則拼命搜刮百姓，貪汙受賄，好收回成本，國家給搞得烏煙瘴氣，嚴氏父子就是禍亂根源，而嚴家已經有這麼多錢了，再多的錢對他們沒有意義，要保住的，無非是已經到手的榮華富貴而已。

「胡部堂，您剛才也說了，嚴嵩已經快八十了，這個年紀，精力體力根本不足以勝任內閣首輔，早該急流勇退了，**可他為什麼還一直霸占著這個位置不下來？**我大明立國百餘年，可有哪個內閣首輔在這個位置上比他待得更久的？其實他的心思，您最清楚不過，**無非就是怕自己下台後被人清算這一筆筆舊帳**，他累積的財產，足以買下一兩個省，這樣的大肥肉誰看了不眼紅？一旦失勢，也就失了身家性命。

「所以嚴嵩就算病死老死在相位上，嚴世蕃也會接替他的位置的，就是為了讓嚴家不被滿門抄斬，**他們會牢牢地把持著這個權力，成為嚴家的世襲之物。**胡部堂，**您有濟世之才，難道願意看到這種情形嗎？內閣首輔的位置，應該是你的才對！**」

胡宗憲瞳孔猛的收縮，沉聲喝道：「天狼，慎言！胡某並無功名之心，那個位置，也不可能落到我的頭上。」

天狼一下子明白過來，嚴黨遲早是要倒臺的，即使是胡宗憲，衝著不讓嚴世蕃壞了自己在東南的大事，也會在關鍵時候上去推嚴黨一把，**只是嚴黨一倒，這些年來嚴嵩父子所提拔的官員大臣們都會受到牽連**，到時候玉石俱焚，即使如胡宗憲這樣立下大功的重臣，也難保不會被免官貶職，甚至下獄論罪，**政治鬥爭向來就是這樣的殘酷無情，那個內閣首輔的位置，是無論如何也不可能輪到胡宗憲去坐的。**

胡宗憲的表情變得落寞起來：「閣老我很清楚，他雖然有自己的弱點，但還不至於禍國殃民，可是現在他年歲大了，東樓又是肆無忌憚，他的一世名聲，早就毀在自己的兒子身上，我現在只希望他能認清形勢，不要一條路走到黑，在史書上留下罵名。」

徐文長剛才一直沒說話，這會兒忍不住開口道：「部堂，既然如此，您何不修書一封，或者趁著每年回京的時候和嚴閣老面談一下呢，讓他多少讓嚴世蕃收斂一點，國家垮了，難道對他嚴家就有好處了？」

胡宗憲長嘆一聲：「你們有所不知，現在老夫很難見到閣老了，這兩年回京，我每次上嚴府拜訪，都被拒之門外，給他的書信也從來不回，想必都被東樓截獲，所謂疏不間親，東樓還跟嚴閣老住在一起，嚴閣老就是和老夫見了面，又怎麼可能聽我的話，去交惡自己的兒子呢？」

天狼點點頭：「胡部堂所言極是，而且我聽說皇上喜歡修道，每天都會寫一些別人看不懂的青詞焚燒，以求天意，內閣諸臣中，只有嚴世蕃最會寫這東西，嚴嵩已經老邁，這青詞之事完全要靠嚴世蕃，乃至於處理平時的政事，在內閣中不當即處理，反是帶回家中交嚴世蕃辦理，所以嚴世蕃這個還沒入閣的工部侍郎，才會有小閣老之稱。」

胡宗憲問：「天狼，你說東樓一定會勾結外敵，這是你的猜想，還是親眼所見？上次他在蒙古大營，你只是說他賄賂俺答汗，讓他們搶夠了就撤軍，還不至於跟俺答建立更進一步的聯繫吧。」

天狼冷笑道：「那次只不過是他們的初次相見，被我正好撞上了而已，事後是不是還有接觸，又有誰知道呢？現在的宣大總督許綸就是嚴嵩的死忠黨徒，他若是放人去和俺答汗接頭，還不是一句話的事。」

胡宗憲站起身來，負手背後，來回踱著步，喃喃說道：「天狼，**你說東樓和倭寇也有接觸，可是親眼見到？**」

天狼正色道：「此事絕非虛言，那天卑職在南京城中發現曾經有過一面之緣的上泉信之，此時他已經改名為羅龍文，和那徐海、毛海峰，帶著二十多名倭寇劍士，作漢人打扮，卑職當即跟蹤他們，一直到城外，撞見他們與嚴世蕃的碰頭。這些倭寇聽說了嚴世蕃性好漁色，就想尋絕色女子送給嚴世蕃作為見面禮，在秦淮河上找到了一個絕色的歌女，沒曾想那女子竟是徐海的昔日情人，所以徐海為那女子贖身。去年嚴世蕃與蒙古人做交易時，曾被武當派的沐蘭湘女俠撞見，險些喪命沐女俠劍下，所以這些東洋人就想轉移目標劫持沐女俠，將她獻給嚴世蕃，結果被卑職撞到，後來嚴世蕃現身，發覺了我的存在，便支開這些倭寇，與我談判。」

胡宗憲聽完，開口道：「可是你說東樓恨你入骨，又察覺到你的存在，何不與那些倭寇聯手置你於死地呢？」

天狼道：「嚴世蕃有求於陸總指揮，前陣子兵部員外郎楊繼盛和錦衣衛經歷沈鍊先後上疏彈劾嚴嵩父子，皇上雖然把楊繼盛下獄，可是嚴世蕃卻必欲殺之而後快，加上他現在不想跟錦衣衛關係弄得太僵，所以那天主動向我示好，想托卑職帶話給陸總指揮，讓他害死楊大人，以作為跟他們重新合作的證明。」

胡宗憲嘆了口氣：「這倒是很像東樓所為。這麼說來，你並沒有聽到他和倭寇們具體談的內容了？」

天狼道：「不錯，嚴世蕃一開始就意識到我的存在，自然不可能說什麼機要之事，不過，**他們背著您這樣私下接觸，所談的一定不會是有利於國家的事，而會是一些見不得光的骯髒交易。**」

胡宗憲說道：「如果沒有東樓通敵叛國的證據，也不能就這樣輕易地下結論，也許他只是貪財罷了，也許他只是想養寇自重，嚴家的家產過於龐大，如果在我大明都容不下他，跑到異國他鄉，也不過是一隻待宰的肥羊而已。不過無論如何，起碼我表面上提出的和倭寇暫時和解，暗中開海禁的主張，和東樓還是不謀而合的，現在我們也不可能跟東樓撕破臉，天狼，你明白嗎？」

天狼點點頭：「卑職完全明白，如果嚴黨就此倒臺，對東南這裡未必是好事，部堂大人在此苦心經營數年，好不容易穩住了局面，又有大計畫，若是換一個清流派大臣前來，很難做到如此，**嚴黨短期內也倒不了，現在只能暫時和嚴世蕃合作，安撫倭寇，挑起他們的自相殘殺，同時整軍備戰，以待戰機。**」

胡宗憲撫鬚笑道：「天狼果然是明白人，無須老夫多加提點，現在這浙江的官員，從布政使鄭必昌，按察使何茂才以下，多是東樓派來的人，這兩年在浙江也是大肆搜刮，老夫從大局考慮，對其貪墨之行也只能睜一隻眼閉一隻眼，只要別誤了抗倭大事就行，所以**杭州城內由著他們去折騰，底線是不能誤了前線的軍費和糧餉，這也算是老夫和東樓心照不宣的一個默契吧。**」

天狼笑道：「怪不得杭州城內一派紙醉金迷，原來是胡部堂刻意為之。時候不早了，卑職這就去準備一下，明天一早動身，至於鳳舞，就有勞部堂大人和徐先生照顧了。」

胡宗憲笑而不語，徐文長則帶著天狼走出了大帳。

隨著二人的腳步聲消失於百步之外，胡宗憲臉上的笑容漸漸凝固，對外面喝道：「來人，拿我的名帖，請城內的布政使鄭大人、按察使何大人明天來大營一趟！」

天狼離開胡宗憲的營帳後，長長地舒了口氣。一邊的徐文長借著火光仔細看著天狼的臉，驚嘆道：「想不到世間還真有這種能改變人容貌的辦法，若非親眼所見，徐某實難相信。只是天狼兄既然有千變萬化之能，下次相見，我又如何能確認你的身分呢？」

天狼微微一笑：「今天的聲音是我的本聲，另外，我的身上有錦衣衛副總指揮的金牌，人在牌在，只要我取出這個，就能確認我的身分了。」

徐文長忍不住說道：「哪天狼兄可否讓徐某一睹廬山真面目呢？這樣下次再見，只要你露出真容，不就用不著那麼麻煩了嗎？」

天狼擺擺手：「還是算了，江湖上有不少人都會這易容術，比如和我一起來的鳳舞姑娘，就是此中高手，其他各派也不乏這樣的人，至於嗓音，可以通過變聲丸來改變，所以還是認我這塊金牌的好。這樣吧，這次在浙江，如果沒有緊急情況，我就不易容了，一直以這副面具示人，如何？」

徐文長眼中閃過一絲失望：「只是天狼兄這副商人模樣顯示不出你的英雄本色啊，徐某可是真想見到你的模樣呢。」

天狼嘆了口氣：「徐先生，不瞞你說，當年在下闖蕩江湖，出於隱瞞自己身分的需要，一直是以假面示人，如果在下的真正面目暴露於天下，會引起武林中的軒然大波，到時候會把正邪雙方一波波的人不停地吸引到東南一帶，只怕對抗倭大局也不利，陸炳就是知道我的苦衷，才讓我一直戴著面具行事，並非天狼不想和徐兄坦誠相見。不過徐兄，我答應你，在方便的時候，我一定會取下面具，與你一直把酒言歡的。」

徐文長的眉頭舒展開來，笑道：「我就知道天狼兄一定是有自己的難言之隱，第一次見到你，就感覺到你是一個有許多故事的人。好吧，以後你我坦誠相見之時，一定要痛快喝上三天三夜，徐某可是很有興趣聽你的往事。」

二人這樣一路談笑著走到了中軍的營門外，徐文長停下了腳步，拿出一塊寫著「胡」字的腰牌：「天狼兄，你把這個帶上，在我大營中當可出入自如，徐某還有軍務在身，你剛才也聽到了，明天廣西的狼土兵要來，我還得回去給他們提供後勤糧草呢。眼下新兵未練成，這一兩年內的陸戰主力，就得靠他們了。」

天狼對狼土兵的事情知之不多，皺了皺眉頭問道：「這些兵靠得住嗎？」

徐文長道：「狼土兵是廣西的侗人、傜人土司的私兵，戰鬥力很強，就是軍紀不太好，喜歡搶劫百姓，現在我大明衛所軍不能戰，新軍又一時不能指望，只能暫時先靠他們頂一頂了，這些人的軍餉要比普通的士兵高不少，如果供應不足又有可能在這裡搶劫百姓，所以徐某今天還得籌畫一個通宵，伺候好這幫大爺才行。」

天狼無奈地搖了搖頭：「真是辛苦徐先生了。那在下就不多叨擾了，你先忙，我這就去鳳舞那裡，入營之後，戚將軍派人把她送到醫師帳那裡了。」

徐文長點頭道：「放心吧，明天那些狼土兵的接待任務一結束，我就去看鳳舞，軍營裡畢竟人多眼雜，她一個女子待在這裡是不太合適，只要傷勢稍好一點，我就把她轉到城中胡部堂的總督衙門去。」

天狼感激道：「那就謝謝徐先生了，剛才跟胡部堂我沒說，這裡跟你透露一下，你心中有數就行，千萬別告訴胡部堂，鳳舞是陸總指揮多年訓練出來的殺手，視若珍寶，這次來杭州也有監視我的職責，你最好讓她多休養一陣子，別讓她到處亂跑，要不然我做什麼都不得自由了。」

徐文長疑惑地說：「怎麼，陸炳還派人監視你？」

天狼嘆了口氣：「陸總指揮是不會信任任何人的，除了這個鳳舞是他從小一手養大，對他死心塌地，又是女人，這才信任之外，他對其他人都是加以監控的，尤其是我，半路出家才進錦衣衛，跟他又多有意見不合，咳，不瞞你，其實鳳舞是我失手誤傷的，所以我才不敢去錦衣衛的杭州分部。」

徐文長吃了一驚，突然露出一絲詭異的笑容：「天狼兄，是不是這鳳舞姑娘對你心有所屬呢？」

「徐先生何出此言？」天狼故作鎮定地道。

徐文長哈哈一笑：「這很簡單啊，如果鳳舞姑娘不喜歡你，給你傷成這樣了，為什麼還肯乖乖地任由你擺佈呢？如果換了是我，命都差點沒了，肯定是先回錦衣衛的分部，找陸炳告狀吧。」

天狼嘆了口氣：「讓你猜對了，這丫頭是黏上我啦，我去哪裡都陰魂不散的跟來，陸炳正好利用這點讓她來監視我，我不能傷她，又沒法趕她走，這次跟著戚將軍練兵，回來後還有去雙嶼送信之事，我都不想讓她跟著，所以請徐先生務必要幫我這個忙。」

徐文長收起笑容，正色道：「天狼兄但請放心，事關軍機大事，我們也不會讓除了你以外的任何一個錦衣衛知道的。如果鳳舞姑娘問起你的下落，我們只說你跟著戚將軍出去招募新兵了，過一陣回來，可好？」

天狼點點頭，然後和徐文長心照不宣地拱手行禮作別。

出了中軍大營，他拐到戚繼光所部的左營之中，只見這裡軍紀嚴肅，營中的一頂頂帳篷都是錯落有序，暗合兵法。

天狼看過一些宋武帝劉裕留下的兵書，上面對行營紮寨之事有詳細的描述，戚繼光的布營比起古之名將，各有千秋，天狼看得連連點頭，暗嘆戚繼光真是難得的良將，只要手下有當年劉裕的北府兵那樣的精兵銳卒，南平倭寇，北擊蒙古，也不是太難的事情啊。

天狼一路想著，一路在營中走動，路過幾隊巡邏的士兵，都需要出示胡宗憲的腰牌方能通過，這更讓他嘆服戚繼光的治軍嚴整，只是這些守紀律的紹興兵，上了戰場後卻缺乏與敵軍血戰的勇氣，這種骨髓中的性格，是身為名將的戚繼光也無法克服的。

天狼走進鳳舞所在的醫師營，散佈著二十多個營帳，帳外都掛著長長的布條，一股子藥味撲鼻而來，最裡面的一間，就是鳳舞進的那個大帳了。

天狼自小就不喜歡聞到藥味，但是自從學了十三太保橫練之後，成天泡藥罐子，倒也漸漸習慣了，甚至能從這些藥味中聞出是用哪些材料煮的，他嘴上輕輕地念著幾味草藥的名字，一掀帳幕走了進去。

映入天狼眼簾的，是一個乾瘦的背影，一個清脆的聲音響了起來：「來者何人，竟然能直接報出這些藥名？」

天狼微微一笑：「我是這位病人的朋友，請問您就是給我的朋友主治的大夫嗎？失敬失敬！」

那人轉過身子，一張削瘦的臉映入天狼的眼簾，此人穿著一身青衣，身形中等，略微有些消瘦，年紀大約三十上下，留著一把飄逸的小鬍子，氣度非凡，天庭飽滿，雙目有神，青衣之外還罩著一件白色的大卦子，已經有些髒了，渾身上下散發草藥的味道，比起天狼，倒更像是在藥罐子裡泡大的。

鳳舞雙眼一亮，坐起了身子，高興地說道：「天狼，這位是宮裡來的李御醫，他的醫術可高明了，剛才給我換了脖子上的藥，一點血都沒流，你看，我的脖子可以略微轉了轉呢。」

天狼心中一塊石頭算是落了地，沒想到胡宗憲的軍營裡，居然還有宮廷的御醫，而且醫術如此高明。

天狼對那年輕大夫行了個禮：「先生神技，請受我一拜。不知李御醫如何稱呼？」

那姓李的大夫微微一笑，回禮道：「在下愧不敢當，我不太喜歡別人叫我御醫，還是直稱我名字吧，**我姓李**，**名時珍**，湖北人氏，聽閣下的口音，好像也是湖北江陵一帶的人？」

天狼心中一動，李時珍的耳力果然厲害，他說話雖然聲音可以改變，但時不時地會把自幼說話的那種湖北腔給帶上，今天他又沒有變聲，果然一下子給聽了出來。

天狼笑道：「在下少年時確實在湖北長大，如此說來，跟李先生也算是老鄉了。只是不知李先生放著御醫不當，卻來這東南，又是為何呢？」

李時珍道：「在太醫院裡雖然有很多珍貴的檔案，但是要治病，還是需要多接觸病患才是，宮中的御醫們要服務的只有皇上一人，就算加上後宮的嬪妃還有宮女太監們，也不過數千人而已，我自從入了太醫院後，十天半個月也難見一病人，與其這樣，還不如出來多見識一下。

「東南平倭，戰事激烈，將士們的傷亡很大，宮中的太醫們奉詔要輪流來東南醫治前線的將士，我也正好借這個機會請命出宮，一方面能醫治前線將士，也算我李時珍為抗倭大業作了番貢獻，另一方面也能多接觸病患，見識東南一帶的山野草藥，以增進我的醫術。」

天狼坐了下來，聽得連連點頭：「李先生果然見識卓越，一般人想當御醫都要擠破了頭，先生卻對此毫不留戀，實在讓在下佩服。」

李時珍嘴角勾了勾，看了眼鳳舞，天狼也跟著看去，只見她脖子上的那道創口已經不見，換成一片青黑交加的藥泥，這會兒凝固在她的脖頸處，映襯著她那雪白粉嫩的皮膚，在燈光的照耀下顯得格外的醒目。

李時珍道：「這位姑娘的傷，應該是被神兵利器加以內力所傷，那兵刃沒有直接搭上姑娘的脖子，而是以劍氣隔空傷人，李某少年行醫，也見過不少江湖高手，可是似這樣的神兵利器，卻是難得一見。」

李時珍眼中光芒一閃，繼續說道：「**如果我猜得不錯的話，只怕傷了這位姑娘的，應該是姑娘自己吧。**」

天狼和鳳舞不約而同地神色一變，鳳舞顫聲道：「你，你是怎麼知道的？」

李時珍微微一笑：「姑娘的脖子是被陰柔的內力所傷，傷到你的兵刃，也是偏陰性的寶劍，剛才我給姑娘把脈的時候，發現姑娘體內的內力和傷你的那種陰柔內勁很像，故而有此一猜。」

鳳舞不得不承認道：「李先生真是神人，確實是我不小心傷到自己的。」

天狼驚嘆不已：「先生實在是神乎其技，我同伴的傷，您看能治得好嗎？」

李時珍表情變得嚴肅起來：「姑娘的傷口主要是傷到了頸部的血管，你們用的那種金創藥是出自大內的療傷聖藥，只是傷到姑娘的除了利刃外，也有她的陰柔內息，是以傷口處難以癒合，若不是有人給她輸入了至陽的內力，只怕這會兒已經有性命之危了。」

鳳舞妙目流轉，看向天狼的眼神中充滿了感激。

天狼也沒有料到會是這結果，他只是感覺到鳳舞的身體虛弱，才會一再以內力相救，並不懂這醫學原理，於是點點頭道：「看來我誤打誤撞反而救了同伴一命，李先生，您現在給她用的藥，是您特地調製的嗎？我怎麼聞起來有雄黃和蜈蚣的味道？」

李時珍哈哈一笑：「看來閣下也是精通藥理之人啊，你一進帳時我就吃了一驚，只靠鼻子就能聞出各種草藥的，即使在醫生中也不多見啊，不錯，我確實加了這兩味藥，因為這兩味都是性烈祛寒之物，對這位姑娘的陰邪之傷有好處。你之前灑的的那金創藥裡，沒有這兩種成分，所以傷口難以癒合，而這受傷之處又是人體動得最多的地方，吃飯、說話、喘氣都要牽動傷處，非我調製的草藥不可。」

天狼聽了，對鳳舞說道：「鳳舞，我還有任務在身，明天一早就要出發，我跟胡部堂的幕僚徐文長徐先生說過了，這些天就由他來安排和照顧你，等你的傷稍好一點之後，會把你送到城裡的總督衙門去，由胡部堂的家人照看。」

鳳舞的嘴不自覺地嘟了起來：「你又要扔下我一個人走了，我不願意，我要跟你一起去。」

天狼臉一沉：「聽話，你看你都成這樣了，就算要幫我忙，也得養好傷才行，是不是？」

鳳舞也知道這回自己受傷嚴重，再鬧小性子也是無用，只能長嘆一聲，對天狼道：「那你自己可千萬要保重。」

一邊的李時珍聽得兩人對話，問道：「你們是錦衣衛？」

天狼奇道：「先生何出此言？」

李時珍笑了笑：「你們可別忘了，我可是在宮裡也待過幾年的，無名無姓，只以代號稱呼的，這個世上除了錦衣衛，還有別人嗎？」

天狼點點頭，坦承道：「我二人確實是錦衣衛，來東南負有特殊使命，李先生，我們的行蹤在軍中只有胡部堂、徐先生幾人知道，事關抗倭大事，還請先生為我二人保密。」

李時珍臉色變得嚴肅起來，壓低了聲音：「可否冒昧地問一句，二位來此，是要查辦胡總督嗎？」

天狼微微一愣，本想說無可奉告，但看到李時珍眼神清澈，神情絕無虛偽，又想到接下來一陣子鳳舞還需要他醫治，不可貿然得罪了他，於是搖搖頭：

「不，胡總督是東南的鎮國柱石，又一心抗倭，我們這次來是幫他平定倭寇，執行一些秘密任務的，並非查辦胡總督。」

李時珍長出了一口氣：「這我就放心了，如果你們是來查胡總督的話，那我就不會再繼續醫治這位姑娘了。」

請續看《滄狼行》11 將計就計

滄狼行 卷10 東瀛忍者

作者：指雲笑天道
發行人：陳曉林
出版所：風雲時代出版股份有限公司
地址：10576台北市民生東路五段178號7樓之3
電話：(02) 2756-0949
傳真：(02) 2765-3799
執行主編：朱墨菲
美術設計：許惠芳
行銷企劃：林安莉
業務總監：張瑋鳳

初版日期：2021年04月
版權授權：閱文集團
ISBN ：978-986-352-948-4
風雲書網：http://www.eastbooks.com.tw
官方部落格：http://eastbooks.pixnet.net/blog
Facebook：http://www.facebook.com/h7560949
E-mail：h7560949@ms15.hinet.net
劃撥帳號：12043291
戶名：風雲時代出版股份有限公司

風雲發行所：33373桃園市龜山區公西村2鄰復興街304巷96號
電話：(03) 318-1378
傳真：(03) 318-1378
法律顧問：永然法律事務所 李永然律師
北辰著作權事務所 蕭雄淋律師

行政院新聞局局版台業字第3595號 營利事業統一編號22759935

定價：270元

國家圖書館出版品預行編目資料

滄狼行 ／指雲笑天道 著. -- 初版 -- 臺北市：風雲時代，2021.01- 冊；公分

ISBN 978-986-352-948-4（第 10 冊；平裝）

857.7　　109020729